全新儿童大百科
ENCYCLOPEDIA

一 本 解 读 万 物 的 百 科 全 书

扫一扫

爱上 DK 爱上科学

全新儿童大百科
ENCYCLOPEDIA
一 本 解 读 万 物 的 百 科 全 书

A Dorling Kindersley Book
www.dk.com

Original Title: Children's Encyclopedia
Copyright©2017 Dorling Kindersley Limited,
A Penguin Random House Company

图书在版编目（CIP）数据

全新DK儿童大百科：一本解读万物的百科
全书 / 英国DK公司编；
金色天安译. -- 北京：北京联合出版公司，2018.4
（2020.1重印）
（世界儿童科普经典译丛）
ISBN 978-7-5596-1739-2

Ⅰ. ①全… Ⅱ. ①英… ②金… Ⅲ. ①科学知识-儿
童读物 Ⅳ. ①Z228.1

中国版本图书馆CIP数据核字(2018)第026799号
北京市版权局著作权合同登记号：图字01-2018-0807号

全新DK儿童大百科：一本解读万物的百科全书
英国DK公司 编
金色天安 译

策划统筹：王文洪
特约编辑：张雅妮
责任编辑：喻 静
责任校对：王 旭
书籍设计：网智时代
出 版：北京联合出版公司出版
北京市西城区德外大街83号楼9层（100088）
发 行：北京联合天畅发行公司
经 销：新华书店

印 刷：深圳当纳利印刷有限公司
规 格：215 mm × 275 mm
印 张：19
字 数：120千字
版 次：2018年4月第1版
2020年1月第2次印刷
书 号：978-7-5596-1739-2
定 价：138.00元

爱上DK 爱上科学

专家委员会

Simon Adams has written and contributed to more than 80 books on a wide range of topics: from history to the arts and politics.

Peter Bond has written 12 books and contributed to, or edited, many more. He also writes for the European Space Agency and is consultant editor for IHS Jane's Space Systems & Industry. He was formerly a press officer for the Royal Astronomical Society.

Dr Marina Brozovic is a physicist at NASA's Jet Propulsion Laboratory. She has written many research papers, and works on asteroids, satellites of the giant planets, and was involved in the New Horizons mission to Pluto.

Peter Chrisp is an author of children's history books, with over 80 titles to his name. He specializes in ancient Rome, ancient Greece, and myths and legends.

Emily Dodd is a screenwriter for the CBeebies science television show *Nina and the Neurons-*. She is passionate about science, wildlife and storytelling, and is an author of fiction and non-fiction books.

James Floyd Kelly is a writer from Atlanta, Georgia. He has written over 35 books on a range of subjects that include 3D printing, robotics, and coding.

E.T. Fox is an author and historian, with particular expertise in the areas of British and Atlantic maritime history and piracy, among others. He is a lecturer, has published books and articles, and has advised on numerous television productions.

Kirsten Geekie is a film programmer and writer specializing in short films and cinema for young people. She is the Film Programming Manager at Into Film, co-curator of the Into Film Festival, and was the lead writer of the *Children's Book of Cinema*.

Cat Hickey is the learning manager at ZSL Whipsnade Zoo. She has worked in zoos for eight years and spent a year working as a research scientist in Madagascar, collecting data on lemurs.

Dr Emily Hunt is a professor of engineering at West Texas A&M University. She has a background in mechanical engineering, with a particular interest in innovative nanotechnology.

Phil Hunt has written, edited, and acted as consultant on a wide range of travel and transportation illustrated reference books and magazines for adults and children.

Sawako Irie has taught the Japanese language at the University of Sheffield and has run training programmes at SOAS University of London. Currently, she provides Japanese cultural and language services.

Klint Janulis is a former US Army Special Forces operator, medic, and primitive skills survival instructor. He provides expert information to the UK television show *10000 BC* and is currently completing an archaeological Doctoral programme at Oxford University.

Rupert Matthews has written over 170 books about history. He writes for newspapers and magazines, and is a public speaker at events and in schools.

Sean McArdle was a headteacher and primary school educator, specializing in maths. He has written and contributed to many publications and mathematics websites.

Dr Angela McDonald is an Egyptologist based at the Centre for Open Studies at the University of Glasgow. She has a PhD from Oxford University, and is an expert on Egyptian texts. She led tours to Egypt for many years, and has published books and articles on ancient Egypt.

Bill McGuire is an academic, broadcaster, and popular science and fiction writer. He is currently Professor Emeritus of Geophysical and Climate Hazards at University College London.

Marcus Weeks is a musician and author. As well as contributing to numerous reference books, he has written several books on philosophy, psychology, and music.

目 录

这本书应该怎么看？(How to use this book?)

你是否曾对行星充满好奇？你知道青蛙和蝌蚪之间的区别吗？这本儿童百科全书的每一页都包含大量有趣的科学现象，同时配有精美的图片为你解答心中的疑惑。直接翻到抓住你眼球的那一页吧，让我们一起去探索这个丰富多彩的世界。以下这些小提示会帮助你更好地阅读这本书。

页码
这本书的页码按照学科进行排列。目录在第5页，你可以利用目录查找相关主题，或者按照你喜欢的顺序跳跃着阅读这本书。

请参阅
如果你喜欢某一页内容，你也可以利用右上角的"请参阅"找到与本页内容相关的页面。"请参阅"可以让你在各个话题以及各个学科领域之间建立起联系，并在书中开启属于自己的知识旅程。

"请参阅"："p"代表第几页，而"pp"代表第几页至第几页。

遵循"请参阅"中的链接，你会在书中找到其他相关话题。

页面顶部和底部的颜色显示了与这个页面有关的学科类别。比如"两栖动物"这个页面底部是青绿色的，说明它与自然相关。

学科领域
这本百科全书涵盖了9个学科领域，每一个学科领域都有特定的颜色，这个颜色会展示在页面的顶部和底部。

 艺术　人文 历史 地球 自然 科学 技术 太空 生理

宠物 (Pets)

宠物已经成为人类生活中非常重要的一部分。无论是在工作中，还是在日常生活中，许多动物都是人类的好朋友。据统计，世界上有44%的家庭养有宠物。

大大小小的宠物
宠物可不仅有狗和猫——从大的狗和马到小的蛇和仓鼠，人类饲养的宠物几乎涵盖了所有动物种类，每种宠物都需要适合自己的特定食物和空间。

早期的宠物
狗是最早被人类作为宠物饲养的动物之一。早期的宠物被用来狩猎——帮助人类获取食物。12000年前的古代艺术品向我们展示了人与狗共同生活的场面。

圣猫
古埃及人喜欢猫。一方面，猫能够捕捉老鼠和蛇，让人们的生活环境保持干净；另一方面，猫被认为有守护儿童的特殊魔力，因此古古埃及人杀害猫会被处以死刑。

乐于助人的宠物
狗能够经常陪伴在主人左右，在经过训练后，狗能够充当主人的眼睛和耳朵，帮助有视力障碍的人四处活动。

太空宠物
多年以来，动物们已经帮助科学家解答了人类如何在太空生存的问题。宠物狗别尔卡和斯特列尔卡（上图）于1960年通过人造卫星前往太空，最后通过降落伞安全返回到地球。

非法饲养
阿育某些野生动物是非法行为，而且在饲养脱身等野生动物时，它们会对你的人身安全造成威胁。在领养或是购买宠物之前，请确保你对该动物已有充分的了解。

有关于……

这些页面将来自不同学科的信息汇总在一起，它可以让你从不同的角度思考事物。

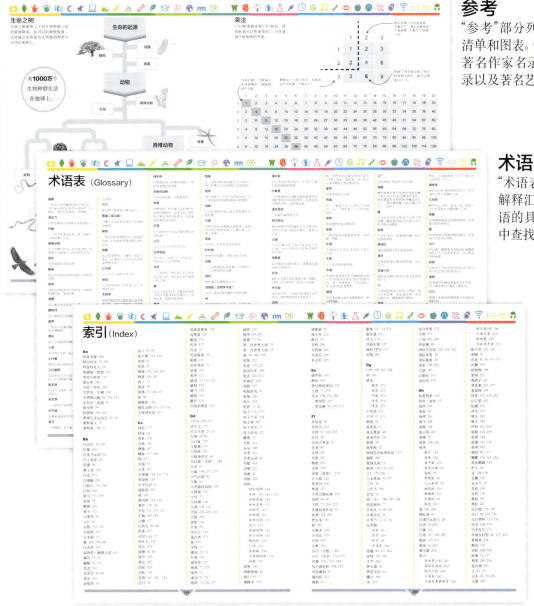

参考

"参考"部分列出了一些实用的清单和图表。例如：世界地图、著名作家名录、著名科学家名录以及著名艺术家名录。

术语表

"术语表"是书中提及的专业词汇的解释汇总。如果你想要了解某一术语的具体解释，你可以在"术语表"中查找该词。

索引

"索引"按拼音顺序列出了连同页码在内的书中覆盖的所有内容，如果你有想要了解的东西，可以直接在"索引"中查找。

绘画与雕塑（Art）

无论是创作一幅绘画，还是制作一尊雕塑，其实都是在进行艺术创作。艺术有不同的元素，可以展示来自真实世界或想象空间的事物，抒发我们对于世界的情感。历史长河中，人们不断捕捉周围世界的景象，并将其描绘下来，这才创造出了美的东西供后人欣赏。

请参阅

手工艺品 p.13
摄影 p.21
石器时代 p.44
古罗马 p.51
颜色 pp.174～175
建筑 p.217

绘画

画家使用特定的工具，如蘸满颜料的刷子，在纸张、画板或画布上创作图画。绘画的内容可以细致描摹，也可以简单地用线条勾勒。

石器时代的手印

石洞壁画

世界上最早的壁画大约创作于40000年前。壁画的内容包括掌印、人物和动物。

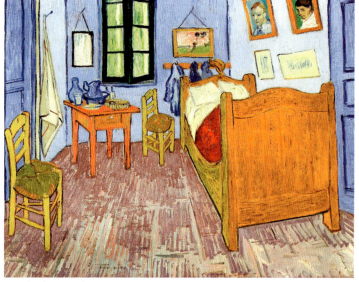

《在阿尔勒的卧室》梵高，1888年

后印象派油画

后印象派油画栩栩如生地展现了真实世界中的景象，同时也表达出艺术家对客观世界的主观感受。油画的内容包括室内或室外的场景、物体或人物。

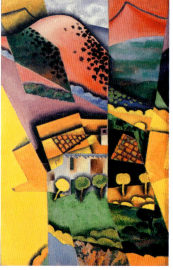

《塞雷风景》胡安·格里斯，1911年

抽象派油画

抽象派艺术利用色彩和形状呈现出不同于真实世界的画面，但反映的却是真实世界。

雕塑

用黏土、木头、石头、金属或其他材料制作的雕塑，可以展示具体的人物或抽象的形体。

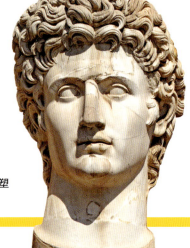

古罗马人物雕塑

《调整舞鞋的舞者》埃德加·德加，1890年

素描

艺术家使用铅笔、彩色蜡笔、粉笔、木炭和水墨在纸上绘出美丽的图画。相比于油画，素描可以更快捷地记录真实的生活场景。

《神奈川冲浪里》葛饰北斋，1831年

版画

图画也可以从一些覆盖着油墨或颜料的材质（木头）中分离出来。在材质（木头）上刻出式样，并涂上油墨或颜料。将纸覆盖其上，这些油墨或颜料的式样随后便会被呈现在纸上，这就是版画。

手工艺品（Crafts）

手工艺品由手工制作，通常需要娴熟的技巧才能完成。人们常常使用自然材料（如黏土）和人工材料（如玻璃）来制作物件。有些物件是日常生活中使用的，比如吃东西用的盘子；也有些只是用来装饰的，比如珠宝。

请参阅

绘画与雕塑　p.12
书籍　p.15
衣物　pp.32～33
古罗马　p.51
发明　pp.218～219

陶器

碗、盘子、杯子和花瓶这样的陶器由黏土制成。人们先将黏土塑形，随后将其放入特制的烘烤炉，即烧窑中加热使其变得坚固。

非洲木偶

木雕

木匠能将木头雕刻成各种各样的器物。如家具、木碗以及其他具有实用性或装饰性的小物件。

罗马玻璃壶

玻璃制品

高温加热后，沙子熔融为液态玻璃。将这时的玻璃塑形，冷却后可以成为固态的器物，比如玻璃壶。

珠子被制成不同的大小和形状。

红色黏土

古埃及花瓶

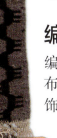

印第安人编织的小毯子

编织

编织者把羊毛、蚕丝或棉线织成布料，而衣物、毯子以及墙上挂饰正是由这些布料制成的。

珠饰

玻璃等材料可以制作珠子，珠子可以缝在衣服上或者用细线穿起来制成珠饰。

古代中东的串珠

书写（Writing）

书写可以将我们讲出来的话语呈现在纸张或荧幕上。我们在书写中会用到不同的字符，如汉字和英文字母。不同的语系有着不同的书写体系。

请参阅

书籍 p.15
故事 pp.16～17
语言 p.35
哲学 p.38
代码 pp.228～229

书写系统

多个字符组合成词语，有时一个字也能单独成词。不同的语系，书写习惯也有差异，有的语系从左向右书写、有的从右向左，还有的从上到下。

书写工具

早期，人们用坚硬的芦苇或木棍在柔软的黏土上"刻画"文字；而如今，我们用铅笔、蜡笔和钢笔来书写文字，除此之外还会用毛笔练习书法。

毛笔　钢笔　铅笔

楔形文字
楔形文字源于古巴比伦，是人类最早的书写体系之一，因字符形状很像楔子而得名。

过　　　得

愉　　　快

英语
英文字母表中有26个字母，这些字母在世界上的许多语系中被应用。

Have a nice day

过得愉快

汉语
汉字起源于描摹物体形象的图画，一个字可以作为词语的一部分或者单独成词。

过得愉快

西里尔字母
西里尔字母被用于书写俄语以及其他东欧和中亚地区的语言。

Хорошего дня!

过得愉快

印地语
印地语被书写成优美的梵文，梵文有47个字母。

आप का दिन अच्छा बीते!

过得愉快

一些汉语字典列举的汉字超过 **40000**个 ！

表情符
Emoji（表情符）这个词在日语中的含义是"图画字符"。现在表情符广泛应用在手机或电脑中，成了表达情绪的快捷语言。

书籍（Books）

书籍里包含大量的文字，这些文字组合在一起共同讲述一个故事，或者传达一些信息。在书籍出现之前，人们会把故事记在脑海里，然后通过口头讲述的方式来与他人分享。而现在，成千上万种书籍出版发行，许多书籍还可以在手机和电脑这样的电子设备上阅读。

请参阅

书写 p.14
故事 pp.16～17
语言 p.35
原材料 p.177
发明 pp.218～219

早期的图书

手工撰写并装饰书籍的历史延续了数千年，那时候的纸张大多是用一些轻薄的动物皮制成的，所以制作一本书要花费很长的时间。

1997年至今，J.K.罗琳的第一部《哈利·波特》已经**销售过亿册**。

印刷术

1440年左右，德国的约翰内斯·古腾堡发明了西方活字印刷术。他将单个字母雕刻在金属块上，随后将字母按词语的排列方式组合在一起，印刷到书页上。

20世纪的印刷机

中世纪祈祷书

黄金书
在欧洲，一些僧侣用拉丁文撰写了第一本书，并用真金为这本书做了装饰。

虚构类作品

是指作者以自己想象的人物和事件作为内容写成的故事，也叫作小说。

非虚构类作品

是指包含现实世界事实的作品，如字典、地图集、烹饪全书、有关历史和动物的图书。

故事（Storytelling）

讲故事是指将故事讲述出来或撰写下来的活动。故事可真可假，长度不限，话题也不限。人们常常通过讲故事娱乐他人，或者向他人倾诉自己对世界的认识。

动物故事

许多故事的主角是动物。尽管这些动物仍然生活在森林里，但它们穿着人的衣服，并且说着人的语言。下面的兄弟兔是来自美国动物故事里的形象。

兄弟兔穿着人类的衣服。

兄弟兔

口述历史

早期的人类不能阅读和书写，他们通过口口相传将故事传递下去。讲故事的人经常会将一部分故事情节表演出来，使得故事更加生动，这种方式沿用至今。

在图书馆中讲故事

在古印度，人们能凭借记忆吟诵《梨俱吠陀》全书的**10600**节赞颂诗。

什么是故事？

故事是根据想象的或真实的人和事虚构（人为编造）出来的。故事包含开端、发展和结局。我国"盘古开天"的传说解释了世间万物是如何形成的。

开端
万物之初，世界一片混沌，混沌中孕育了一枚卵，盘古破壳而出，成为第一个人类。

发展
盘古睁开眼睛发现周围一片黑暗，于是他用斧头劈向周围，大地和天空就此分离。他还"顶天立地"站在天地之间，以免天和地合拢在一起。

结局
天和地终于不会合拢了，但盘古此时也累得倒在了地上。死后，他的呼吸变成了风，吼声变成了雷，骨骼变成了珍贵的矿藏。

诗歌

诗歌是一种文学体裁，通常由一些简短而押韵的句子组合而成。为了准确表达作者的思想感情，诗歌在用词方面非常考究。诗歌可长可短，也可以表达各种主题。

《贝奥武夫》是关于古代英雄的长篇叙事诗。

童话故事

童话故事是一种包含魔幻情节或虚拟角色的故事，如仙女、巫婆、小妖精和巨人怪这些角色。在童话故事中，正义与邪恶针锋相对，但结局通常皆大欢喜。《睡美人》《阿拉丁神灯》以及《狼来了》都是童话故事的经典范本。

在童话故事《阿拉丁神灯》中，巨神奇迹般地从一盏灯里冒了出来。

神灯

小说

小说是一种篇幅较长的故事，以人物及人物的生活为内容。小说可以发生在虚拟或真实的世界，可以发生在任意时间点。小说有许多不同的类型。如历史小说的背景设置在过去，并且能够帮助我们了解历史。

世界上最长的小说是法国作家路易·法利古尔的《善意的人们》，篇幅将近**8000**页。

来自世界各地的儿童故事。

电影《罗密欧与朱丽叶》拍摄中。

电影

电影是故事的视觉形式。表演者在真实的生活场景中将故事演绎出来，通过表现故事的主要情节，努力使电影生动并贴近现实。

戏剧 (Theatre)

人类将故事表演出来的历史已有数千年，进行表演的地方被称为剧场，被表演出来的故事就是戏剧。戏剧表演者通过生动的表演，努力使人们相信戏剧中的角色真实存在，其中的事件也确实发生过。

请参阅

书籍 p.15
电影 p.22
音乐 pp.24~25
衣物 pp.32~33
古希腊 p.50
建筑 p.217

舞台

舞台是剧场中表演戏剧的地方，可容纳许多表演者同时进行表演。舞台的伴奏、音乐和灯光使得戏剧表演更加引人入胜。

英国作家阿加莎·克里斯蒂的戏剧《捕鼠器》已演出逾25000场！

表演者
即扮演剧中角色的人。

戏服
即表演者身穿的衣物。

舞台
即表演者进行戏剧表演的地方，通常在观众前方。

道具
指用于戏剧中并使得表演更为生动的物件、如武器。

古代戏剧

最早的戏剧创作于公元前700年左右的古希腊。古希腊剧作家主要创作悲剧（悲情的戏剧）和喜剧（滑稽的戏剧）。

悲剧面具。

喜剧面具。

古希腊剧场面具

木偶戏

受细绳和短棒操纵的模型被称为木偶。木偶戏表演者以木偶的口吻说话，并将"自己"的故事讲述给观众。木偶戏距今有近3000年历史。

中国有一种木偶戏将木偶形象映在白色的幕布上进行表演，又叫作皮影戏。

神话传说（Myths and Legends）

神话传说也是故事。古时候，人们创造出神话以回答"世界来源于哪里"这类宏大的命题。与神话不同，传说常常基于真实的历史事件，只是故事细节穿越历史长河后已经被修改过无数次，因此，其中的真相并不多。

神话中的生物

神话中常常有一些奇怪的生物，这些生物有时候是将不同动物的特质组合在一起形成的。它们中既包括恐怖的怪兽，也包括龙这样友善的吉祥物。

人身牛头怪
人身牛头怪是一只可怕的怪物，有着人类的躯体和公牛的头。它是古希腊神话中的形象。

龙
龙有着长长的蛇形躯体，还长着四条腿。在我国，龙是好运的象征。

狮鹫
狮鹫是一只半狮半鹰的猛兽。在希腊神话中，狮鹫是宝藏的守护神。

英雄传说

许多神话传说讲述了英雄的故事。花木兰是我国传说中的英雄人物，她打扮成男性，代父从军。

这是一尊花木兰的雕塑，她的故事通过书本和影视作品广泛流传。

"Myth"一词来源于**希腊**文"mythos"，意为"故事"。

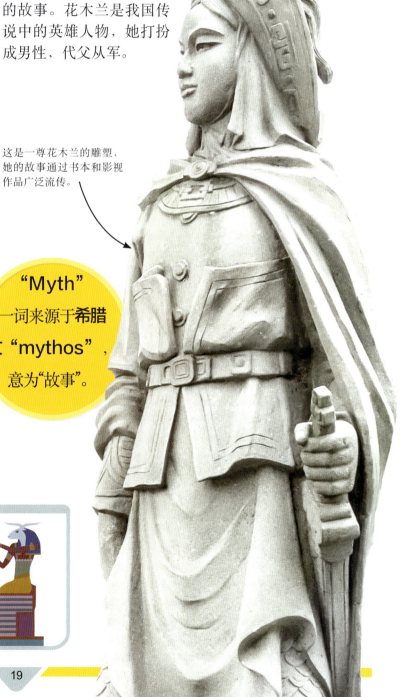

创世神话

许多神话讲述了世界是如何被创造出来的。一个古埃及神话认为，早期人类是由长着公羊头的克奴姆神在制陶器所用的转轮上用黏土捏出来的。

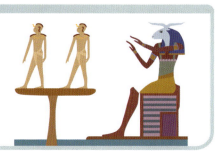

舞蹈（Dance）

舞蹈就是用身体做出有节奏的动作。人们可以通过跳舞来享受生活，增进友谊，或者展示自己的舞蹈技巧。舞蹈可以很正式，有一系列需要遵循的舞步；也可以很随意，没有那么多条条框框。

请参阅

戏剧　p.18
音乐　pp.24～25
衣物　pp.32～33
宗教　p.39
运动　p.42
节日　pp.54～55

舞蹈用的扇子。

手臂高举。

高抬足部，远离地面。

优雅的手臂姿势。

传统舞蹈

许多国家和宗教都有自己的舞蹈，这些舞蹈被称为传统舞蹈。朝鲜扇子舞中有许多需要借助扇子完成的动作。

部落舞蹈

非洲的许多部落舞蹈节奏感很强，需要紧跟鼓点。在部落进行大规模的舞蹈活动时，整个部落的人都会一起舞动。

宗教舞蹈

伊斯兰教中，一些人会不停地旋转身体来演绎舞蹈，这种舞蹈被称为苏菲舞，据说可使旋转的人离神更近。

宝莱坞舞蹈

印度的宝莱坞电影以其成套的舞蹈动作而闻名。通常情况下，宝莱坞舞蹈由全体演员共同表演，而且所有演员的手臂动作和步法都要保持一致。

精致的手形。

杂耍般的动作。

街舞

街舞需要舞者根据嘻哈音乐的节奏自创舞蹈动作并将其合理安排次序，这些动作通常包括翻滚和旋转。

拉丁舞

拉丁舞源于拉丁美洲，诸如探戈这样的舞蹈需要两个舞者彼此靠近，看起来就像一对坠入爱河的伴侣。

复杂的步法。

芭蕾舞

芭蕾舞是一种正式的舞蹈形式，其肢体动作优雅而明快。芭蕾舞者会完成一系列精准的步法、跳跃和托举。

脚尖伸直。

摄影 (Photography)

照片是由照相机拍摄出的静态图像，可以帮助我们记录我们是谁以及我们做过什么。这些照片能够捕捉历史中的重要人物及事件，或者私人生活中的某个瞬间。

请参阅

绘画与雕塑 p.12

电影 p.22

发明 pp.218～219

电话 p.225

电视 p.226

计算机 p.227

照相机

第一台照相机发明于19世纪的法国，但它体形庞大，使用起来非常困难。而现在的照相机已经小到能装在手机里了。

早期相机
第一部相机通过对光线十分敏感的金属板拍照，拍摄一张照片需要耗费数分钟。

1839年，银板照相机面向公众出售。这也是人类历史上第一款面向公众出售的照相机。

这些相机可以与电脑连接，并将图片传输到电脑上。

数码相机
现代数码相机拍摄出来的图像由数百万个有颜色的小点构成，可以在电脑屏幕上呈现出来。

胶片在相机内卷成一团。

胶片相机
后来的相机使用了带有感光材料的塑料胶片，胶片曝光后，图像就形成了。

摄影

以内容为标准，可将摄影划分为不同的题材。摄影内容是自己的就是自拍题材，其他的摄影题材还包括动物和旅行等。

自拍

宠物照

假日快照

第一张照片由法国发明家**尼塞弗尔·尼埃普斯**于1826年拍摄。

拍照手机
现在许多人用内置于手机中的小型数码相机拍摄照片，这些相片也可以传输到电脑上并呈现出来。

电影（Film）

其实电影的图像仍然是静态的，不过当一系列静态的图像快速地连续播放时，画面就显现出了动态效果。电影发明于19世纪末，可用于讲述故事或展现真实事件。真人电影通过摄像机拍摄而成，动画则通常用手绘制而成或由电脑绘成。

请参阅

绘画与雕塑 p.12
故事 pp.16～17
戏剧 p.18
摄影 p.21
机械 p.221
电视 p.226

电影类型

"Genre"是一个法语单词，意为"类型"。当一些电影具有类似的故事或风格时，它们便被归为一个类型，常见的电影类型包括科幻片、纪录片和动作片等。

《E.T.外星人》，1982年

科幻片
科幻片探索与科学技术相关的主题，如太空。科幻意味着想象，而科幻片中的科学元素往往是虚构出来的。

《女猎鹰人》，2016年

纪录片
纪录片记录了自然世界和真实发生的重大事件，它们展示了大自然的神奇魔力以及人类的生活方式。纪录片是最早的电影类型之一。

《非常小特务》，2001年

动作片
动作片的主角是虚构的男女英雄，他们运用自己的智慧和能力，阻止坏人做坏事。动作片的情节非常紧凑、扣人心弦。

印度
每年大约制作出
2000部
新电影。

动画片
动画片将卡通形象或角色模型通过荧屏呈现到现实生活当中。卡通形象通常用手绘制而成或由电脑绘成。定格动画是一种需要运用角色模型的动画类型，具体流程是：拍摄模型、移动模型，然后再次进行拍摄。将这些拍摄的画面连续放映，便产生定格动画。

《龙猫》，1988年

默片
电影发明至今，电影技术也走过了一段漫长的旅程。早期电影是黑白默片，没有色彩和声音。电影表演者通过面部表情和肢体动作讲述故事，电影配乐则是工作人员在电影院现场演奏出来的。

查理·卓别林在《狗的生活》里的剧照，1918年

《绿野仙踪》，1939年

音乐剧
音乐剧融入了音乐、歌剧和舞蹈。在20世纪30年代，音乐剧率先具备了声音和色彩，很快便风靡起来。

乐器（Musical instruments）

乐器能够发出美妙的声音，但它们的发声方式各不相同。一些乐器通过琴弦振动发声，一些乐器通过管内的空气振动发声，还有一些乐器通过自身表面的振动发声。根据它们发声方式的不同，我们将乐器分为以下4种类型。

请参阅

舞蹈　p.20
音乐　pp.24～25
管弦乐队　p.26
声音　p.198
收音机　p.224
听觉　p.273

弦乐器

弦乐器的声音来自于琴弦的振动。演奏者用手指拨弦（如吉他）或用弓从弦上划过，以使乐器发出声音。

在小提琴的琴弦上拉动马尾弓，琴弦就会振动并发出声音。

管乐器

诸如小号或长笛这样的管乐器由或直或曲的木管或金属管制成，演奏家通过往孔洞吹气使其发声。

按压小号上的气门可以改变管道的长度，使得音调可以自由地变换高低。

键盘乐器

音乐家通过按压键盘上的按键演奏诸如钢琴、音效合成器这样的乐器。钢琴键能够拉动琴槌敲打琴弦、发出特定的音符。

现代钢琴有88个琴键。

打击乐器

打击乐器一般在受到击打时只会发出一种声音，比如鼓。不过，铃铛、木琴这样的乐器可以发出不同的声音，而摇铃这样的乐器在摇晃时才会发出声音。

传统鼓的鼓面由动物的皮革制成。

有关于……

音乐（Music）

在人类社会的早期，人们就意识到音乐创作的需要了。我们可以通过唱歌或演奏乐器来表达我们的感情。音乐家将不同的音调组织成和谐的曲调和特定的旋律，充满节奏感的旋律可以激发人们摆动身体进行舞蹈的欲望。

在巴西排练的音乐家。

共同演奏

很多人喜欢聚在一起进行音乐创作。演奏者与歌手有时会为了举办音乐会而演奏，有时则只是为了找乐子。

美国交响乐团在纽约表演。

古典音乐

一般在音乐厅演奏的音乐就是古典音乐，它由管弦乐队和合唱团共同完成。古典音乐始于数百年前，但直到今天仍在世界范围内被不断地创作、表演和欣赏。

流行音乐

我们在电台听到的大多数音乐是流行音乐。在流行音乐之前，大多数音乐是古典音乐或传统音乐。流行音乐运用了电子乐器，因而乐曲带有强烈的节奏感，再加上它的歌词简单好记，所以流行音乐一出现就风靡世界。

这个部分可以将琴弦的振动转化为电信号。

歌唱

歌唱可以帮助我们表达感情，因此，无论在世界的哪个角落，歌唱都是音乐创作中的一个重要部分。歌手可以单独歌唱，也可以作为合唱团的一员与他人合唱。

尼日利亚的
说话鼓

世界上的音乐

全世界有许多种不同的乐器，也有许多种不同的音乐类型，歌唱风格也有很大的差异。非洲音乐注重节奏感，而亚洲音乐则更注重曲调。

南美排箫

拉丁美洲锯琴

管子越长，发出的声音越低沉。

早期乐器

早期乐器很可能是由木头或骨头制成的打击乐器，比如鼓和摇铃，而可以吹奏的管乐器则出现在大约40000年前。

骨笛出现在大约
公元前800年。

吉他的音调可以通过调节这些旋钮的松紧来改变。

将琴弦按压到指板上，并拨动靠近琴身的琴弦，便可以产生音符。

1932年，
世界上第一把
电吉他售出。

吉普森电吉他

现代乐器

早期的乐器只有在弹奏或吹奏时才能发出声音，而现在的乐器还可以通过电力驱动。电子音乐合成器能模仿其他乐器的声音，同时也能创造出不同于其他乐器的新声音。

五线谱

音乐家将乐曲写在被称为五线谱的符号系统上，线上以及线间的小圆点代表演奏者需要演奏出的音符。

这是"一闪一闪亮晶晶"这句歌词的五线谱。

音响合成器

管弦乐队 (Orchestra)

管弦乐队是一个大型团队。团队里的成员会一起演奏不同的乐器。管弦乐队可以演奏古典音乐，也可以演奏更为复杂的交响乐。他们经常为电影配乐，有时也会演奏非古典乐曲，比如流行音乐。

请参阅

舞蹈 p.20
电影 p.22
乐器 p.23
音乐 pp.24~25
声音 p.198
收音机 p.224

古典管弦乐队

古典管弦乐队可分为4个组：弦乐组、木管组、铜管组和打击乐器组。它们整体由指挥来引领节奏。

钹　钟琴　定音鼓　长号　小号　法国号　锣　大号　低音提琴　长笛　竖笛　双簧管　低音管　小提琴　中提琴　大提琴　指挥

组成部分

弦乐组
每一支古典管弦乐队都有弦乐组，通常包含两个小提琴组，还有中提琴、大提琴和低音提琴组。

木管组
许多古典管弦乐队有木管组乐器，如长笛和低音管。木管组通常坐在弦乐组后面。

指挥
指挥用手势和一根叫作指挥棒的小棍儿，引领演奏家们在恰当的时间以适当的速度一起演奏。

铜管组
完整的管弦乐队应该有铜管组。铜管组通常坐在木管组后面，其使用的乐器包括小号、长号、法国号以及大号。

打击乐器组
打击乐器常见于古典管弦乐队，包括多种类型，如定音鼓、低音乐器以及边鼓和钹。

共同演奏

世界上有很多不同类型的管弦乐队，他们常常会用到和古典管弦乐队不一样的乐器，乐队的成员数量一般比古典管弦乐队少。

加麦兰
在爪哇岛和巴厘岛，人们还保留着演奏木琴这种打击乐器的传统，木琴在管弦乐队中被称为加麦兰。

中国管弦乐队
我国管弦乐队利用传统乐器进行演奏，分为木管组、打击乐器组、弦乐组三个部分。

锣

政府（Governments）

管理一个国家的官方机构叫作政府。政府能够借助法律制度保障人民的安全，并与其他国家保持良好的外交关系，它还能够为人民提供一系列基础服务，如教育和医疗。大多数政府致力于领导人民过上更美好的生活。

请参阅

法律 p.28
贸易 p.30
工作 p.34
学校 pp.36～37
世界 p.108
药物 p.200

政府运作方式

每个国家都有符合本国特色的政府。在较大的国家，政府有着许多不同的层级，而在较小的国家中，政府的层级也较为简单。

政府首脑
政府首脑是负责管理一个国家的人，比如主席或总统。在外交事务中，政府首脑代表着一个国家。

国家政府
国家政府的各个部门分别管理着不同领域的事务，比如教育。所有部门联合在一起，共同管理着整个国家。

地方政府
地方政府管理着地方区域性事务，比如当地的公路和图书馆建设。

选民
在许多国家，选民通过手中的选票，选举他们中意的领导人。

政府组织形式

世界上的大多数国家是民主制国家，这些国家的领导人由选民选举产生，而其他国家则不然。

民主制
在一个民主制国家中，人民选举产生政府机构和国家元首，以便为人民提供事务管理并代人民做出最有利的决策。

君主制
君主制国家是一个家族体系，其最高权力在名义上由君主掌握。国王或女王会将君主职位传给他们的儿子或亲属。

独裁制
独裁制国家通常依靠武力统治一国，独裁者利用军队迫使人民按照他的意愿行事。

宪法
宪法是一份书面文件，它指明了一个国家的目标、价值观以及管理方法。美国宪法制定于1787年。

法律 (Law)

法律是指由社会认可并由国家立法机关制定、国家强制力保障实施的特殊行为规范。刑法在一定程度上可以防止人们实施犯罪行为（如抢劫），还有一些法律致力于改善人们的生活，如劳动法规定了劳动与报酬应当对等。

请参阅

政府 p.27
贸易 p.30
工作 p.34
世界 p.108
变化的世界
        pp.122～123
代码 pp.228～229

法庭

如果某人触犯了法律，他就会受到法律的惩罚。触犯刑法的行为被称为犯罪行为。犯罪法庭是用来决定某人是否犯罪以及应当判处何种刑罚的场所。这一决定过程称为审判。

被告人
被告人是被起诉实施了某项犯罪行为的人。

法官
法官掌控着法庭，如果被告人最终被认定为实施了犯罪行为，法官将会给予被告人与罪行相适当的惩罚，比如3年有期徒刑。

证人
证人是了解一些犯罪信息，并将自己知道的信息据实告知法庭的人。

辩护方
辩护律师通过为被告人申辩，努力避免被告人被认定为有罪并受到惩罚。

控诉方
控诉律师通过证据努力使法官和陪审团相信，被告人确实实施了被诉的犯罪行为。

在英国，故意敲门打扰别人是**违法**的。

公众
一般的审判允许普通人进入法庭观看。

陪审团
美国的陪审团通常由12个普通人构成，他们根据控辩双方的辩论，判断被告人是否实施了被诉的犯罪行为。

警察

警察是维护社会治安的人。他们抓捕可能已经触犯法律的犯罪嫌疑人，这一过程称为逮捕。

警车高速行驶抓捕犯罪嫌疑人。

警车

成文法典

《汉谟拉比法典》是世界上第一部比较完备的成文法典，由古巴比伦的汉谟拉比国王（公元前1792—前1750年在位）起草。法典共计282条，涉及家庭、贸易、报酬等方面。

《汉谟拉比法典》

旗帜（Flags）

旗帜是一块有着特殊颜色及图案的布料。它可以代表一个国家、一座城市、一种宗教、一个组织或者一项运动。颜色和图案也能传达一些信息，比如求救信号。旗帜常飘扬在建筑物外面的旗杆顶上，以展现建筑物所属的单位或国家。

请参阅
政府 p.27
世界 p.108
北美洲 p.111
非洲 p.114
亚洲 p.115
颜色 pp.174～175

国旗

每个国家都有它们独一无二的旗帜——国旗。大多数国旗的底色不同，旗帜上绘制着星形或其他形状的图案。旗帜的每个元素都包含着这个国家的一些信息。

英国
白边红色正十字、白色交叉十字以及红色交叉十字分别代表着英国的组成部分英格兰、苏格兰以及爱尔兰。

中国
红色象征革命。星星象征着中国共产党领导下的革命人民大团结。

美国
50颗星星代表美国的50个州，13根条纹代表美国刚独立时本土的13个州，因此美国国旗的昵称是"星条旗"。

德国
黑色、红色和金黄色来源于19世纪德国士兵的制服。

印度
印度国旗上的颜色也代表着一些思想，如和平与真理。中央的圆轮图案来源于佛教。

肯尼亚
盾牌代表着肯尼亚的马赛人民，白色象征着和平。

第一面国旗于**1219年**在丹麦升起。

信号旗

旗帜可用于传达信息，当船舶陷入困境时，可以利用旗帜求救或警告其他船舶及时避让。

"需要帮助"

"请远离"

"请求领航员"

贸易 (Trade)

贸易其实就是买卖。我们买卖原材料，比如金属，来制作商品；同时也买卖制作好的商品，比如手机。生活中，我们所有吃的、穿的、用的东西都是贸易的结果。除商品之外，服务也可以用来出售，比如电脑维修服务。

请参阅

政府 p.27
货币 p.31
工作 p.34
农业 p.105
原材料 p.177
交通 pp.212～213

农场种植蔬菜、水果以及其他农产品并养殖可食用的动物，以供出售。

飞机快速将商品运往海外。

工厂将原材料（如铁和铜）制成成品（如电脑）。

商品在商店和商场出售。

货车运输着待售货物。

在港口，商品集装箱被装载到船上，运往海外。

通过监督检查，海关控制着哪些商品能够进出本国国门。

衣服

大米

电脑

家具

出口

对于一个国家来说，将商品及原材料从本国运往其他国家出售的过程称为出口。大部分出口商品依靠船舶运输，还有一部分依靠飞机和火车。

进口

对于一个国家来说，商品及原材料进入本国的过程被称为进口。不能在本国生产或制作的商品都需要依赖进口。

菠萝

可可豆

汽车

柠檬和酸橙

香蕉

钢铁

国际贸易

国家之间能够开展进出口贸易。每个国家关税自主，可凭借对其他国家向本国出口的商品征收税款的权利创造收益。

海岸警卫确保船舶安全靠岸。

香料贸易

香料贸易是世界上最古老的贸易之一。肉桂、姜黄等香料生长于亚洲，却通过贸易成了全世界的食物调味品。运输时，香料必须先依靠陆上运输穿过亚洲。

肉桂

货币（Money）

我们用货币交换回我们想要的物品，比如食物、衣服和电，这一过程称为购买或消费。货币是价值的度量，由硬币和纸币组成。昂贵的物品相比于其他物品，能够交换到更多货币。

请参阅

工作　p.34
贵金属　p.88
金属　p.181
塑料　p.182
数字　p.202
测量　p.207

通货

通货是指国家发行的法定货币。不同的国家有不同的通货，美国的通货是美元，日本的通货是日元。

早期通货

硬币发明之前，人们没有货币的概念，他们通过基本等价的物物交换，用牛、盐、谷物甚至贝壳等，换回自己想要的物品。

这种类型的贝壳曾经广泛用于贸易。

白齿贝

早期硬币

最早的硬币出现在大约3000年前，用黄金或白银制成。不同的国家有不同的货币。

中国汉代硬币

古希腊硬币

罗马帝国皇帝安东尼·庇护

古埃及硬币

古罗马硬币

现代货币

现代的硬币由合金制成。不过，我们更常用纸币进行购买，纸币由棉纤维纸或塑料制成。

英国便士

美国美分

印度卢比

墨西哥比索

南非兰德

丹麦克朗

南非国兽——跳羚

日本日元

欧洲欧元

电子货币

银行为不同的人分别设立账户以存储货币，人们可以通过银行账户存入或支出自己的货币。我们用银行卡或手机在商店消费时，支付的就是自己银行账户里的货币。

价值

一件物品的制作时间越长、制作材料越昂贵，物品的价值就越高。相比于很快就能制成、制作材料廉价的物品，购买这些价值越高的物品，所花费的金钱也越多。

高价值的跑车　　　低价值的玩具车

赚钱

人们也会用时间来赚钱，这位兽医通过花费时间治疗动物的疾病，从而获得与工作时间相对应的报酬。

工作中的兽医。

衣物（Clothing）

随着时光流逝，我们身上的衣服已经革新过许多次。衣服由棉线、羊毛、蚕丝等原材料经过特殊的设计编织而成，可以反映出一个人的居住地、职业以及经济状况。衣服通常只是一种华丽的装饰，但有时它们也具备实际意义，比如御寒。穿衣有时也作为一种乐趣而存在。

早期衣物

早期衣物由动物的毛皮制成，可以用来抵御寒冷和潮湿。后来，早期人类发现，从羊身上修剪下的羊毛可以纺成线，并且可以用这些线织成布料。

长长的刺绣裙由丝绸制成。

托加搭在左肩并环绕全身，是罗马人的身份象征。

罗马皇帝尼禄穿着**紫色托加**，其他任何穿着紫色托加的人都会被他**处死**。

罗马衣服

简洁朴素是古罗马服饰的主要特征。在一些特定场合，男性穿着宽大的托加长袍，女性则披着被称为帕拉的羊毛披肩。

宫廷服饰

在16—17世纪的欧洲宫廷，人们穿着特殊而昂贵的衣物。女性穿着长长的刺绣裙，男性穿着有衬里的夹克、短裤和丝绸长袜。

纱丽
最长可达
8米。

一根长长的棉制或丝
制纱丽缠绕在腰间。

传统服饰

不同的国家与民族有着不同
的传统服饰。每逢传统节
日，印度女性会穿上纱丽、而
日本女性会穿上和服。和服一
般长至足部，带有两只宽大
的袖子，以及一根可以在后
背处系上的腰带。

和服

带衬里的夹
克，亦称紧
身上衣。

帽子要与服装
风格搭配。

织品

棉线、丝线、羊毛线以及用
于制衣的亚麻材料可在织布
机上织成布料。不同颜色的
材料组合在一起可以制作
出不同的衣服样式，比如
格子条纹。

织布机

裙子宽松而纤长，
并搭配有腰带。

西装常与衬衫和
领带搭配。

依照惯例，
西装下面的**扣子**应
该是**解开**的。

新风貌

"二战"期间布料短缺，无法制作新衣
服。为应对此事，时装设计师克里斯
汀·迪奥于1947年在巴黎推出服装款
式"新风貌"。她将裙子缩短并点缀
以细致的褶皱，这一风格后来
风靡世界。

西装

世界范围内，经商的人无论男女
都穿着西服套装并搭配皮鞋。西
装出现在19世纪的欧洲，并逐渐
发展成为工作以及其他正式
场合的标配。

工作 (Work)

人们通过工作获得报酬，并用工作报酬购买所需物品。工作分为不同的类型，有些工作需要具备特定的技能才可以胜任，而这些技能必须通过培训才能获得。一些人终生坚守在同一个岗位，也有一些人不断学习新技能并不断尝试新工作。

请参阅
法律 p.28
货币 p.31
学校 pp.36～37
农业 p.105
药物 p.200
发明 pp.218～219

职业

职业是工作的具体类型。不同的职业需要不同的技能。工作地点也各不相同，工作地点包括医院、学校以及建筑工地等。

驾驶飞机的飞行员

工人
从洗衣机到汽车、电话，工人几乎能生产我们生活中用到的一切物品。机器和电脑协助他们完成这些物品的生产工作。

农民
农民利用土地种植并出售小麦等农作物，同时，他们也养殖牛羊和鸡鸭。

货车司机

办公室职员
办公室职员在高楼大厦的办公室内做着不同的工作，他们经常使用电脑、手机和工具书。

程序员

律师

援助工作者

道路清洁工

教师
教师在学校教授青少年知识和技能。

建筑工人
建筑工人维修旧的建筑并建造新的建筑。铺设道路、为管道和线缆挖掘沟渠以及铺设火车轨道等都是建筑工人的工作内容。

公交车司机

科学家
科学家通过探索世界的真理，研制出新的产品或药物以造福全人类。

警察

售货员
售货员向人们出售商店里的商品，如食品、衣服、鞋子、书籍和唱片。

创意工作者
创意工作者利用他们的想象力制作网站、录制音乐、拍摄电影、设计书籍和海报。

医护工作者
医院和门诊的医生、护士会竭尽全力救助病人，护理人员会细心地照料病人的起居。

商贩
许多商贩在货摊销售水果、蔬菜、鲜花和家用物品。

语言（Language）

人们通过语言进行交流。世界上的语言超过7100种，一些语言的使用人数过亿，一些语言的使用者却寥寥无几。不同的语言听起来差别极大，但只有被书写下来，人们才能直观地发现不同语言之间的差异。

请参阅

书写 p.14
书籍 p.15
故事 pp.16～17
古罗马 p.51
世界 p.108

使用最广泛的语言

当今世界人口数量约75亿，不过其中三分之一的人口使用着下列5种语言，这些语言在世界范围内被广泛使用。

您好

مرحبا
marr-hah-bah

नमस्ते
nuh-muh-stay

Hello

Hola
o-la

汉语（普通话）
汉语（普通话）在整个中国境内通用，是世界上使用人数最多的语言。

阿拉伯语
阿拉伯语广泛用于北非、中东以及其他许多国家。

印地语
印地语是印度的官方语言之一，同时也是斐济的官方语言之一。

英语
英语在许多国家广泛使用，包括美国。

西班牙语
西班牙语适用于西班牙、东亚、非洲以及南美洲、中美洲的部分地区。

| 2.95亿 | 3.1亿 | 3.6亿 | 4.05亿 | 9.55亿 |

手语

人们有时不会通过语言，而是通过手势、肢体动作和面部表情进行交流，这样的方式被称为手语。如果一个人无法说话或听到声音，手语就能在交流中起到重要的作用。

美国手语中的"no"

美国手语中的"yes"

消亡的语言

当一门语言的使用者都转而使用其他语言时，这门语言就会慢慢消亡。拉丁语曾在囊括了欧洲大部分地区的罗马帝国广泛使用，但现在它已经消亡了。不过，拉丁语仍然可以被阅读和书写。

来自罗马帝国的拉丁语。

学校 (School)

学校是孩子们学习诸如阅读和写作等技能的地方，这些技能可以帮助孩子们了解世界。通过学习，孩子们能学到知识并掌握技能，这有利于他们以后获得更好的工作。

伊斯兰学校

在伊斯兰国家，孩子们在伊斯兰学校上学，他们通过学习《古兰经》来了解更多宗教知识。

美国和加拿大的**校车**每年接送的学生超过**百亿**人次。

特有的闪光灯使得孩子们更容易看到驶来的校车。

早期学校

古希腊、古罗马、古中国和古印度是最早让男孩们接受教育的国家。随后，欧洲建立起教会学校，但并不是每个女孩都能上学。

古罗马时期的学校。

特有的后视镜能够帮助司机注意到儿童。

全民教育

现代社会，男孩和女孩从大约5岁起就能上学了。他们先学习数学和语文，年纪更大一些之后再学习其他科目。

大学

大学或学院是青年更为详尽地学习专业知识的地方。当他们完成为期3～4年的学业顺利毕业时，会获得一张学位证书。

学士帽

学位证书

上学

许多学生步行上学，也有一些学生乘坐地铁、小汽车或专用的校车上学。在美国，校车被漆成了显眼的明黄色。

美国接近**200万**的孩子在家中接受教育。

家庭学校

一些儿童白天待在家中接受父母的课程教育，但学习的课程并不比在学校学习得少。如果家附近没有学校，孩子们还可以通过互联网参与到课程的学习中。

维多利亚时代的黑板。

学校教具

过去，孩子们将他们学到的课程用粉笔写在小黑板上。而现在，一些学校使用台式或平板电脑进行教学，不过一般考试会要求在纸上书写。

哲学（Philosophy）

哲学是一门通过提出问题和寻找答案来努力探索事物本质的学科。早在数千年前，哲学问题就曾被那些想要了解世界本质与生命奥秘的人们研究。总是努力思索并试图回答哲学问题的人被称为哲学家。

请参阅

政府　p.27
宗教　p.39
古希腊　p.50
古中国　p.53
理科　p.168

提出问题

为了探索世界的本质，哲学家提出了各种各样的问题。他们想要知道我们身边的哪些物质是真实存在的，以及我们应该怎样生活。

寻找答案

哲学家努力思索这些问题，想要得出正确的答案。构建猜想后，他们还要进一步判断哪些猜想是正确的。

什么因素使得我成了现在的我？

事物存在的原因是什么？

我们要如何判别是非？

是非

判断哪些因素使得某事正确或错误是哲学上的一个重要命题。例如，我们都知道偷盗行为不好，哲学家却会追问偷盗行为到底哪里不好。

平等

男性和女性有时会被区别对待，如共同进餐时，男性往往比女性花费更多。哲学家试图解释每个人怎样才能被平等对待。

早期哲学家

西方哲学始于古希腊时期。希腊城邦雅典孕育了许多早期重要哲学家，比如苏格拉底、柏拉图和亚里士多德。

柏拉图雕像

Plato

宗教 (Religion)

宗教是对神明的信仰与崇敬, 是对宇宙存在的解释。宗教在人们的生活中扮演着重要的角色, 人们认同宗教的教化, 如怎样对待身边的人, 并依照宗教的行为准则生活。很多宗教都有供人祈祷的中心人物, 他们被教徒奉为神明。

请参阅

舞蹈 p.20

古印度 p.52

节日 pp.54～55

土耳其帝国 p.71

世界 p.108

佛教

佛祖生活在公元前5世纪的印度。佛教徒遵从佛祖的教化, 相信每个人都有来世。他们通过打坐进入冥想状态, 悟道参禅。

佛像

犹太教

犹太教起源于4000年前, 犹太人只信奉一位神, 并认为是他创造了世界。犹太人的祖先是希伯来人, 后来所有的希伯来人都成了以色列人。

光明烛

锡克教

锡克教以《阿底格兰特》作为根本经典。教徒们相信所有人都同样重要, 他们用来祈祷的宏伟建筑被称为谒师所。

谒师所

世界上的宗教

佛教、伊斯兰教、基督教及印度教教徒约占世界人口的75%。犹太教和锡克教的追随者也遍布世界各地。世界上还有许多其他宗教, 只是信奉人数相对较少。

伊斯兰教

伊斯兰教的追随者们被称为穆斯林, 他们以《古兰经》作为宗教经典。

清真寺

印度教

印度教起源于2500年前的印度, 其神明不止一位。教徒们相信生命是出生、死亡和重生组成的轮回。

印度湿婆神

十字架上的耶稣

基督教

基督教只信奉一位神, 他们相信耶稣是上帝的儿子, 生活在2000年前。耶稣被钉死在十字架上以使基督教徒永生。

游戏（Games）

游戏是具有一系列规则的活动或运动，由个人单独完成或由多人组成团队完成。一些游戏利用球和球棒（或球拍）在特定场地进行，一些游戏利用棋盘和特制的棋子进行。

球拍运动

网球、羽毛球和壁球运动使用球拍在特定的场地进行。网球运动中，双方击打网球越过球场中部的球网；而壁球运动中，运动员则面向墙壁击球。

网球拍上的线被紧拉着交叉穿过球拍。

棋类游戏

国际象棋或双陆棋等游戏在特制的棋盘上进行。双方玩家拥有一定数量的棋子，并按照游戏规则移动棋子。棋类运动最早出现在5500年前的古埃及。

国际象棋棋盘上的黑白方块格子。

国际象棋的初始状态。

乒乓球

墙面球类游戏

美洲中部的古玛雅人在一个长而狭窄的石壁场上进行一种球类游戏，游戏规定玩家仅能用大腿和胳膊碰触实心橡皮球，而不允许用手或脚去碰触。

球应穿过的石环。

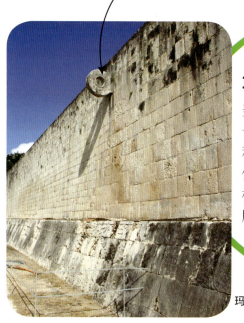

玛雅人的石壁球场

澳式橄榄球

手球

棒球

第一届**奥林匹克运动会**于公元前776年在古希腊举行。

长曲棍球

奥运会

奥运会每4年举行一届，运动员代表他们的国家参赛。奥运会包含大量的体育项目，如田径、体操和团体运动。

奥运会接力赛

美式橄榄球

高尔夫球

排球

足球

球类运动

球类运动是所有游戏中最流行的。在足球、篮球、英式橄榄球、美式橄榄球、澳式橄榄球、板球等游戏中，每方队员最多可达15人。这些比赛吸引了大量的观众，一些比赛还会在电视上播出。

篮球

英式橄榄球

首款电脑游戏开发于1947年，玩家在游戏中向目标投掷石头。

电脑游戏

电脑游戏在电脑上，或者连接到电视屏幕上进行。电脑游戏有单人的，也有多人的。大多数游戏里有特效和音乐。

正在玩电脑游戏的孩子

运动 (Sport)

运动是一种由个人或团队完成的体育活动。每项运动都有自己的规则，团体运动常常需要进行很长时间。个人或团队彼此间互相竞争，以取得更好的结果或更高的分数。

请参阅
舞蹈 p.20
学校 pp.36～37
游戏 pp.40～41
古希腊 p.50
自行车 p.208

田径运动

田径运动在环形跑道或运动场上进行。大型体育竞赛，比如奥运会，包含多个田径项目。

观众
观众观看比赛并为他们喜爱的运动员加油助威。

箭术
弓箭手引弓向圆形的靶子射箭。

标枪
标枪比赛中运动员竭尽全力将标枪投掷得更远。

短跑
全程不超过400米的跑步项目。

投铅球
运动员通过投掷小而重的铅球进行竞技。

跳高
跳高运动员通过跳过更高的横杆进行竞技。

跳远
跳远运动员高速助跑后起跳，努力落在沙坑的更远处。

跨栏
跨栏运动员需要在奔跑时跨过一系列障碍物。

裁判

团体运动

诸如足球、美式橄榄球和板球之类的运动在两支相互对抗的队伍间展开，得分更多的一方获胜。

体操

强壮的体操运动员利用他们柔韧的身体，借助地板或平衡木做出一系列高难度动作，包括翻滚和倒立。

冬季运动

在寒冷的季节，竞技者在冰雪上进行溜冰、滑雪等一系列运动。很多冬季运动涉及特技表演和速度竞赛。

足球队员用脚带球过人。

篮球队员用手带球过人。

美式橄榄球队员用手带着不规则的球越过对方球员。

倒立的体操运动员能做出许多不可思议的动作。

滑雪运动员。

早期人类（Early human）

早期人类与猿类相似，猿类包括大猩猩和黑猩猩。数百万年前，他们学会直立行走，并随着大脑变大而越来越聪明。他们身上的大部分体毛也逐渐消失，慢慢成为现代人类的样子。

请参阅

石器时代 p.44
化石 p.89
非洲 p.114
猴与猿 p.149
进化 p.172
探险 pp.260～261

远古人类

人类有许多不同类型（亦称物种）的近亲。他们中的一些生活在同一时期，偶尔还能遇见彼此。

700万年前

原始人类
早期的类人物种被称为原始人类，他们从猿类发展而来，大部分时间在树上度过，并逐渐开始直立行走。

400万年前

能人
能人是最早使用石器的原始人类之一，这一工具使得他们更容易获取食物。

200万年前

基础的石器

250万—300万年前

南方古猿
南方古猿是原始人类的一个分支，他们能够像现在的人一样完全直立行走。

直立人
可能早在100万年前，直立人就能用火将食物烤熟了。他们逐渐变得越来越聪明，并能吃下更多的肉。

20万年前

手斧

现代人类
现代人类出现在非洲，他们制作的工具可以帮助他们适应不同的环境。他们逐渐迁徙到世界各地，但其他的一些类人物种已经灭绝了。

人类演化

原始人类非常矮，脑袋也较小，大部分时间生活在树上。经过多年的演化，他们开始在地面上度过更长的时间。

我们如何知道？

远古人类死后，他们的骨骼和工具遗留了下来。科学家通过研究骨骼来了解远古人类从行走方式到食物与疾病的各种信息。远古人类的工具也可以展现他们日常生活的许多信息。

远古人类头盖骨

石器时代 (Stone Age)

石器时代始于330万年前,一直持续到4000年前。在这期间,人们开始用石头制造工具,并将其用于切碎植物、肉类以及搭建庇护所。在石器时代的晚期,他们还将石质工具用于农耕。

请参阅

绘画与雕塑 p.12
早期人类 p.43
农业 p.105
食物 p.173
建筑 p.217

石制工具

石器时代,人们开始制作石制工具来完成不同的事务。使用工具意味着人们可以更快速也更容易地获取食物和完成工作。

石斧可以用来伐木和挖土。

人们制作手斧,用来切肉和剁碎坚硬的植物。

寻找食物

对于石器时代的人们来说,寻找食物是生活中最重要的一件事。野生植物和来自陆地及江河的动物都有可能成为他们的食物。

蓝莓

三文鱼

野牛

猎捕野牛这样的大型动物非常危险。

洞窟壁画

石器时代,人们在石壁上绘制出美丽的艺术品——壁画,它们常常展现着人们猎捕到的动物。直到今天,仍不断有新的洞窟壁画被人们发现。

颜料由粉末状的矿物质和油脂制成。

法国拉斯科洞窟壁画

建筑

石器时代的早期建筑由木头和动物皮革构成,直到石器时代末,人们才开始建造叫作巨石的大型石器结构。

英国的巨石阵以其石器时代的巨石而闻名,而今,它们仍然笔直地矗立着。

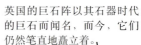

青铜时代(Bronze Age)

青铜时代是石器时代之后、铁器时代之前的历史时期。它始于5500年前，那时，人们已经学会了冶炼青铜器。青铜器是一种锡铜合金，两种金属结合在一起比分开时更为坚硬。

请参阅

手工艺品 p.13
书写 p.14
贸易 p.30
石器时代 p.44
铁器时代 p.48
金属 p.181
建筑 p.217

青铜时代的手镯

青铜时代的枪头

最早的军队出现在青铜时代，他们将青铜器作为武器使用。

青铜器

青铜工具的使用使得人们开垦出更多的土地用于农耕，这使得人们有更多的食物及物品可以用来进行贸易活动。青铜也可以用来制造武器和饰物。

青铜时代，不同社群间的贸易往来更加频繁。一些贸易者用他们的货币购买青铜饰物。

早期文字

楔形文字是最早被书写下来的文字，它出现在青铜时代。书写者用尖芦苇作笔在柔软的黏土板上写下文字，随后黏土变硬，文字便保存了下来。

伊拉克出土的青铜时代楔形文字板

定居

在青铜时代，人们首次大规模定居在一起。聚居地越来越大，规模超过了早期的村庄，甚至出现了城镇。

这些位于德国的建筑是青铜时代房屋的复制品。

这些房屋建造在木桩上，具有木制的框架。

有关于……

家 (Homes)

家是人们所居住的房屋或建筑物,可由帆布、石块、砖块、木头或冰块建造而成,甚至能通过掏空巨石建造而成。房屋可以分隔开作为单个孤立的居所,也可以连成一排形成街巷。一些房屋由砖块建造起来并包含多个楼层,它们被称为公寓。

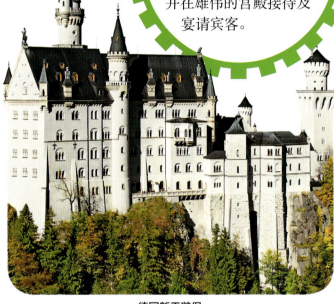

雄伟的宫殿

过去,欧洲的国王和王后非常富裕,他们生活在富丽堂皇的宫殿和城堡里,并在雄伟的宫殿接待及宴请宾客。

德国新天鹅堡

早期的房屋

一些先民在山脉的一侧开凿窑洞安家落户,还有一些先民用木材搭建起简单的小屋,并用动物毛皮进行装饰。

一些先民简单地搭建具有茅草屋顶的房屋,这样的房屋被称为**茅草屋**。

洞穴很容易改造成房屋,因为它们不需要再费力开凿了。

卡帕多西亚的窑洞,在今土耳其东南部。

生态房屋

当下还有一些专门建造的环境友好型房屋,它们比普通房屋更节能。

屋顶的太阳能电池板将太阳的光能转化为电能。

雨水被收集起来,重复利用。

墙壁有用来防止热量流失的夹层,被称为隔热层。

火星上3D打印
房屋的设计图

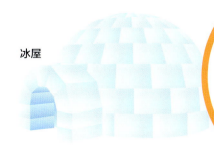

冰屋

极限房屋

在寒冷的北极地区，一些因纽特人用冰块砌成房屋，这样的房屋被称为冰屋。冰屋能够挡风，内部比较温暖。

未来房屋

未来的房屋会是什么样的？一些房屋或许可以通过3D打印的技术建造，机械臂将原材料逐层搭建起来，最后形成立体的形状。

印度的船屋

安东尼·高迪
设计的房屋

移动的房屋

一些人居住的房屋可以移动，如漂浮在水面上的船屋、由马或汽车牵引的房车。

建筑学

建筑学是一门设计建造房屋的艺术。在西班牙的巴塞罗那，建筑师安东尼·高迪受到大自然的启发，将他的房屋用不同的材质和多彩的图案装饰起来。

铁器时代 (Iron Age)

铁器时代，人们开始使用铁制的工具和武器，青铜制品被逐渐取代。铁器时代始于3200年前，其持续时间在不同的地域也有所差异，平均约1000年。铁制器具更坚硬，也比之前所有的工具更耐磨。

请参阅

贸易 p.30
青铜时代 p.45
维京人 p.59
岩石与矿物 p.84
农业 p.105
金属 p.181

铁具

铁具使得农民和建筑工人能够更好地劳动，农民可以开垦更多土地，种植更多庄稼，而建筑工人可以建造更恢宏的建筑。

铁镰刀带有木制把手，可以用来收割小麦。

镰刀刀片

铸剑非常困难，一流铸剑师的收入相当可观。

公元9—12世纪，维京时期的丹麦铁剑。

武器

相比于青铜武器，铁制武器更轻便，成本也更低廉。制作精良的铁制武器比青铜武器更加坚硬也更加锋利。武器质量的飞跃也意味着国家能够组建更加强大的军队。

高山堡垒

高山堡垒是铁器时代建造在山顶上的村庄，它们周围环绕着土墙或石墙，这使得人们能看到靠近的敌人并对其发起反击。

堡垒的墙体起到保护性屏障的作用。

铁器时期英国多尔切斯特的高山堡垒

冶铁

冶铁需要高超的技艺和细腻的心思。在被塑造成武器或工具之前，铁矿石必须要以极高的温度加热。我们今天为铁器塑型的方式与铁器时代工匠们完成这项工作的方式相似。

1. 开采
从地下的铁矿中将铁矿石挖掘出来。

2. 加热
以极高的温度加热铁矿石使其熔化。

3. 浇铸
将熔融的铁汁浇铸在成型模具中，并静置一段时间使其冷却。

古埃及（Ancient Egypt）

公元前7000—公元395年，古埃及由被称为法老的强大统治者领导着。古埃及人民在尼罗河沿岸的土地上耕作，并为他们的法老和神灵建造出令人叹为观止的纪念碑。

请参阅

政府 p.27

河流 p.96

天气 p.100

船舶 p.211

建筑 p.217

生命循环 p.278

尼罗河

尼罗河在古埃及人民的生活中非常重要。农民在尼罗河的沿岸种植农作物，并沿着尼罗河航行去往国家的其他地方。

商船在红海上航行，并将异国的宝物运输到埃及。

吉萨

狮身人面像守卫着金字塔。

每年的雨水使得河流水位上涨，灌溉着尼罗河沿岸的土地和庄稼。

人们在尼罗河捕鱼。

埃及社会

法老在富裕的人民，即贵族的帮助下，统治着整个埃及，其他社会成员为法老和贵族辛勤劳作。

法老

贵族

农民和其他劳动者

一些法老被葬在国王谷中。

卢克索

拉美西斯二世在阿布辛拜勒的巨石上开凿出两座宏伟的庙宇，他自己的雕像也位于受人尊敬的众神之间。

房屋由泥砖建成，这些泥砖需要先在太阳下烘干。

阿布辛拜勒

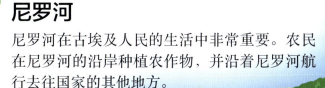

金字塔

金字塔是被用来保护法老尸体的陵墓，里面填满了宝藏以确保法老来世能够继续享受荣华富贵。最大的金字塔将近140米高。

木乃伊被放进绘有图画的木制盒子中。

借助图形符号书写出来的文字，被称为象形文字。

永生

古埃及人死后将他们的身体制成木乃伊。他们用盐去除体内的水分，然后用绷带将身体缠绕起来，希望借此获得永生。

古希腊（Ancient Greece）

古希腊人是历史上最具创造性的一群人，他们是伟大的艺术家，创造了戏剧、政治、历史、语言、科学和运动等诸多学科，一些古希腊人创造的文字沿用至今。公元前510—公元前323年是希腊文明的鼎盛时期。

请参阅

手工艺品 p.13
宗教 p.39
游戏 pp.40～41
运动 p.42
古罗马 p.51
建筑 p.217

帕特农神庙

雅典的帕特农神庙为守卫雅典城邦的雅典娜女神而建，是希腊最著名的庙宇。

帕特农神庙矗立在雅典卫城的高山上，在这里可以俯瞰整个雅典。

它由白色大理石建造而成。

它有46根大柱子。

希腊陶器

希腊花瓶常常绘有神话场景。这个花瓶展示了希腊神话中的英雄赫拉克勒斯12项"不可能完成"的任务之一。

这种花瓶用途广泛，可用于盛装油、酒、蜂蜜及其他食物。

奥林匹克运动会

希腊人举办了第一届体育竞赛，即奥林匹克运动会。下面这尊栩栩如生的雕塑展现出正准备投掷铁饼的运动员的英姿。

希腊诸神

希腊神话中有很多位神，这里展示了其中最重要的6位，他们来自同一家庭。

众神之王
宙斯

爱与美之神
阿佛洛狄忒

音乐之神
阿波罗

海神
波塞冬

狩猎女神
阿尔忒弥斯

冥王
哈迪斯

古罗马（Ancient Rome）

大约2000年前，古罗马人统治着一个庞大的帝国——罗马帝国，地中海成了罗马帝国的内海。罗马帝国秩序井然，一直延续了数百年。

请参阅

政府 p.27
法律 p.28
奴隶制 p.68
战争 pp.74~75
地图 p.109
欧洲 p.113
建筑 p.217

罗马社会

罗马帝国中，不同等级的人有着不同的权利，公民比非公民拥有更多权利，而奴隶没有一点儿权利。

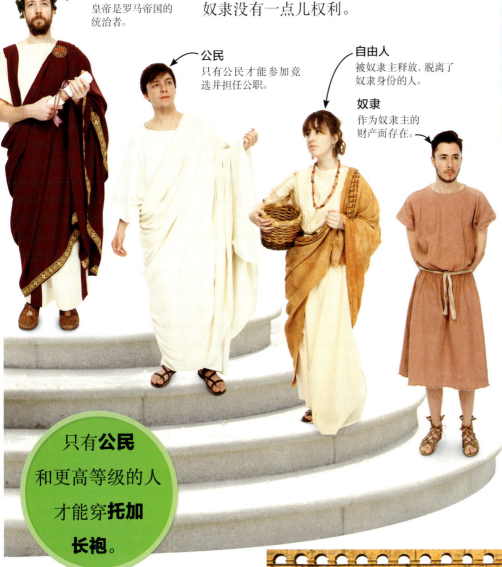

皇帝
皇帝是罗马帝国的统治者。

公民
只有公民才能参加竞选并担任公职。

自由人
被奴隶主释放，脱离了奴隶身份的人。

奴隶
作为奴隶主的财产而存在。

只有**公民**和更高等级的人才能穿**托加长袍**。

罗马帝国

罗马帝国起初只是一个小城市，位于现在的意大利，后来逐渐扩张成一个横跨欧洲的帝国。

罗马士兵

罗马人通过训练有素的军队打下了整个帝国。下图是一位古罗马的军官，他统领着80名士兵。

罗马军官头戴盔帽。

盔甲是由很多金属环互相连接制成的锁子甲。

护胫。

罗马建筑

罗马人是高超的建筑师，有许多建筑至今仍然屹立不倒。右图为加德桥，是向法国南部城市尼姆输送河水的高架渠。

古印度（Ancient India）

5000年前，印度出现了大城市，一个独立的文明就此开始。但直到1526—1857年，印度才联合形成莫卧儿帝国。在此期间，莫卧儿人取得了许多科学方面的突破，也创造出了许多精美的艺术品。

请参阅

绘画与雕塑 p.12
宗教 p.39
战争 pp.74～75
亚洲 p.115
建筑 p.217
天文学 p.257

中央圆顶高达35米。

泰姬陵

泰姬陵由莫卧儿帝国的统治者沙·贾汗于1632年建造，是他妻子阿姬曼·芭奴的陵墓。这个巨大的白色大理石建筑由两万名工匠耗时超过10年才修建而成。

莫卧儿帝国

莫卧儿帝国由巴布尔建立，这位统治者来自中亚，于1526年征服了北印度。巴布尔家族统治了莫卧儿帝国300多年。

巴布尔君主坐在大象上指挥军队。

御象师

战象用象鼻和象牙杀死敌人。

巴布尔军队超过80000人。

球体上标着恒星的位置。

科学

莫卧儿人研究星象并将恒星的位置标记在铜球上。那一时期的科学家发明了洗发水，还研究出了利用金属器具进行劳动的新方法。

古中国（Ancient China）

华夏文明源远流长。公元前221年，秦朝建立，这是中国历史上第一个统一的多民族的封建国家。中国有很多发明，并且传播到了世界各地。

请参阅

书写　p.14
贸易　p.30
饮食　pp.106～107
发明　pp.218～219
探险　pp.260～261

中国戏曲中妇女穿的丝绸服饰。

发明

早在5500年前，中国就开始制作丝绸服饰了。中国人还发明了造纸术、火药、印刷术、机械表、指南针、瓷器和雨伞。

长城

中国皇帝建立了一道坚固连绵的城墙，用于抵御北方部落的入侵。明长城全长约为8850千米，并且已有600多年的历史了。

长城上有许多个这样的烽火台，士兵们可以在烽火台上瞭望敌军，并点燃烽火发出信号。

汉字

汉字历史可追溯到公元前1400年。每个汉字组成词的一部分或者单独成词，古代汉字是从右向左、从上到下进行阅读。

小山顶上的城墙更容易防御敌军。

城墙上方足够宽阔，能容纳士兵并排前进。

水稻种植

在大约10000年前，水稻就开始在我国种植了，直到今天我们仍在种植。水稻需要生长在多水的田野中，比如右图的梯田。

有关于……

节日（Festivals）

世界各地都有庆祝节日的习俗。一些节日，比如开斋节和圣诞节是重要的宗教节日，而中国的春节则标志着新年的到来。节日往往是一段愉快的时光，人们张灯结彩、载歌载舞或者互赠礼物。

圣诞节

每年的圣诞节，基督信徒都会庆祝耶稣的诞辰。一些信徒会去教堂唱圣诞颂歌或者其他圣诞歌曲。人们互赠礼物，享用丰盛的大餐，并与亲友们共度圣诞节。

圣诞树顶常常装饰着星星或天使。

圣诞礼物放在圣诞树旁边的地上。

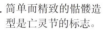

简单而精致的骷髅造型是亡灵节的标志。

亡灵节

在墨西哥，人们将11月初的连续两天定为亡灵节，纪念他们逝世的朋友或家人。人们会用食物祭奠死者，还会为他们打造神龛。

骷髅塑像

在中国，人们会通过舞狮庆祝节日。

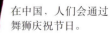

春节

中国春节的庆祝活动会一直持续15天。人们打扫房屋以驱除霉运，在门窗上贴剪纸和对联。还有人燃放烟花爆竹，或者在大街上舞龙舞狮，热闹非凡。家人都团聚在一起享受盛宴，辞旧迎新。

穆斯林在清真寺外念诵开斋节祷文。

开斋节

穆斯林在斋月结束时庆祝开斋节。斋月时，他们在白天进行斋戒，禁止一切饮食。开斋节时，他们会聚在一起祈祷、拜访亲友并享受美食。

过年期间，中国的长辈会把**压岁钱**放在红包里发给晚辈。

逾越节

犹太人庆祝逾越节，以纪念他们逃离了埃及的奴役生活。以逾越节家宴为标志，这一节日持续7～8天。家宴时，犹太人会吃一种扁平而未经发酵的硬面饼，也就是逾越节薄饼。

逾越节是最重要的犹太节日之一，历史超过**3000**年。

舞狮者用长竹竿控制色彩鲜艳的狮子。

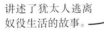

盘子中的特定食物讲述了犹太人逃离奴役生活的故事。

人们用烟花照亮排灯节的夜空，使得这一节日充满光亮。

排灯节

印度的排灯节在北部地区于夏季庆祝，在南部地区则于春季庆祝。排灯节象征光明驱散黑暗，正义战胜邪恶。人们用灯光照亮他们的家庭以及公共场所，并燃放烟花庆祝节日。

阿兹特克人（Aztecs）

阿兹特克人生活在美洲中部，他们在公元1400—1519年建立了庞大的阿兹特克帝国，这段时期他们建造了巨大的石头城。农民会种植玉米和牛油果，还会饲养火鸡。

绿松石象征着神的呼吸。

面具

阿兹特克人将面具用于宗教仪式，或将其陈列在庙宇内。木制的面具表面覆盖有很多珍贵的绿松石。

阿兹特克城

每个城市中央都矗立着一组庙宇。很多庙宇建造在巨大的金字塔顶部，这些金字塔高度可能超过60米。

金字塔和官殿由石头建造而成。

祭司用火石刀杀掉动物或人类作为祭品献给神灵。

许多金字塔的顶端有两座庙宇。

只有祭司以及用于祭祀的人才被允许登上金字塔。

每周都有一次集市。

祭祀时，人们面朝神灵唱歌跳舞。

大多数城市临河湖而建。

船舶用来运输货物。

商人长途跋涉只为出售货物。

印加人 (Incas)

印加人居住在南美洲的西海岸，在公元1438—1532年，他们的帝国不但富有，而且是全世界疆域最为辽阔的帝国。当时，印加社会组织分明，人们各司其职。

请参阅

手工艺品 p.13
阿兹特克人 p.56
玛雅人 p.58
黄金 pp.86～87
农业 p.105
南美洲 p.112

印加社会

印加社会的君主被称为萨帕·印加，印加一词本身就有君主的含义。很多农民为皇帝劳作，以此获得食物和住所。

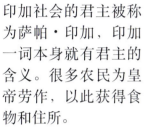

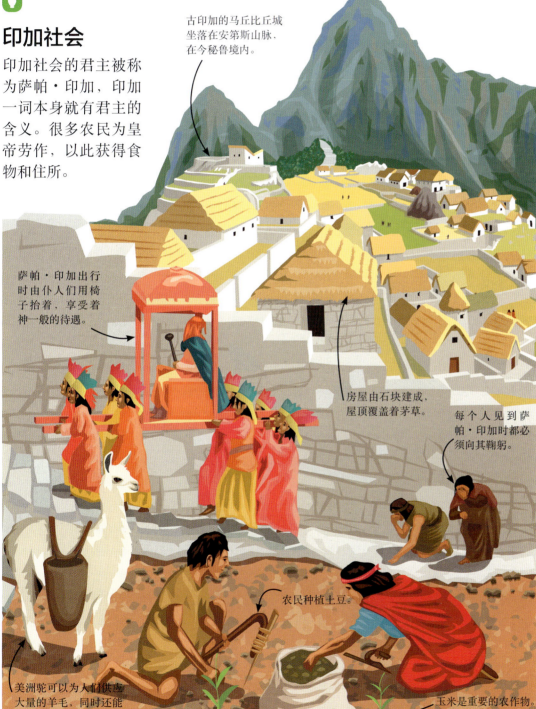

古印加的马丘比丘城坐落在安第斯山脉、在今秘鲁境内。

萨帕·印加出行时由仆人们用椅子抬着，享受着神一般的待遇。

房屋由石块建成，屋顶覆盖着茅草。

每个人见到萨帕·印加时都必须向其鞠躬。

美洲驼可以为人们供应大量的羊毛，同时还能运输货物。

农民种植土豆。

玉米是重要的农作物。

太阳神

黄金圆盘代表着印加的太阳神因蒂。每一年，印加人都会举行为期9天的太阳神节、在此期间他们享用美食，并向太阳神祭祀以表达尊敬。

手工艺品

印加人用金或银制作宗教物品，并将其陈列在庙宇中。手工艺人也会利用黏土、皮革和羽毛等制作精巧的物件。

金制美洲驼

玛雅人（Maya）

玛雅人于公元前1600—公元前1000年生活在美洲中部。他们用石头建造城市，种植玉米、豆类和南瓜。玛雅人信奉多位神灵，并为这些神灵修建庙宇。玛雅人是高明的数学家，他们发明了玛雅日历。

请参阅

绘画与雕塑 p.12

宗教 p.39

游戏 pp. 40～41

阿兹特克人 p.56

印加人 p.57

农业 p.105

玛雅人的神

玛雅人信奉多位神灵。他们相信神控制着整个世界，包括动物和天气。

通向金字塔顶部的楼梯。

顶部的庙宇。

墨西哥奇琴伊察遗址的玛雅金字塔

神庙

许多玛雅神庙都坐落在金字塔的顶端。神庙中的祭司以献祭动物、载歌载舞等方式向神灵表达敬意。

玛雅人的体育活动

玛雅人的球类运动带有一定的宗教色彩。运动员仅能用前臂和臀部击球，为了进球，他们会将橡皮球击打到球场中的各个区域。

玛雅人的神明常戴着装饰有圣徽的大帽子。

恰克的鼻子和獠牙与蛇非常类似。

焚烧球形的香向神灵表达敬意。

恰克是太阳神的兄弟。在他痛哭时，**眼泪**化作**雨**落下来。

玛雅雨神恰克

维京人 （Vikings）

维京人不是某类特定的人种，而是对从公元8世纪开始进行远距离航行以探索世界的挪威人、瑞典人和丹麦人的统称。在家乡，这些人只是普普通通的农民和手工业劳动者，但在航行过程中，他们烧杀抢掠、横行霸道。因此，维京人也泛指"北欧海盗"。

请参阅
手工艺品 p.13
神话传说 p.19
探险家 p.66
大洋与大海 p.99
欧洲 p.113
船舶 p.211

维京船

维京船速度快，转向灵活，十分适合维京人远征异地进行劫掠活动。借助来自船帆和船桨的动力，维京船在大西洋和欧洲的大河中航行。

公元1004年，女维京人古德里德（Gudrid）率领一支船队从格陵兰**航行**到了加拿大。

维京长屋

维京人用木头建造房屋。屋顶一般是木质或茅草（用稻草麦秆或其他柔软的材料编织而成）的屋顶。房屋的内部会分割出多个房间，分别供维京人、奴隶和动物居住。

屋顶的装饰物用来确认屋主。

秸秆和羊毛塞在木板之间的空隙中。

桅杆在暴风雨中可能会被折断。

一些维京战船将动物头像雕刻在船头。

正方形船帆在浅水区卷起。

粗壮的龙骨由橡木制成。

重叠的木板让船坚固而轻便。

帆绳控制着船帆。

护盾保护船员免受浪花的喷溅。

大多数维京战士戴有头盔。

利剑是非常昂贵的武器。

船桨可以改变船的方向。

腰包是保存硬币的好位置。

城堡（Castles）

大多数城堡建造于公元1000—1500年。城墙内是民众的居住地和工作场所。国王和贵族修建城堡以抵御外敌入侵，但大炮的出现使得城堡不再安全。沧海桑田，有些城堡早已是残垣断壁，有些城堡仍然屹立不倒。

请参阅

家 pp.46～47
骑士 p.61
日本帝国 p.63
欧洲 p.113
工程 p.215
建筑 p.217

石头城堡

后期的欧洲城堡一般有石墙和石塔。城堡间规模差异很大，最大的城堡可同时容纳数百名守卫，而较小的石头城堡则仅是某个家庭及其佣人的住宅。

堡场是一片开阔的空地，可以用来种植庄稼。

城堡中最大的塔楼被称为城堡主楼。

石墙让攻击者难以攀爬。

城堡守护着绵羊和其他牲畜的安全。

将开合桥吊起可以有效地抵挡敌人的入侵。

一些城堡外挖有护城河，环绕的河水也能起到防御外敌的作用。

哨兵在塔楼上观察敌军。

早期城堡

数以百计的城堡建造于公元1020—1200年。早期城堡一般分为两部分——高地上的塔楼以及低处的庭院。

许多城堡都建在小山的山顶上，这能为城堡中的人们提供广阔的视野。

姬路城堡位于日本南部，其白色的外墙配上蜿蜒的屋檐，就像一只展翅欲飞的白鹭，因而也被称为"白鹭城"。

日本城堡

日本城堡设计有塔楼。塔楼主要以石块和木头为材料建成，在城堡遭到攻击时塔楼可作为藏身之所。

骑士 (Knights)

骑士是欧洲中世纪时兴起的一个阶层，在公元7—17世纪尤为活跃。骑士拥有欧洲的大片土地。骑士从7岁时开始接受训练，直至成为一名可以统领军队的战士。

这样的头盔可以抵挡"迎头痛击"。

请参阅
旗帜 p.29
衣物 pp.32～33
运动 p.42
城堡 p.60
战争 pp.74～75
欧洲 p.113
金属 p.181

盔甲

骑士会全身穿戴盔甲，这种板状盔甲几乎刀枪不入。最早的骑士们穿戴的盔甲是锁子甲，锁子甲一般由铁丝或铁环缀合而成；之后的盔甲由成型的铁质护板构成。

曲面的盔甲保护骑士的肘部。

骑士在不使用护盾时会将其挂在肩带上。

铁手套由40多片金属片制成。

侍从

每名骑士都拥有一位侍从。侍从负责打理骑士的装备，照料马匹，一些侍从最后会成为骑士。

锁子甲穿起来非常重，但它能提供有效的保护。

腰带用来固定骑士的宝剑和匕首。

骑士穿戴着彩色的全套装备用长矛比武。

纹章

每名骑士的盾牌上都有一个纹章，也称盾章。纹章一般由父亲传递给儿子，是一种特定的标志，因此在战场中可以用来识别身份。传令官会将骑士与其纹章对应记录。

长矛比武

在比武过程中，骑士们手持钝的长矛互相竞逐。在比武中击中对手便能得分，若是直接将对手击下马，则赢得比武。这项运动在当时很受欢迎，每次比赛都能吸引大量观众。

文艺复兴（Renaissance）

14—16世纪，意大利的科学和艺术等领域经历了一场思想文化运动，这一运动随后在欧洲引起强烈反响，史称"文艺复兴"。这场运动主张复兴古希腊和古罗马文化，"Renaissance"在意大利语中的意思是"再生"。

请参阅

绘画与雕塑 p.12
书写 p.14
宗教 p.39
古罗马 p.51
航空器 p.214
发明 pp.218～219

建筑

文艺复兴时期的建筑师们采用古希腊罗马时期的风格，建造出更为恢宏壮丽的建筑。这时期的建筑通常带有古典柱子和圆顶结构。

佛罗伦萨大教堂的大圆顶建造于1436年。

科学

科学家开始进行早期的科学实验，并在太空、科技和医学领域取得了重大发现。

这个飞行器由列奥纳多·达·芬奇设计，它从未真正飞起来过。

这幅油画由彼德罗·佩鲁吉诺创作，展示了耶稣赐予圣彼得通往天堂的钥匙的情景。

油画前方的人物比在后方的人物更大，这叫作透视法。

艺术

艺术家采用了比以往更为现实的创作风格。他们发明新的绘画手法，并使用新的绘画材料，力求精确地展现光与影的效果。

日本帝国（Imperial Japan）

在公元1603—1868年，日本实际上由德川幕府统治。由于德川幕府的掌权者及其统治中心都在江户，即现在的东京，因此这一历史时期也被称为"江户时期"。

请参阅

绘画与雕塑 p.12
戏剧 p.18
舞蹈 p.20
乐器 p.23
骑士 p.61
战争 pp.74～75

带角的盔帽是武士盔甲的一部分。

高尚武士

日本武士指为有权力的领主战斗的勇士，他们需要遵守严格的纪律。日本武士的生活方式被称为武士道，意思为"勇士之道"。

武士的主要武器是一种刀剑，被称为武士刀。

音乐创作

在日本文化中，音乐往往扮演着重要的角色。左图所示的乐器为三弦琴，看起来和吉他类似。三弦琴可以为舞蹈表演和木偶剧配乐。

三弦琴有3根琴弦，琴身大致呈方形。

艺术

江户时期，日本涌现出了一大批优秀的诗歌、绘画、文学和手工作品。上图展现的是创作于1857年的版画《江户百景·雪》，这幅画展现了日本传统的雪景。

严格的指令

江户时期的层级关系十分明确严格。皇帝是名义上的最高统治者，但实际上是幕府掌控着地方的大领主，即大名，而大名又控制着武士军队。

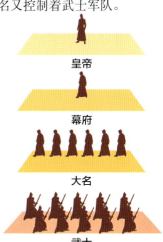

皇帝

幕府

大名

武士

海盗（Pirates）

海盗是指专门在海上抢劫其他船只的罪犯。他们用武力攻击船队，偷抢物资，在海上横行霸道，为所欲为。时至今日，海盗被认为是一群愉快的恶棍，他们热衷于埋藏宝藏，在热带海岛上自由生活，但事实并非如此。

请参阅
旗帜 p.29
衣物 pp. 32～33
探险家 p.66
大洋与大海 p.99
地图 p.109
船舶 p.211

海盗旗

海盗会为旗帜添上一些象征死亡的符号，用以威胁和恐吓人们。这些标志包括颅骨、骨头和骨架。上图的海盗旗由著名海盗杰里迈亚·考克林制作。

海盗船

高速航行的能力对海盗船来说至关重要，这使得它既能追得上自己的目标，也能在身陷重围时从容逃脱。海盗船上配备有加农炮，这极大地提升了它的作战能力。右图中的这种船被称为单桅帆船。

巨大的船帆帮助船只迅速移动。

宽大的帽檐为海盗遮风挡雨。

衣物由羊毛、亚麻布和帆布制成。

被称为弯刀的武器有着弧形的刀刃。

皮鞋带有小的铜质搭扣。

海盗生活

海盗的一次出海可能长达数周。为了避免因情绪躁动而发生暴力事件，船员们往往用音乐、游戏、食物和酒水来消磨时光。

1690—1725年
被认为是海盗的**黄金时代**。

黑胡子

最著名的海盗当属"黑胡子"，他曾在美国海岸袭击船队掠取大量财富。1718年，他在与英国海军的交战中被杀身亡。

美洲原住民（Native Americans）

25000年前，一部分人从亚洲迁往美洲。因此，在欧洲人于15世纪首次踏上这片土地时，已有将近5000万人生活在美洲的各个部落。这些人被称为美洲原住民。

请参阅

绘画与雕塑 p.12
舞蹈 p.20
宗教 p.39
家 pp.46～47
北美洲 p.111
北极地区 p.118

面具中央展示的是太阳神。

艺术与信仰

美洲原住民信奉多位神灵。在他们举行的各种带有宗教色彩的仪式中，艺术是重要的组成部分。例如在贝拉库拉部落的仪式里，人们会戴着上图这种面具载歌载舞。

文化区域

美洲原住民部落一度有数百个，每个部落都有属于自己的传统。下图展示了10个美洲原住民的文化区域，同一个区域中的部落有着相似的习俗和生活方式。

关键词

高原区	东南区
西北区	西南区
北极区	平原区
亚北极区	大盆地区
东北区	加利福尼亚区

16世纪初，由欧洲人携带而来的疾病使得美洲原住民人口暴跌至**40万**。

寻找食物

一些部落种植诸如土豆、豆角或西红柿这样的农作物。还有一些部落以狩猎水牛这样的野生动物或者采集野生植物为生。

家园

美洲原住民的居所各有不同。东北地区的农民会建造长屋，以供多个家庭共同居住。而平原区的猎人们则居住在一种圆锥形的帐篷中。

探险家（Explorers）

探险家们开启探险旅程的目的各异：为了广交朋友，为了寻找用作贸易往来的商品，或仅仅是为了探索新世界！在探险过程中，探险家们会面临各式各样的挑战。有的探险家最终获得了成功，但有的探险家却无法完成他们的使命；中国探险家郑和属于前者，他于1420年抵达马达加斯加。

请参阅

贸易　p.30
地图　p.109
欧洲　p.113
船舶　p.211
探险　pp.260～261

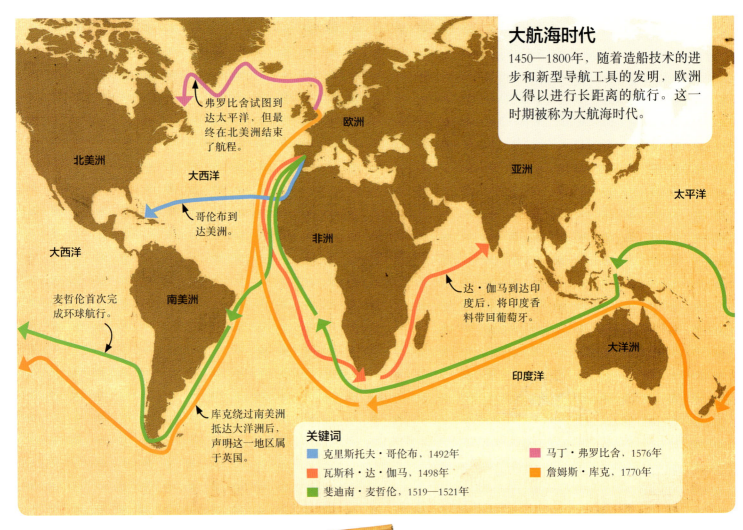

大航海时代

1450—1800年，随着造船技术的进步和新型导航工具的发明，欧洲人得以进行长距离的航行。这一时期被称为大航海时代。

弗罗比舍试图到达太平洋，但最终在北美洲结束了航程。

北美洲

大西洋

欧洲

亚洲

太平洋

哥伦布到达美洲。

非洲

大西洋

达·伽马到达印度后，将印度香料带回葡萄牙。

麦哲伦首次完成环球航行。

南美洲

大洋洲

印度洋

库克绕过南美洲抵达大洋洲后，声明这一地区属于英国。

关键词

- 克里斯托夫·哥伦布，1492年
- 瓦斯科·达·伽马，1498年
- 斐迪南·麦哲伦，1519—1521年
- 马丁·弗罗比舍，1576年
- 詹姆斯·库克，1770年

贸易

在探险过程中，探险家们发现了一些他们前所未见的东西。商人们随后用这些东西在世界各地开展贸易往来，这些商品包括食物、香料和贵金属。例如，辣椒就是从印度传播到世界各地的。

肉桂

黑椒

黄金

麦哲伦

西班牙航海家麦哲伦于1519年出发，以寻找前往亚洲的新航路。在出发时，船队共有5条船和270名船员，但最终只有18名船员得以安全返回。

美国西部（American West）

1840—1900年，许多人从美国东部向西部迁移，并在那里开始新的生活。一些人在这里建立农村和牧场成了移民，一些人则在这里挖掘矿石只为淘到黄金。

请参阅
美洲原住民 p.65
黄金 pp.86～87
北美洲 p.111
火车 p.210
交通 pp.212～213

马车队

移民想要长途跋涉到美国西部，马车是必不可少的工具，我们将这种车队称为马车队。移民会将他们所需的一切都整理好，以便在目的地建造新的家园。

这种货车的动力通常来自于马匹和公牛，人、补给物资和农业设备以这样的方式被运输到西部地区。

一支马车队的四轮货运马车可达250辆。

印第安人战争

战争在移民和印第安族群之间爆发。尽管印第安部落赢得了其中的一些战役，但最终还是战败并失去了他们的土地。

油画《卡斯特的最终立场》描绘了一场印第安人的胜利。

早期铁路

1869—1893年，人们将铁路铺设到了美国西部。这使得大量的移民涌向美国西部，而这片广袤土地上的商品也得以运输到其他城市。

联合太平洋铁路119号

蒸汽从火车烟囱中喷出。

奴隶制 (Slavery)

奴隶指人身权利被剥夺且被他人当作财产的人。他们一般是战争中的俘虏、无力偿还债务的借款人，或者是奴隶的子女。奴隶制曾在历史中出现，但今天奴隶制在世界上任何一个国家都是非法的。

请参阅

法律 p.28

贸易 p.30

古罗马 p.51

北美洲 p.111

非洲 p.114

船舶 p.211

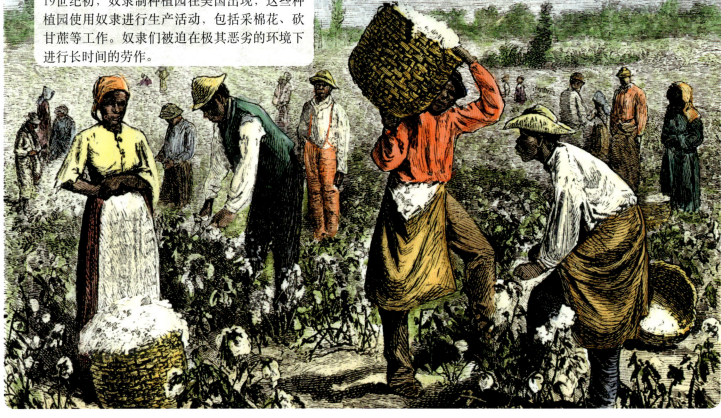

奴役性劳动

19世纪初，奴隶制种植园在美国出现，这些种植园使用奴隶进行生产活动，包括采棉花、砍甘蔗等工作。奴隶们被迫在极其恶劣的环境下进行长时间的劳作。

奴隶贸易

为了保证种植园内的劳动力充足，大量的非洲奴隶被运往美国。1450—1850年，从非洲运到美洲的奴隶就有1200万。

奴隶们被铁链紧紧地绑在了一起，塞进船里。

当今的奴隶制

尽管奴隶制是非法的，但仍有超过2000万人被视为奴隶，这种情况主要出现在亚洲和非洲。世界上的许多组织正为解决这一问题而不懈努力。

法国大革命（French Revolution）

长期以来，法国都由掌握着绝对权力的国王统治着。他们生活奢靡，为所欲为，与普通法国民众的贫穷形成了鲜明对比。1789—1799年，法国人民发动了革命，推翻了法国国王的统治并颁布了新的法律。

请参阅

政府 p.27
法律 p.28
货币 p.31
战争 pp.74～75
欧洲 p.113
建筑 p.217

玛丽·安托瓦内特

法国王后玛丽·安托瓦内特毫不关心民众的困境，她穷奢极欲的生活方式激怒了许多普通法国民众。

巴士底狱用于关押国王批捕的政治犯。

巴士底狱

巴士底狱是巴黎的皇家监狱。1789年7月14日，法国人民攻占了巴士底狱，夺取了其中的武器。

路易十六在断头台上被斩首示众。

国王路易十六于1793年被处死。

安东尼·约瑟夫桑特雷将军是国民自卫军的领导者之一。

君主制的终结

国王和王后试图乔装成仆人逃离法国，但他们随后被抓捕，并被当众处决。

工业革命（Industrial Revolution）

工业革命是一场由技术革新引起的大革命，机器制造业的蓬勃发展是其标志之一。工业革命时期，大量的工厂得以创办，这些工厂都使用机器进行生产。这场革命始于18世纪60年代的英国，随后向欧洲其他国家及世界各地蔓延。

工厂作业

工厂内有多排机器同时进行生产活动，每天都能生产出大量产品，包括纺织品、陶器、玻璃器具以及铁制品和铜制品这种金属制品。这些机器起初由水力驱动，而后蒸汽动力取代了水力。

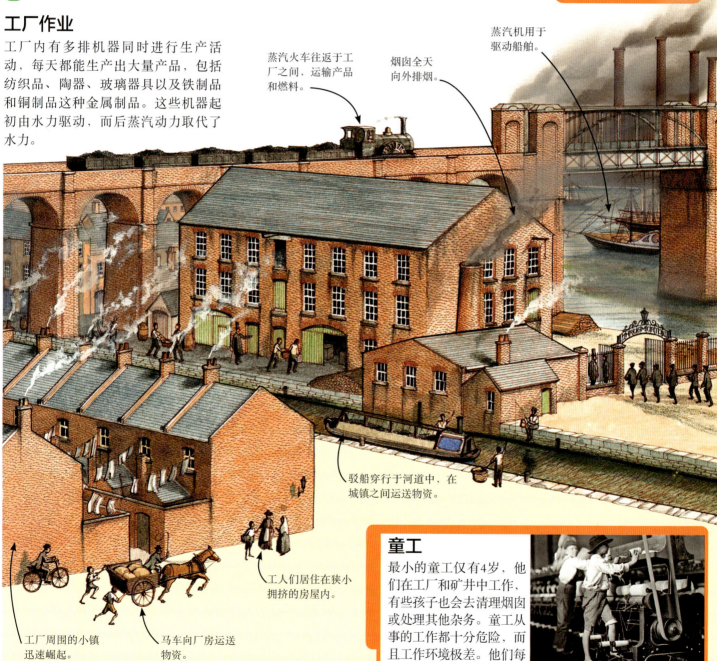

蒸汽火车往返于工厂之间，运输产品和燃料。

烟囱全天向外排烟。

蒸汽机用于驱动船舶。

驳船穿行于河道中，在城镇之间运送物资。

工人们居住在狭小拥挤的房屋内。

工厂周围的小镇迅速崛起。

马车向厂房运送物资。

童工

最小的童工仅有4岁，他们在工厂和矿井中工作，有些孩子也会去清理烟囱或处理其他杂务。童工从事的工作都十分危险，而且工作环境极差。他们每周的工作时间长达80个小时，但薪酬非常少。

1900年，在美国佐治亚纺织厂工作的男孩。

土耳其帝国（Turkish Empire）

在长达数百年的时间里，奥斯曼土耳其人都统治着世界上存在过的最大的帝国之一。土耳其帝国的疆域从北非向东纵贯穿过中东地区，直达印度洋。奥斯曼人是伊斯兰教的信徒，但他们却统治着这个多民族国家。

请参阅

手工艺品 p.13
旗帜 p.29
宗教 p.39
欧洲 p.113
非洲 p.114
亚洲 p.115
建筑 p.217

土耳其领导人

1299年，土耳其领导人奥斯曼一世建立全新的土耳其帝国——奥斯曼帝国。奥斯曼帝国的君主被称为苏丹，苏丹及其家族对奥斯曼帝国的统治长达600年。

1299—1323年，奥斯曼一世领导着土耳其人。

下图是土耳其著名的蓝色清真寺，于1616年建成。

宗教帝国

奥斯曼人是穆斯林，这意味着他们信仰伊斯兰教。奥斯曼人建造了许多清真寺，用以进行祷告等宗教活动。其中不少清真寺沿用至今。

奥斯曼帝国的首都是**君士坦丁堡**，就是现在的**伊斯坦布尔**。

伊兹尼克陶瓷常装饰有花的图案。

土耳其艺术

土耳其西北部城市伊兹尼克城的人们可以制造美丽的陶瓷，还会编织羊毛毯和挂毯。

土耳其共和国

奥斯曼帝国于1922年灭亡，苏丹人不再管理国家。次年，土耳其人投票选出他们的领导人成立了共和国。

土耳其国旗

第一次世界大战（World War I）

1914年，第一次世界大战在欧洲爆发，并迅速波及全世界。在这场战争中，飞机和坦克首次被使用。第一次世界大战持续了4年时间，夺去了上千万士兵的生命。1918年，这场战争才终于画上了句号。

堑壕战

在西欧，挖掘战壕被认为是在两军对垒时有效的防御措施。战壕能使士兵免受敌人的火力攻击，但是战壕里非常肮脏，战士很容易感染疾病。

沙包阻挡了敌方的步枪火力。

士兵翻过战壕抗击敌军。

铁丝网将敌军阻挡在外。

枪的末端配有刺刀，近身搏斗时可以刺伤敌人。

士兵穿着耐用的靴子。

战壕中环境极差，老鼠四处乱窜，传播疾病。

战壕泥泞不堪，并常有积水。

敌人用有毒气体攻击时，士兵会戴上防毒面具。

THESE WOMEN ARE DOING THEIR BIT

LEARN TO MAKE MUNITIONS

战争时期的女性

当男性外出打仗时，女性就在军工厂中生产武器和弹药（炮弹和子弹），并且在农场里劳作。

同盟国与协约国

参与战争的国家组成两大集团——同盟国与协约国。

协约国：

 英国

 法国

 意大利

俄罗斯

美国

同盟国：

 德国

奥匈帝国

 奥斯曼帝国

第二次世界大战（World War II）

1939年，德国入侵波兰标志着第二次世界大战的爆发。在这场战争中，大规模的海战和空战使得战争的影响面迅速扩大，战火蔓延至世界各地。第二次世界大战直到1945年才落下帷幕。这场持续了6年的战争，夺去了超过6000万人的生命，是人类有史以来最为惨烈的暴力冲突。

请参阅

宗教　p.39
第一次世界大战　p.72
战争　pp.74～75
世界　p.108
欧洲　p.113
船舶　p.211
航空器　p.214

难民儿童运动

受益于该运动，有近万名受到战争威胁的儿童得以转移到远离欧洲大陆的英国，其中绝大多数是犹太儿童。这一行动被称为"难民儿童运动"。

机舱仅能容纳一名飞行员。飞行员在驾驶飞机时，可以使用机上配备的机枪开火。

英国战斗机

1940年，在英国本土的战斗中，英国喷火式战斗机击落了许多德国飞机。

炮塔转动以将主枪指向敌军。

德国坦克

德国制造了数千辆火力强大、装备精良的坦克用来攻击苏联和西欧各国。

同盟国和轴心国

右图中，4个主要同盟国对抗着由德国、意大利和日本组成的轴心国。双方在欧洲、非洲、亚洲和大洋洲都有过激烈交战。

主要同盟国：

英国　　法国　　美国　　苏联

轴心国：

德国　　意大利　　日本

飞机停留在甲板上准备起飞。

船舰被涂成不同种颜色迷惑敌军。

美国船舰

美国海军在太平洋海域与日本海军发生了一系列激烈的战斗。

战争（War）

历史上，人们会为了土地、金钱和权利而战斗，也会为了宗教信仰推翻统治者或政府。战争往往以高昂的军费及数以千计的性命为代价。战争的时间与规模不一，有些战争甚至能持续数年。许多人反对战争，他们认为无论如何都不应该杀人。

一整套的盔甲重达**40千克**，大约与**40本字典**等重。

早期战争

在早期的战争中，人们用战斧、木棒、刀剑、长矛和盾牌来武装自己。由于装备无法统一，因此有时在战斗中，战士们很难分辨敌军与友军。

战马身披盔甲来保护头部、颈部和体侧。

马背上的骑士

当藏在**木马**中的希腊士兵进入特洛伊城时，**特洛伊战争**就已经结束了。

漫长的战争

战争能持续很长的时间，特洛伊战争持续了10年之久。公元前5世纪，希腊人与波斯人之间的战争持续了50多年。在一场战争中，冲突并非每天都发生。英法之间的战争从1337—1453年，持续了116年。

穿着盔甲的骑士

在中世纪的欧洲，骑士们穿戴着盔甲策马冲入敌阵。盔甲能有效地保护他们不被弓箭和长矛刺伤，但这些盔甲非常沉重并且会影响视线。

油画，1588年的西班牙舰队

右图中的西班牙舰队由**130艘船舰**组成，这些船舰装备有**2500支枪**和**30000名士兵**。

海战

许多战役发生在海上。海战中的船只一旦出现问题，船上的所有人都在劫难逃，这极大地增加了海战的危险性。如果两军的船在海上擦肩而过，士兵们会趁机爬上敌船。

美国南北战争时，叛军使用的旗帜。

内战

大多数战争发生在国家之间，但有时也会在国内爆发，这种战争称为内战。美国为赢得独立于1783年与英国展开了战争，在之后的1861—1865年则进行了艰苦的内战。

美国最初的国旗只有13颗星和13个条纹，代表了1777年的13个殖民地。

一把现代的冲锋枪每分钟能打出

1200发子弹，

即射速为每秒20发。

战争墓地

火药

火药是一种易爆的物质，发明于9世纪的中国。火药是枪弹和炮弹的推进剂，能为它们提供较远的射程。

俄罗斯士兵

战争的耗费

战争往往会造成巨大的伤亡，士兵很可能被击毙，普通民众也可能意外被杀。在战争时期，如果一个人因为厌恶杀戮而拒绝参与战争，他会被称为拒服兵役者。

地球内部结构 (Inside Earth)

地球可分为4层，我们生活在它的最外层，也就是地壳之上。地壳漂浮在一层极热的岩石上，这层岩石被称为地幔。地幔的内部是地球的中心——地核，地核由金属构成。

请参阅

地表 p.77
火山 p.79
指南针 p.110
金属 p.181
磁铁 p.192
地球 p.240

地层

像洋葱一样，地球有很多层，每层各不相同。越靠近地心，温度越高，地核的温度能达到6000℃。

上地幔包括一部分滚烫的岩浆。

外核由流质的铁组成。

内核是实心的铁。

下地幔由温度极高的岩石组成。

早期的地球并**没有地壳**，当时的地幔是一片**冒泡的岩浆**海洋。

地壳由岩石组成。

岩浆和火山岩

冒泡的岩浆涌上地表，形成火山。岩浆涌上地表急速冷却后形成的岩石，被称作火山岩。

地磁

因为地球外核是液体，它随着地球的自转而流动，创造出环绕地球的磁场，磁场能将来自太空的有害能量波屏蔽在外，也使得我们可以依靠指南针辨别方向。

北极

南极

磁场

主要喷发口

火山岩流动

岩浆房

地表（Earth's surface）

地球外层称为地壳。它由被称为构造板块的许多小块组成。板块拼凑成巨大的球形拼图。板块移动得非常缓慢，每年仅移动几厘米。

请参阅

地球内部结构 p.76
地震 p.78
火山 p.79
山脉 p.82
大洋与大海 p.99
世界 p.108

许多火山位于环太平洋火山带上。

圣安地列斯断层附近常常发生地震。这部分断层位于美国加利福尼亚州的火山带上，也是环太平洋火山带的组成部分。

太平洋

板块在板块边界处遇合。

图注
板块边界
火山带
火山

地球构造板块

地球有7个巨大的构造板块和几个小板块。最大的板块位于太平洋下方，它覆盖了地球表面超过五分之一的面积。

火山带

环绕太平洋的板块边界常常发生火山喷发和地震，这种板块边界被称为火山带。

山脉

喜马拉雅山脉位于两大板块的交界处。数百万年前，两大板块相互挤压形成了喜马拉雅山脉。时至今日，喜马拉雅山脉仍在以每年5毫米的速度抬升。

地震（Earthquake）

地震是地面的晃动。地震一般会沿着断裂的地壳发生，这部分被称为断裂带。地震的大小不一，小的地震只会让人有轻微的震感，但是剧烈的地震具有极强的破坏力。

请参阅
地球内部结构 p.76
地表 p.77
岩石与矿物 p.84
变化的世界
　　　pp.122～123
建筑 p.217

什么引发了地震？

当两个板块之间相互挤压碰撞时，板块边沿和板块内部会产生错动和破裂，从而引发地震。板块间的断裂被称为断层。

断层是地壳受力发生断裂后形成的构造。

剧烈的晃动摧毁建筑物、破坏路面和电线。

地表上位于震源正上方的地点被称为震中。

断裂带的两侧朝着相反的方向移动。

地震波从震源向外快速传播，让地面晃动。

地震开始的位置称为震源。

海啸

最大的地震发生在海里，它们会使海平面抬升，形成极具破坏力的巨浪，也就是众所周知的海啸。

海平面抬升。

有时海啸产生的波浪比楼房还高。

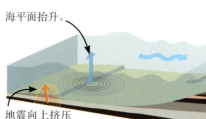

地震向上挤压海底。

圣安地列斯断层

圣安地列斯断层是板块间的大断裂，它贯穿美国的加利福尼亚州。断层将地壳连接的两大板块隔开，这个断层大约每10年会发生一次大地震。

火山 (Volcanoes)

火山是岩浆喷出地表形成的山脉或环形山，岩浆是熔融的岩石。岩浆冲破地表从火山中喷发出来形成火山岩。地球上每年会发生50~70例火山喷发事件。

请参阅

地球内部结构 p.76
地表 p.77
地震 p.78
岩石循环 p.80
岩石与矿物 p.84

火山喷发

火山以不同的形式喷发。在一些火山喷发中，熔岩像泉水一样温和地涌出。而在另一些火山喷发中，则是有害气体、灰尘、石块一起从火山中爆发出来。

小块的熔岩落到火山口附近，形成锥形火山。

岩浆中的气体使岩浆迸发到高空中，形成岩浆喷泉。

大约**80%的火山喷发**发生在海底。

岩浆是缓慢流动的火山"河流"、会摧毁并掩埋沿途的一切物体。

火山类型

火山的大小及其喷发的强度差异巨大。单次喷发后形成的锥形火山非常小，而由多次喷发累积形成的山脉则十分巨大。

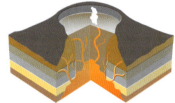

破火山口

破火山口是指猛烈的火山喷发作用形成的火山口。一些破火山口积水后形成湖泊。

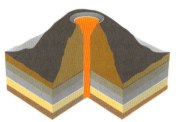

锥形火山

冷却下来的火山喷出物堆积形成锥形火山，锥形火山是最小也是最常见的火山类型。

成层火山

这种类型的火山由火山灰层和多次火山喷发的火山岩组成。成层火山呈锥形，且山体坡度十分陡峭。

岩石循环 (Rock cycle)

岩石可能非常坚硬，但不会永远存在。它持续不断地受到风、水和冰的侵蚀。与此同时，新的岩石在海底以及火山中被制造出来，这个过程被称为岩石循环。

请参阅

地球内部结构 p.76
地表 p.77
火山 p.79
侵蚀作用 p.81
山脉 p.82
岩石与矿物 p.84

循环的岩石

微小的岩浆岩碎片被海洋冲刷到海底。它们被微小的岩石微粒掩埋挤压在一起，形成新的岩石。随着掩埋得越来越深，这些岩石会越来越热最终熔化形成岩浆。岩浆从火山中喷发出来后冷却形成新的岩浆岩。

侵蚀
岩浆岩被风、雨和雪侵蚀，岩石碎片被雨水冲刷到海洋中。

下沉
岩浆岩碎块在海中下沉，这种被掩埋挤压形成的岩石类型叫作沉积岩。

冷却
岩浆从火山中喷发出来，冷却变硬形成一种岩石，叫作岩浆岩。

变质
沉积岩掩埋得足够深后，地核的高温和上方岩石产生的压力会将其转化成变质岩。

熔化
深埋地下的岩石熔化形成岩浆。在一些地方，岩浆涌上地球表面，形成火山。

加热挤压
任何岩石都能被高温和压力转化成变质岩。用于屋顶瓦片的板岩，就是变质岩。

层层叠叠
岩石颗粒一层一层地堆叠在海床上，逐渐积压形成沉积岩。现代形成的大多数岩石是沉积岩，砂岩是其中最常见的一种。

侵蚀作用（Erosion）

侵蚀作用是指外力在运动状态下改变岩石的过程，这一过程中微小松散的石块和泥土受外力作用运动了很远的距离。许多不同的外力都能引发侵蚀，包括风、河流、冰、大洋和塌方。

请参阅

岩石循环 p.80
山脉 p.82
洞穴 p.83
河流 p.96
冰川 p.98
天气 p.100
荒漠 p.152

移动过程

侵蚀移动了大量的石头和土壤，并塑造了我们周围的景观。侵蚀作用在多雨多雪的山中速度最快，而在沙漠这样的干旱地区最慢。

雨、雪、冰逐渐磨损掉岩石。

当山体斜坡坍塌，山崩发生。

大体量的山雪流动就是雪崩，雪崩裹挟着松落的岩石向下滚落。

冰川将松动的岩石，从高山向下搬运。

河流侵蚀山谷，将小石块搬运到下游。

植物根部能在顽石中生长。

在被风运送的过程中，石块逐渐被磨损。

沿海峭壁崩裂，被海浪冲走。

风的雕塑

在漫长的时间里，沙漠中的小石块被强风裹挟和磨蚀，逐渐堆砌或磨损出奇特有趣的形状。

风蚀蘑菇

冰川的力量

冰川是像河水一样流动的冰体，从高山缓慢流下。在流动的过程中，冰川带走沿途的石块，雕刻出峭壁和山谷。

山脉（Mountains）

山脉高耸入云，多为岩石构成。山脉的岩壁通常十分陡峭，环绕在顶峰周围的景观也很壮美。山的最高处就是山顶，即便在夏天，山顶也常常被积雪覆盖。

世界各地的山脉

每个大洲都有山脉，大多数山脉都有规律地排列在一起，有些山脉可以绵延数千千米。

安第斯山脉纵贯了整个南美洲。

山顶

高山如何出现？

大多数山脉形成于数百万年间，由板块运动挤压形成。在相互挤压的板块交界处，地面被迫抬升，形成连绵的山脉。

马特洪峰的峭壁是数百万年间缓慢移动的**冰川**雕刻出来的。

山地动物

山地动物必须适应氧气稀薄的环境。野山羊擅长攀爬，它们以小型植物为食。

这座山被称为马特洪峰，是欧洲阿尔卑斯山脉的一部分。

这片树林所处的位置，是植物能在马特洪峰上生长的最高海拔。

洞穴（Caves）

洞穴是地表上巨大的自然空洞。洞穴通常是由长达数百万年的水流侵蚀或其他外力作用形成的。史前人类利用洞穴躲避风霜雨雪，而一些人直到今天仍居住在洞穴内。洞穴是包括蝙蝠在内的大量动物的家园。

请参阅

家 pp.46～47
侵蚀作用 p.81
岩石与矿物 p.84
冰川 p.98
动物巢穴 p.160

洞穴网

大部分洞穴的形成与河水密切相关，软质石灰石被水流溶解后形成洞穴。洞穴中总是有些奇形怪状的石头，比如钟乳石和石笋。

河流通过地面上的坑洞，倾入洞穴中。

无土壤覆盖的水平岩石称为地表裸露岩石。

石笋与钟乳石连接在一起形成石柱。

钟乳石从岩洞的天花板向下生长。

石笋从岩洞地表向上生长。

地下河磨损掉更多的石块，创造出岩穴和岩洞。

冰洞

冰川是移动非常缓慢的冰体，一些冰川的内部也有洞穴，它们是溪水侵蚀冰川形成的。

冰岛冰川内部的冰洞

最大的洞穴

世界上最大的洞穴是越南的韩松洞，足有40层楼高。其内有河流、森林甚至还有云层。

河流从巨大的洞穴中流过

岩石与矿物 (Rocks and minerals)

地表由岩石组成，岩石是一种坚硬的自然物质，由被称为矿物的基础物质混合而成。矿物种类繁多，岩石也有多种类型。

请参阅

地表 p.77

火山 p.79

岩石循环 p.80

宝石 p.85

元素 p.180

金属 p.181

岩石

不同类型的岩石有不同的名字，这取决于它们的形成方式。岩石的三种主要类型分别为沉积岩、岩浆岩和变质岩。

变质岩
在高温和高压的共同作用下，地球内部深处的岩石形成变质岩。

沉积岩
岩石碎片挤压在一起，它们会慢慢地变成沉积岩。

岩浆岩
熔融的岩石冷却下来变成固体就会形成岩浆岩。

地球上有将近**4000种**不同类型的矿物。

发光的岩石

一些岩石在白天看起来平平无奇，但在特殊的紫外线下会改变颜色。岩石中的发光矿物质被称为方解石和硅锌矿。

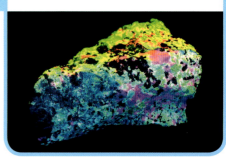

矿物

矿物是自然产生的固体，它由不能被进一步分解的基础化学元素构成。矿物集合在一起形成岩石。

蛇纹石　　　紫水晶　　　石榴石　　　猫眼石

宝石（Gemstones）

宝石是能被切割抛光制作成珠宝的矿物。宝石常常被制成成块的珠宝嵌入首饰之中，比如戒指、饰针甚至王冠。许多宝石有明亮的色泽，比如红宝石，也有一些宝石是无色透明的，比如钻石。

请参阅

货币 p.31
岩石与矿物 p.84
黄金 pp.86～87
贵金属 p.88
元素 p.180
金属 p.181

宝石切割

宝石最初是一种矿物，为变成闪耀的珠宝，宝石必须被切割成固定的形状。把宝石精确地切割成合适的形状需要用到尖锐的切割工具。

未切割的红宝石。

切割后的红宝石。

珠宝

宝石常常镶嵌在贵金属中，比如黄金和白银。它们常用于制造别针、耳坠和其他珠宝物件。

钙铝榴石

红色蛋白石

粉红宝石

像钻石这种类型的宝石价值很高。

被切割的小侧边称为宝石琢面。

紫晶石

蓝晶石

锆石

石榴石

锰铝榴石

红宝石

舒俱来石

董青石

绿松石

菱锌矿

祖母绿

这种矩形形状是一种阶梯切割。

黄玉

碧玺

五颜六色

宝石的颜色通常是由矿物中的杂质决定的。蓝宝石和红宝石的矿物都是金刚石，是杂质让宝石呈现蓝色或红色。

钻石由碳元素构成，碳在地球深处受到**高压作用**形成钻石。

像心形这样不寻常的形状，被称为特级琢形。

最闪亮的宝石有最多的琢面。

黄金（Gold）

黄金是一种贵金属，从远古时代起就被用于制作首饰。黄金十分稀有珍贵，不过这仅是故事的开端，黄金有璀璨的历史，至今在全世界范围内仍受到人们的欢迎。

流星雨

地球形成初期，黄金和其他金属沉入地核。在地表发现的黄金都来自于外太空。流星落到地球上，带来了黄金。

黄金面具被认为展示的是希腊英雄阿伽门农。

挖掘黄金

在过去，一块天然金块就足以改变一个人的命运。在19世纪，美国西部的金矿被发现，这掀起了全球范围内的"淘金热"，成千上万的掘金者怀揣着一夜暴富的梦想前往美国掘金。

狗头金

全世界**25%**的黄金储备在美国纽约。

大型金矿在地下形成了巨大的坑洞。

金矿

散落在地表的小金片可以用手捡起，深入地底的大体量黄金则必须通过挖掘开采得到，这一过程被称为采矿。现代的矿井可以使用重型机械刨开厚厚的石块，找到隐藏其中的黄金。

数世纪的闪耀

黄金是人类发现并使用的第一种金属。它美丽而闪耀，且柔软易弯折，这使得它成了制作首饰的理想材料，比如精致的戒指、手镯和项链等。

世界上最早的硬币由合金制成——一种金和银的混合物。

金币

最早的金币由国王克罗伊斯于公元前564年制造。所有的硬币都由包括金和银在内的贵金属制成。然而，现代的硬币通常由更廉价的金属制成，诸如黄铜、镍和锌。

神圣的手稿用金箔装饰。

金箔

数世纪以来，黄金用于装饰宗教建筑、艺术品和其他宗教用品。与其他块状金属一样，黄金也能被压成纸张的厚度，这被称为金箔。金箔可以用来装饰书籍和油画。

1969年用于登陆月球的飞行器模型。

黄金工艺

空间科学家用金箔覆盖送进太空的飞行器和卫星的部分表面。这些金箔在飞行过程中可以保护飞行器，反射来自于太阳的有害光线。

太空头盔的面窗结构用金箔覆盖，散热良好，又能保证安全。

黄金面具由考古学家于1876年在坟墓中被发现。

贵金属（Precious metals）

贵金属非常稀少，价值极高。贵金属以单质或与岩石中其他元素结合的方式埋藏于地底。金和银广为人知，千百年来一直被视为财富的象征。其他贵金属包括铂金和铍。

请参阅

货币 p.31
岩石与矿物 p.84
黄金 pp.86～87
元素 p.180
金属 p.181
航空器 p.214

金

纯金是非常柔软的金属，为了方便制作用品，我们将黄金和少量其他金属混合在一起，让它变得更硬。

手机中含有微量黄金——大约0.025克。

金耳环

最优质的长笛是用纯银制成的。

这件古埃及丧葬面具的表面覆盖有一层金箔。

餐具

银

人类从史前时期就开始使用金、水银以及银这些贵金属。

今天的许多电池中都使用了银。

光盘

镜子

铂金块

最贵重的硬币总是由黄金制成。

珠宝物什常用铂金制成。

汽车的催化转化器中含有铂金，它能降低废气毒性。

铂金

全世界每年只生产几百吨铂金。因为它太过稀有，所以用量很少。

铂金被用于制作起搏器，这一装置能让人的心脏持续跳动。

手表

铍

铍是一种钢灰色贵金属，是电脑、汽车、飞行器、手机、医疗设备及许多其他小配件的重要组成成分。

战斗机

化石（Fossils）

化石是远古时期的动植物遗体，最常见的是骨骼和贝壳形成的化石。有的化石很小，必须借助特殊设备才能够看见，而有的则很大，体形堪比建筑物。

请参阅

岩石循环 p.80
化石燃料 p.91
恐龙 p.125
史前生命 p.126
骨架 p.266

我们能在保存完好的化石中发现非常细密的纹理。

从恐龙锋利的牙齿可以看出，它是肉食性动物。

我们只知道恐龙曾经存在过，因为我们发现了恐龙的**遗骸化石**。

恐龙化石

有时候，我们可以在化石中看到完整的动物遗体，图中是一种被称为腔骨龙的小型恐龙的骨架化石。

像这样完整的骨架化石非常稀有。

化石形成过程

动物或植物在死后迅速被掩埋起来，经过数百万年之后，就会形成化石。

1.47亿年前

死亡
一只恐龙死后，尸体沉入河旁的泥浆中。

1亿年前

掩埋
泥土、沙子和灰尘将恐龙的尸体掩埋，它身体的软组织随后便腐烂消失了。

200万年前

变成石头
恐龙骨架慢慢地从骨头变成了石头。

5年前

发现
数百万年后，科学家发现恐龙骨架化石。

碳循环（Carbon cycle）

假如没有碳元素，我们的世界将会被冰雪覆盖，死气沉沉。碳元素不断地在生物、大气层、海洋和我们脚下的土地之间转换迁移，这一过程被称为碳循环。

请参阅

化石燃料 p.91
污染 p.92
气候变化 p.103
元素 p.180
气体 p.185
大气层 p.258

碳元素运动

碳元素一刻不停地运动着。空气中的碳元素与氧元素化合形成二氧化碳气体。

碳元素以二氧化碳的形式飘浮在大气中。

工厂也向大气中排放二氧化碳。

动物呼出二氧化碳。

植物借助阳光，用二氧化碳合成植物自身所需的养料。

植物吸收的二氧化碳比排出的二氧化碳更多。

海洋会吸收一部分二氧化碳。

动物吃掉植物时，也将碳元素纳入自己的体内。

微生物分解动物的粪便或尸体，这一过程会释放出二氧化碳。

死亡的海洋生物体内的碳元素或以二氧化碳的形式释放出去，或形成像石油这样的化石燃料。

死亡的植物腐烂并最终变成煤这样的化石燃料。

从地下开采出来的化石燃料燃烧时，碳元素以二氧化碳的形式从中释放出去。

17%的其他元素

18%的碳元素

65%的氧元素

人体中的碳元素

碳元素几乎占人体的五分之一。在我们死后，这些碳元素回到土壤之中，再次参与碳循环。

保持地球温暖

大气中的二氧化碳像毛毯一样包裹着地球，不让太阳的热量逸出。没有二氧化碳，地球将会变得非常寒冷。

太阳

有些阳光反射了出去，有些则被二氧化碳挡住。

地球
大气层

化石燃料（Fossil fuels）

化石燃料是一种数百万年前形成于地下的自然资源。人们采取挖掘或泵压的方式将它们转移到地面上，这样就可以通过燃烧它们来为汽车供能，或是生产电力。化石燃料分为三种：煤、石油和天然气。

请参阅

工业革命 p.70
化石 p.89
碳循环 p.90
污染 p.92
气候变化 p.103
恐龙 p.125

化石燃料的形成

化石燃料是海洋生物的尸体和腐烂的植物形成的，时间流逝，岩石层与土壤层逐渐累积，而这些动植物尸体就深埋在它们的下面。热量与来自地表的压力最终将它们变成化石燃料。

煤

人们可以从地下煤矿以及露天煤矿里采集煤。

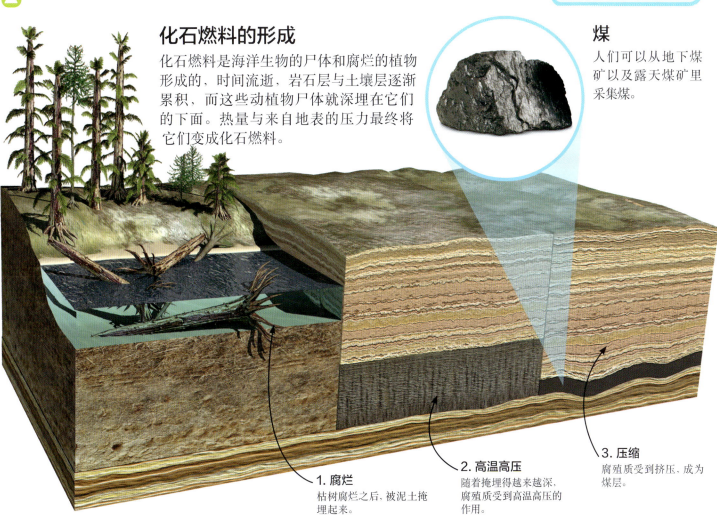

1. 腐烂
枯树腐烂之后，被泥土掩埋起来。

2. 高温高压
随着掩埋得越来越深，腐殖质受到高温高压的作用。

3. 压缩
腐殖质受到挤压，成为煤层。

发电

化石燃料被运往发电厂，燃烧生产电能。多年来，我们以这种方式生产电能，但与此同时，燃烧化石燃料也对环境产生了危害。

发电厂中的冷却塔

石油和天然气

通过在地面钻孔，我们能提取到原油。原油进一步提炼可以变成汽油来驱动交通工具，原油也能用来生产塑料产品。同样，天然气也可通过在地面钻孔来提取。天然气是居民楼的燃料供给。

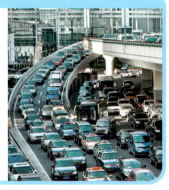

污染 (Pollution)

当肮脏的或有害的物质被排放到我们周围的环境中时, 污染就会发生。污染会害死野生动物, 殃及农村, 导致人类健康出现问题, 让世界变得更脏乱。污染导致的温室效应让我们的地球越来越暖热。

请参阅

工业革命 p.70
气候变化 p.103
循环利用 p.104
农业 p.105
汽车 p.209
工厂 p.220

大气污染

小轿车、货运汽车、工厂、发电站将废气排放到空气中。这些废气会引发人类疾病、污染河流和海洋, 同时让我们的气候变得越来越暖热。

土地污染

垃圾中的有害物质会渗入到土地中, 而后进入河流。一些化学物质被用于农业, 虽然这些化学物质可以杀死昆虫, 但也会危害人类健康。

水污染

塑料垃圾进入海洋, 会被海洋生物吞食。此外, 工厂和家庭排放的污水也会污染河流和海洋。

海洋垃圾

塑料垃圾进入海洋后, 会随洋流漂浮形成海洋垃圾带。世界上最大的垃圾带就是太平洋垃圾带, 其面积甚至比美国的国土面积还大。

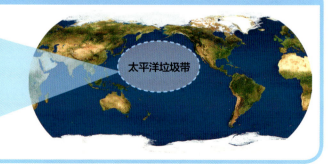

太平洋垃圾带

水循环（Water cycle）

地球上水的总量几乎是恒定不变的，水在海洋、河流、地下暗河、冰川和大气环境之间不断运动。这种持续不断的运动就是水循环。

请参阅

水 pp.94~95
河流 p.96
湖泊 p.97
冰川 p.98
大洋与大海 p.99
云团 p.101

水的运动

大气环境、海洋和陆地的水量一直在变化。

当云团中含有足量的水时，云团就会产生雨、雪、冰雹，并降落到地面。

大气中的水汇聚在一起，大量的小雨滴形成云团。

一些雨水和融雪渗透进入到地下，形成地下的湖泊，这就是地下蓄水层。

水从海洋表面蒸发，进入到大气中，而植物通过蒸腾作用也会将水释放到大气中。

雨水和融雪汇成河流最终进入海洋。

生命之源

假如没有水，地球上就不会有生命。即便生活在沙漠这样的干旱地区，动物和植物也需要水才能维持生命。

打破水循环

人类打破水循环的方式有很多种。我们修建堤坝拦截河流，汲取地下水，用水来清洗物品，甚至饮用水，这些都会打破水原有的自然循环。

水（Water）

水是清洁无色的物质，在我们周围随处可见。水汇聚在一起形成海洋、湖泊和河流。在天上，它是四处飘荡的云朵；落下来，它又可以是冰雪。所有的生命体，包括我们人类身体的大部分构成物都是水。假如没有水，地球上就不会有生命。

蓝色星球

地球有将近四分之三的面积被大海和大洋覆盖着，河流和湖泊横跨陆地表面，它们都是水。北极点和南极点附近的极地地区也几乎全部被水覆盖，只不过这些水被冻结成了冰和雪。

地球

什么是水？

水由一个个小小的水分子组成，每个水分子都是由一个氧原子结合两个较小的氢原子组成，所以水也写作H_2O。

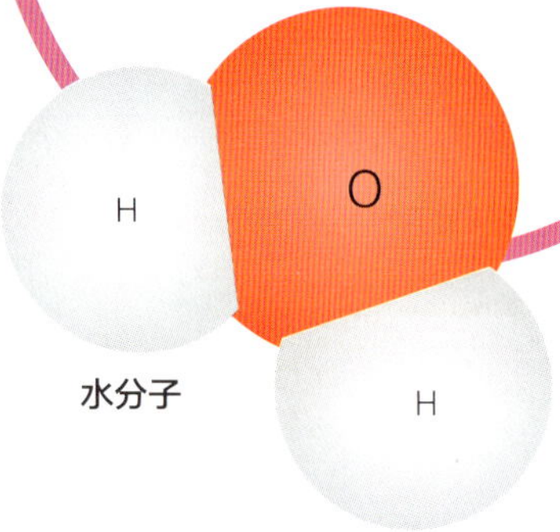

地球表面超过96%的水为海水，这些水不可饮用。

H
O
H

水分子

鱼用特殊的器官呼吸水中的氧气，它们的呼吸器官就是鱼鳃。

水力发电

湍急的水流可以发电，世界上有许多大型的水电大坝。水流经过大坝时推动着涡轮发电机飞速旋转，从而产生电能。

水电大坝

南极洲环绕着南极点，地球上大约90%的冰冻水位于南极洲。

地球上的水仅有2.5%是淡水，淡水大部分存在于河流、湖泊和冰川中。

石头将小麦磨成面粉。

美索不达米亚生长的谷物。

大地之河

早期的城市建造于美索不达米亚地区（现在的伊拉克），这些城市环绕在幼发拉底河和底格里斯河周围。河流使得人员和物资的自由流动成为可能，同时也为人们日常生活中的饮水、做饭、灌溉作物等提供了重要水源。

收割农作物的石镰刀

皮划艇

水上运动

假如没有水，我们用来玩耍取乐的方式会减少很多。没有水，我们就不能游泳或冲浪，就不会有皮划艇和帆船。没有水，也就没有雪，我们就不能滑雪或乘雪橇，也不能堆雪人。

当我们活跃在运动场上时，挥汗如雨的我们身体里的水分也在流失。

危害环境

全世界每年会使用超过2000亿个塑料瓶，制造塑料瓶会释放大量的有害气体到空气中，并且仅有五分之一的塑料瓶可以被回收利用——剩下的塑料瓶只能当作垃圾扔掉。

塑料水瓶

河流 (Rivers)

潺潺溪水，是小河的最初形态。河流从高山之巅奔腾而下流向大海。它不仅是许多野生动物的家园，还是运输物资的渠道，人们在河流旁种植庄稼，在河上航行、捕鱼、开展各种娱乐活动。

河流系统

水从山上流下，形成许多小溪流。这些小溪流汇聚在一起，形成大河。大河蜿蜒前行，最终流入大海。

雨水和雪水汇聚形成小溪流。

小溪流流下山坡，汇聚在一起形成河流。

一些河流发源于湖泊。

大坝利用水流发电。

在平坦的地面上，河流顺着宽阔平缓的弯道蜿蜒前行。

农民利用河水灌溉庄稼。

河流在下游越来越宽，越来越深。

多种野生动物栖息在河流附近，河流就是它们的家。

河流为附近的城镇和城市供给水。

钓鱼

河口是河流汇入海洋的地方。

水上运动

河流可以用于交通运输。河流能将人员和物资运送到海上或其他地方。

大河

距离河流发源地越远，河水就越深，水流速度也越慢。最后，这些河水会汇入湖泊或海洋。

湖泊 (Lakes)

湖泊是一大片被陆地包围着的水域。大多数湖泊中的水是淡水，但也有一些湖泊是咸水湖。湖泊常出现在海拔较高的区域，或大河附近。湖泊中的水来自于它们周围的溪流或河流。

请参阅

水循环 p.93
水 pp.94~95
河流 p.96
气候变化 p.103
农业 p.105
工厂 p.220

我们如何利用湖泊？

湖泊为工业、农业、能源业、家庭生活及其他人类活动提供水源。几乎所有的湖泊都是天然形成的，但也有一些蓄水湖是人工湖。

当水填充进地表的坑洞时，湖泊就会形成。

湖泊为我们提供水源，供我们饮用、洗澡和清洗物品。

许多湖泊都有一个出口，比如一条河。一部分湖水会从这里离开。

湖水用于农耕灌溉、货物生产以及发电。

牛轭湖

河水有时会改变自己的流动路线，当这样的流向改变发生时，河流中弯折出去的部分就会被切断，形成U形水体，也就是牛轭湖。

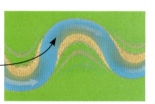

河水沿着弯曲的河道向前流动。

河流切开一个短的切口，改变了前行的路线。

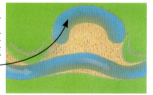

当河流形成的河道与原来的河道分离之后，牛轭湖就形成了。

湿润还是干燥？

如果气候变暖或长时间没有降水，湖泊里的水就会蒸发殆尽，也就是所谓的旱灾。当降水恢复正常后，湖泊又会重新出现，否则，将永远保持干旱。

冰川 (Glaciers)

冰川是缓慢移动的冰体。冰川形成于高山之巅或者靠近极地的高纬度地区，冰川会沿着山坡向下移动。冰川的前端可能会融化形成河流或湖泊。极地附近的大块冰川碎裂后，会漂浮进入海洋，形成冰山。

请参阅
侵蚀作用　p.81
山脉　p.82
气候变化　p.103
南极洲　p.117
北极地区　p.118
变化的世界
　　　　pp.122~123

冰川是怎么形成的？

冰川是由雪构成的，雪经过堆积，变成冰。当过多的冰堆积在一起后，就会开始沿山坡向下移动，冰川就此形成。

山体表面黑色的条纹是冰川沿山体移动时摩擦石头留下的痕迹。

融冰形成的湖泊通常位于冰川移动的前方。

冰川会磨损山体的侧面，让山体呈金字塔状。

冰川的信号

世界上的一些区域曾经十分寒冷，并被冰川覆盖。随着气候变暖，冰川逐渐消融。然而，冰川留下的地形信号告诉我们冰川确实在此地出现过。

U形峡谷

随着冰和石块将山腰磨平、冰川将峭壁峡谷"雕刻"成平缓的U形峡谷。

陡峭的山脊

刃岭是石块组成的锋利的山脊，它将两个峡谷分隔开，而这两个峡谷之间就曾出现过冰川。

巨大的岩石

冰川能携运巨大的岩石，并将它们搬至很远的地方，这些岩石被称为漂砾。

大洋与大海 (Oceans and seas)

我们的星球有超过三分之二的表面被大洋和大海覆盖着。世界上大部分的水都在海洋中，海洋中充满了各种各样的生物。目前，海洋中的最深的区域还需要我们进一步探索。

请参阅

水　pp.94~95
潮汐　p.124
珊瑚礁　p.153
海岸　p.156
探险　pp.260~261

海洋深度

基于深度，海洋被分成不同的区域，最深的区域在海平面10千米以下。

日照带

这片区域获得大量的阳光，是海洋中植物和动物分布最多的区域。

微光带

少量的阳光可以到达微光带。许多生活在这里的生物都具有能在黑暗中发光的器官。

暗光带

暗光带深度超过1000米。除了一部分生物自身会发光外，其他地方都是黑暗的。

深海带

海洋中最深的区域，一群奇形怪状的生物生活在完全黑暗的环境中。

世界各地的海洋

地球有四大洋，最大的海洋是太平洋，它坐拥世界一半的海水；最小的海洋是北冰洋，它的一部分海水处于冻结状态。

黑烟囱

在一些地方，热水从海沟中喷涌而出，形成烟囱一样的结构，这叫作黑烟囱。从黑烟囱喷出来的水流有白色的，也有黑色的，这取决于黑烟囱周围的矿物质种类。

天气（Weather）

天气是指发生在大气中的各种自然现象。天气可以是阳光明媚的或多云的、多风的或无风的、多雨的或干燥的、多雾的或晴朗的。热带地区的天气，大部分时间干燥而阳光明媚。而在更南或更北的地区，每天的天气可能都不一样。

请参阅

水循环 p.93
云团 p.101
风暴 p.102
季节 p.121
变化的世界
　　　　pp.122～123
大气层 p.258

阳光明媚

明媚的阳光总是伴随着晴朗的蓝天，带给我们温暖的感觉。这种天气条件下，植物才会蓬勃生长。如果天气太热或太干燥，植物就可能会死亡。

多风

风就是空气的流动，风可以是暖风也可以是冷风，这取决于风吹来的方向。过于强烈的风会摧毁建筑和树木。

多雨

雨滴从云团落下来形成降水，植物需要雨水维持生长，但雨水过多会引发洪涝。天气十分寒冷时，雨便会凝结成雪降落下来。

雾

大雾和薄雾都是由小水滴组成的，它们是地面附近的云。大雾比薄雾浓厚。大雾天气下，人们很难看清前方的物体，所以驾驶汽车时需要十分谨慎。

云团 (Clouds)

云团由小水滴和小冰晶组成。当含有大量水分的空气上升冷凝，云团就形成了。云团可以产生雨、雪和冰雹，帮助我们调控地球的温度。

请参阅

水循环 p.93
水 pp.94~95
天气 p.100
风暴 p.102
气体 p.185
温度 p.199

云的类型

云的种类繁多。一些云在高空中飘浮，一些云在低空游走。有的云看起来洁白如絮，有的云则是黑压压的一片。

高云族

卷云
这些束状云形成于非常高的大气中。

卷积云
卷积云有时会破碎形成小块的云朵。

高层云
这些云团形成薄薄的片状云幕横跨在天空中。

中云族

卷层云
这些薄薄的云层是由一粒粒的小冰晶组成的。

高积云
这些云团被打碎成小云块、小云朵。

低云族

层积云
层积云一般比较大，在天空中堆叠成凹凸不平的云群或云层。

层云
这些扁平的片状云呈现白色或灰色。

雨层云
雨层云飘浮于高空，呈暗灰色，可带来长达数小时的降雨或降雪。

积雨云
积雨云高大而耸立，在雷暴发生时常常能看到它。

乱层云
这些毛茸茸的云团常常在阳光明媚、微风和煦的天气中出现。

温度调控

云层可以反射太阳散发的热量，防止地面获得过多的热量。同时，云层也会将从地面散发的热量反射回地面。所以，雨夜比晴朗的夜晚更温暖。

云层反射太阳的热量。

云层将地面散发的热量反射回地面。

云层还是UFO？

在高地区域，如高山背后的空气中，可以形成不移动的云。它们的形状酷似碟子或透镜，有时会被误认成不明飞行物（UFO）。

风暴 (Storms)

风暴是强劲的风，常常带来电闪雷鸣、雨雪、冰雹、飞尘或扬沙。如果风暴的风速极高，那它将带来强降水引发洪涝，造成非常严重的破坏。龙卷风、飓风和雷暴都是风暴的类型。

请参阅

侵蚀作用 p.81

水循环 p.93

天气 p.100

云团 p.101

气候变化 p.103

电 p.194

热带巨兽

最大、最具破坏性的风暴就是飓风，亦称为台风。它们常发生在热带地区暖热的水域上空，飓风开始的时候，成群的小风暴会旋转结合在一起形成旋涡状。

飓风眼，亦称飓风中心，非常寒冷但几乎没有风。

环绕在飓风眼周围的是最强劲的风。

我们常用**人名**作为**飓风**的代号，比如亚历克斯、马修和帕特里夏。

雷暴

在夏季，伴随电闪雷鸣的风暴非常常见。风暴经常带来强降雨或冰雹，毁坏地面的物体，引发洪水。

龙卷风

龙卷风是快速旋转的空气柱，通常产生于大型的雷暴中。龙卷风会摧毁途经的一切物体。

气候变化 (Climate change)

气候是一个地区天气的平均状况。人类的生活方式改变着地球的气候。全球气候正在变暖，这种变化也正在引发极端天气的出现，比如长期的干旱少雨以及巨大的风暴。许多国家正设法阻止这种气候变化。

全世界每年释放的二氧化碳超过**390亿吨**。

汽车尾气排放是气候变化的主要原因之一。

成因是什么？

发电站、工厂和汽车将大量的二氧化碳气体排放到大气中。这种气体像一条棉毯，吸收太阳的热量，使我们的地球更加暖热。

气候发生了怎样的改变？

气候变化正让我们的夏天越来越炎热。洪水、干旱和强风暴正变得越来越普遍。世界上寒冷地区的冰雪正在融化，这也导致了海平面的上升。

美国新奥尔良的洪水

我们能做什么？

我们应该减少使用那些燃烧过程中会释放出二氧化碳气体的燃料，积极使用不产生二氧化碳气体的清洁能源、比如太阳能、风能和水能。

太阳能电池板从阳光中获取能量、不会释放出有害气体。

循环利用（Recycling）

循环利用意味着对物品进行循环使用，或让垃圾变成可利用的物品。而不是燃烧垃圾或将垃圾掩埋到地下。纸张、玻璃、金属和用于制造电话和电脑的塑料等一切物质都能被回收利用。我们回收的废品越多，对地球的伤害就越小。

纸张与硬纸箱

废旧的纸张与硬纸箱混合，浸泡在水中形成纸浆，随后碾平晒干，再用来制作崭新的纸产品。

食物残渣

吃剩的食物可以喂养动物，比如猪和鸡，或者用于制造肥料，帮助植物生长。

塑料

我们丢掉的大多数塑料能被切碎、熔化、再造成全新的物品。

金属

废旧易拉罐可以熔化做成新的易拉罐、或者用来制作其他的金属制品。

玻璃

玻璃制成的瓶子和罐子在清洗后可以反复使用，或者熔融后制成新的玻璃制品。

电子产品

手机或手提电脑这样的设备可以被修理或者取其贵金属部分重新使用。

农业（Farming）

农业是种植粮食作物、饲养动物的产业，通常用于食品生产。常见的农作物包括谷物、水果和蔬菜。饲养的动物包括牛、羊、猪、鸡，甚至是鱼。除了它们的肉，饲养牛还可以获取牛奶；饲养鸡还可以获取鸡蛋。

谷物种植

谷物庄稼比如小麦、玉米都生长在广阔的田野上。水稻也是一种谷物，生长于热带或亚热带地区，需要种植在水田中。

动物饲养

农民在大棚或室外的田野里饲养猪、牛和鸡。而绵羊、山羊和美洲驼常常被饲养在崎岖不平或较高的山地上。

水果和蔬菜种植

诸如菠萝、土豆这样的作物生长在室外。而其他的农作物，如草莓和辣椒，需要常年生长在温室大棚中。

养鱼

我们食用的大多数鱼，比如三文鱼和鳕鱼，如今都是人工养殖的而并非野外捕捞的。这些鱼被圈养在河流、湖泊或海洋中的网箱里，供我们捕捞食用。

饮食（Eating）

我们会从食物中吸收我们所需的营养物质，用以保持我们的生命活力和身体健康。食物给予我们能量，让我们可以思考、行走、玩耍和工作。吃，也是我们喜欢做的一件事。

美国黑豆甘蓝排骨

世界各地的食物

人们一般都吃生长在他们附近的东西。现在，我们能享用来自世界各地的食物。不同的国家有他们自己特有的食谱，根据食谱可以做出他们喜爱的食物。

西班牙海鲜饭

意大利比萨饼

土耳其烤羊肉串

印度多莎饼

早期人类的饮食

我们的远古先民通过狩猎获取肉类和鱼类，采集水果、豆类以及植物块根。大约40万年前，他们开始用火烹煮食物。

火

中国炒面

世界上有超过**13亿**的人口是农民。

食物过敏

一些人会对某些食物过敏，这意味着他们食用该食物后会生病。这些食物包括贝类动物、花生和奶制品。

花生

日本便当

割麦子的联合收割机

农耕

15000年前，人们开始进行农耕活动。直到今天，世界上几乎一半的陆地仍然种植着农作物。农民养殖动物以获取肉类、牛奶和蛋类。他们也会种植庄稼，比如小麦和燕麦。

食用黄粉虫

昆虫蛋白

世界各地均有人食用像粉虫和毛毛虫这样的昆虫。饲养它们不需要太多的空间，它们是环境友好型的肉类替代品。

太空餐

航天食物必须方便食用，质量轻巧，便于准备。这种食物常常被冻干并密封在袋子里，食用之前，添加一些水即可。

太空餐

世界 (World)

地球和地球上的所有东西组成了这个世界。我们常常用地图来展示这个世界。地球上陆地面积仅占四分之一，陆地又被分割为七大区域，也就是我们常说的七大洲。地球的其余部分全被淡水和海洋覆盖。

请参阅

地表 p.77
气候变化 p.103
地图 p.109
变化的世界
　　pp.122~123
地球 p.240

我们生活的地方

我们生活在世界上的七大洲中，除南极洲以外，各个大洲都被划分成一个个独立的国家。

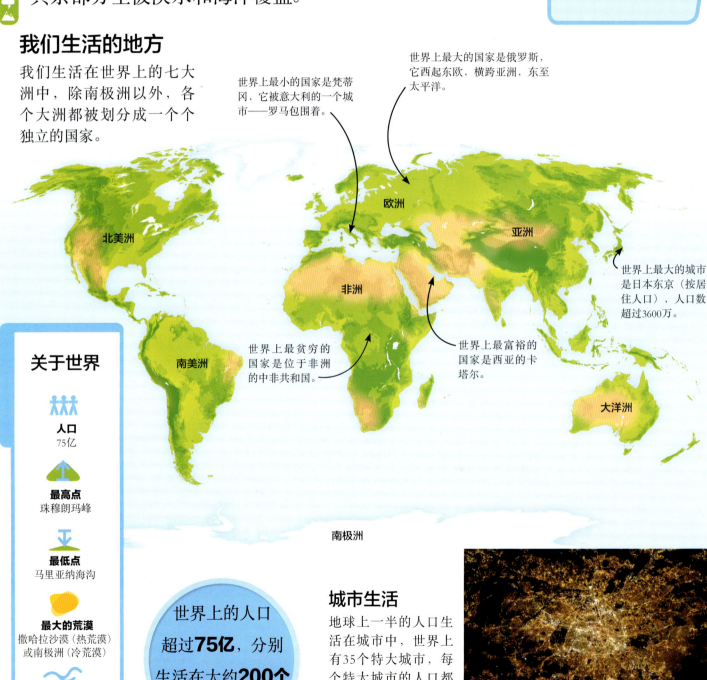

世界上最小的国家是梵蒂冈，它被意大利的一个城市——罗马包围着。

世界上最大的国家是俄罗斯，它西起东欧、横跨亚洲、东至太平洋。

世界上最大的城市是日本东京（按居住人口），人口数超过3600万。

世界上最贫穷的国家是位于非洲的中非共和国。

世界上最富裕的国家是西亚的卡塔尔。

北美洲

欧洲

亚洲

非洲

南美洲

大洋洲

南极洲

关于世界

人口
75亿

最高点
珠穆朗玛峰

最低点
马里亚纳海沟

最大的荒漠
撒哈拉沙漠（热荒漠）
或南极洲（冷荒漠）

最长的河流
尼罗河

世界上的人口超过**75亿**，分别生活在大约**200个**国家中。

城市生活

地球上一半的人口生活在城市中，世界上有35个特大城市，每个特大城市的人口都超过了1000万。

特大城市法国巴黎的航拍夜景图

地图（Maps）

地图是一张详细的图片，它展示了从上方看到的地面的样子，就好像你翱翔在地面上空一样。地图可以告诉我们一块区域的面积有多大以及我们能在这里发现什么。大到整个世界小到建筑内部结构，均可呈现在地图中。

请参阅

探险家 p.66
指南针 p.110
导航 p.201
测量 p.207
交通 pp.212~213
探险 pp.260~261

使用地图

我们可以利用地图测算出地面的海拔高度，我们也可以找到道路线和铁路线，找到通往医院或学校的路。

这张地图被分割成许多正方形的小格子，用以表示不同的区域。

比例尺表示实际距离与地图两点之间距离的比值。

它标明了地图上方指向的方向，通常上方为北方，记为"N"。

图注

- 道路
- 河流
- 人行道
- 铁路
- 火车站
- 桥
- 城堡
- 野营地
- 医院
- 自然保护区
- 学校
- 运动中心
- 森林

图注展示了地图上的线和图标分别表示的实际事物。

不同的图标代表了不同事物，比如楼房和野营地。

0   1千米

古代地图

古代的地图很不精确。这张2500年前的石刻地图展示了巴比伦人眼中的世界。

巴比伦被放在世界的中央。

纸质地图将不复存在？

直到今天，纸质地图仍被广泛使用，只是使用的人越来越少。现在的大多数汽车配备有GPS系统，而且手机和笔记本电脑也能显示电子地图。

手机地图

指南针 (Compass)

指南针是一个简单的工具，它通过指示方向来帮助人们找到路线。指南针通常是圆形的，内有自由转动的磁针。磁针总是指着南北方向，从而让我们找到其他的方向。

请参阅

古中国 p.53
地球内部结构 p.76
地图 p.109
磁铁 p.192
导航 p.201

如何使用指南针

使用指南针时，将指南针平放，转动底盘，直到磁针末端指向北极基准线。现在你就能知道哪个方向是北，也就能判断出其他方向了。

方向标
这个指示标可以转动，因此它能够标记你想要前进的方向。

罗盘
指南针的底盘能显示各个不同的方向，这就是罗盘。

方向
主要的方向有东（E）、南（S）、西（W）、北（N），它们是基准方向。

精细方向
在四个基准方向之间有更精细的方向，比如东北（NE）和西南（SW）。

磁针
磁针侦测出地球磁场，并且指向南北方向。磁针的末端指向北方，通常有特殊的颜色或标记。

方向能用角度表示，比如西南方向是225°。

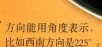

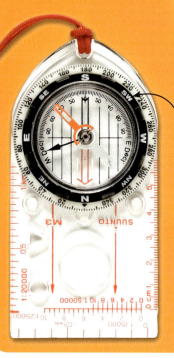

步行指南针
步行指南针的背部是透明的，这样你就能把它放在地图上使用了。步行指南针让你知道你所处的位置，以及想要前进的方向。

21世纪的指南针
现代的许多手机含有磁性检测装置，它能侦测地球的磁场，因而可以当作指南针使用。

手机上的指南针能显示手机指向的方向。

北美洲（North America）

北美洲北至寒冷的北冰洋，南至地处热带的美洲中部。大面积的草场覆盖了美洲的大片土地。除此之外，美洲还有山脉、森林、荒漠以及世界上最大的湖泊。

请参阅

阿兹特克人 p.56
美洲原住民 p.65
美洲西部 p.67
南美洲 p.112
北极地区 p.118

关于北美洲

人口
5.79亿

最高点
德纳里峰

最低点
巴德沃特盆地

最大的荒漠
大盆地荒漠

最长的河流
密苏里河

阿拉斯加三文鱼

北美灰熊

因纽特鼓手

北极熊

图腾柱

海狸

大角麋

落基山脉

小麦

加拿大骑警

大角麋是体形最大的鹿。

黄石国家公园位于一个巨大的火山口上方，这个火山叫作超级火山。

黄石国家公园

总统山

自由女神像

白宫

好莱坞

大峡谷

帝王蝶

密西西比河

肯尼迪航天中心

犰狳

奥里萨巴火山

贝尔德貘

巴拿马运河

每年有14000艘船舶穿过巴拿马运河，它是连接太平洋和大西洋的纽带。

美国堪称恐龙的故乡，在美国发现的**恐龙**遗骸类型多于地球上其他任何一个国家。

自由女神像

自由女神像高达93米，位于纽约港，1886年竣工。它是法国人民送给美国人民的礼物。

密西西比河

密西西比河是北美的一条河流，船舶在密西西比河上运输物资，游客也会乘着一种被称为桨轮船的河船在密西西比河上观光游览。

南美洲 (South America)

南美洲除了北部与北美洲接壤外，其余三面全被海洋包围。南美洲约有三分之一的陆地被巨大的热带雨林，也就是亚马孙雨林覆盖着。安第斯山脉几乎纵贯整个南美洲西部。

请参阅

印加人 p.57
探险家 p.66
世界 p.108
北美洲 p.111
两栖动物 p.140
雨林 p.155

加拉帕戈斯群岛的巨型象陆龟，寿命超过150年。

巨型象陆龟

关于南美洲

人口
4.225亿

最高点
阿空加瓜山

最低点
恩里基约湖

最大的沙漠
阿塔卡马沙漠

最长的河流
亚马孙河

维尔根

猪笼草

南美水蟒

亚马孙剧场

独木舟

波哥大的教堂

食人鱼

木棉树

玉兰花

长笛

安第斯神鹫

水豚

美洲驼

芦苇舟

足球

棱皮龟

基督像

这尊皂石雕塑高达38米，俯瞰着巴西城市里约热内卢。

盐湖

潘帕斯草原

亚马孙雨林

世界上最大的雨林——亚马孙雨林，是成千上万种动植物的家园，许多当地的土著或部落也居住在亚马孙雨林中。

马球

马丘比丘

由印加皇帝帕查库提建造于15世纪，现位于秘鲁。马丘比丘是一个壮观的山顶城镇，每年都会接待成千上万的游客。

安第斯雁

印加人使用紧密拼凑在一起的联锁石建造城镇。

黄金箭毒蛙体表覆盖着一层致命的毒液。

佩里托莫雷诺冰川

麦哲伦企鹅

欧洲 (Europe)

欧洲东部与亚洲接壤，其余三面均被海洋包围。欧洲大部分地区地形平坦，但也分布有几处高山，包括阿尔卑斯山、比利牛斯山和喀尔巴阡山。

请参阅

古希腊 p.50
古罗马 p.51
第一次世界大战 p.72
第二次世界大战 p.73
亚洲 p.115

关于欧洲

人口
7.431亿

最高点
厄尔布鲁士山

最低点
里海

最大的沙漠
奥尔泰尼亚撒哈拉沙漠

最长的河流
伏尔加河

尽管欧洲是世界上面积**第二小**的大洲，但它却拥有将近50个国家。

这种强大的肉食性动物是黄鼠狼家族体形最大的成员。
金刚狼

石油　天然气
煤炭

艺术体操

在俄罗斯莫斯科，这个大教堂的圆顶之下有10所独立的教堂。

渡船

2010年，冰岛埃亚菲亚德拉火山喷发，火山灰使得10万次航班不得不取消。
埃亚菲亚德拉火山

纽佩斯卡尔瀑布

棕熊

欧洲野牛

草蛇

"巨人之路"

史前巨石柱

郁金香

小美人鱼

马尔堡城堡

圣巴西尔大教堂

哥萨克舞蹈

埃菲尔铁塔

金雕

多博辛斯卡冰洞

圣索菲亚大教堂

这座教堂从1882年开始建造，计划于2026年竣工。

圣家族大教堂

弗拉门戈舞蹈

比萨斜塔

奥林匹亚山

卷羽鹈鹕

埃特纳山

埃菲尔铁塔

这座铁塔位于法国巴黎，高324米，1889年竣工，是世界上游客量最大的建筑之一。

"巨人之路"

"巨人之路"是由许多六角形石柱组成的海岸，位于北爱尔兰的安特里姆郡，人们认为它是由远古火山的熔岩冷却凝固而成的。

埃菲尔铁塔由超过18000块铸铁组成。

非洲（Africa）

非洲是一个非常炎热的大洲。它的大部分地貌类型是沙漠和干燥的平原，中央地区覆盖着热带雨林。非洲是早期人类的家园，早在数百万年前，他们就生活在这片土地上了。

请参阅

早期人类 p.43
古埃及 p.49
世界 p.108
荒漠 p.152
自然保护区 p.164

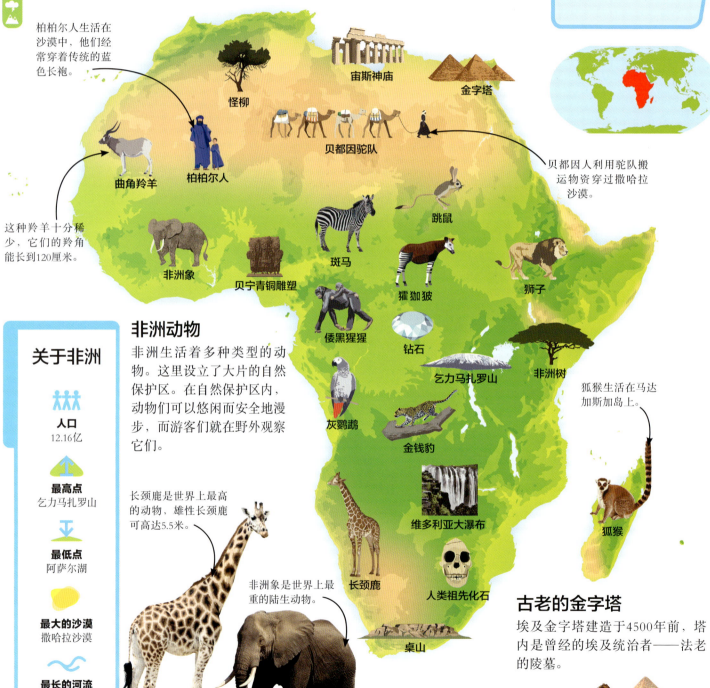

柏柏尔人生活在沙漠中，他们经常穿着传统的蓝色长袍。

宙斯神庙

金字塔

怪柳

贝都因驼队

曲角羚羊

柏柏尔人

贝都因人利用驼队搬运物资穿过撒哈拉沙漠。

这种羚羊十分稀少，它们的羚角能长到120厘米。

跳鼠

非洲象

贝宁青铜雕塑

斑马

獾㹢狓

狮子

非洲动物

非洲生活着多种类型的动物。这里设立了大片的自然保护区。在自然保护区内，动物们可以悠闲而安全地漫步，而游客们就在野外观察它们。

倭黑猩猩

钻石

乞力马扎罗山

非洲树

狐猴生活在马达加斯加岛上。

灰鹦鹉

金钱豹

狐猴

关于非洲

人口
12.16亿

最高点
乞力马扎罗山

最低点
阿萨尔湖

最大的沙漠
撒哈拉沙漠

最长的河流
尼罗河

长颈鹿是世界上最高的动物，雄性长颈鹿可高达5.5米。

非洲象是世界上最重的陆生动物。

维多利亚大瀑布

长颈鹿

人类祖先化石

桌山

古老的金字塔

埃及金字塔建造于4500年前，塔内是曾经的埃及统治者——法老的陵墓。

数百万巨石被切割后运送到这里，并建造成金字塔。

亚洲（Asia）

地球上面积最大的大洲就是亚洲，世界上超过60%的人口生活在这里。亚洲的地形地貌十分丰富：从骄阳似火的沙漠到白雪皑皑的群山，从郁郁葱葱的雨林到金光灿灿的沙滩，在亚洲均有分布。

请参阅

古印度 p.52
古中国 p.53
世界 p.108
地图 p.109
哺乳动物 p.144
建筑 p.217

印度和中国都是人口超过**10亿**的大国。

亚洲北部大部分地区是多石的地貌，几乎没有人生活在这里。

冬季越野滑雪

鼯鼠

雅库特人

贝加尔海豹

堪察加温泉

高鼻羚羊

举重

双峰驼

故宫

狸

东京晴空塔

沙丘猫

哈利法塔

沙丘

大狞猫

牦牛

大熊猫

金钱松

水稻

水稻是大多数亚洲国家人们的主食。

泰姬陵

仰光大金塔

亚洲象

猩猩

大王花

托拿加宫

关于亚洲

人口
44.27亿

最高点
珠穆朗玛峰

最低点
死海

最大的沙漠
阿拉伯沙漠

最长的河流
中国长江

泰姬陵

泰姬陵是印度最著名的建筑，它由白色大理石建造而成，并于1653年竣工。泰姬陵是莫卧儿皇帝沙·贾汗埋葬爱妻阿姬曼·芭奴的陵墓。

大熊猫

大熊猫生活在我国的部分高山上，皮毛呈现出黑白相间的颜色，是十分珍贵稀有的物种。它们会花费许多时间享用竹子。在我国，大熊猫是和平与友谊的象征。

大洋洲（Oceania）

大洋洲由澳大利亚、新西兰、巴布亚新几内亚、斐济以及周围的一些位于太平洋上的热带海岛构成。这里有世界上最独特的野生动物，包括袋鼠、树懒、鸭嘴兽和几维鸟。

请参阅

运动 p.42
世界 p.108
亚洲 p.115
鸟类 p.142
哺乳动物 p.144
荒漠 p.152
珊瑚礁 p.153

雄性天堂鸟张开五颜六色的羽毛向雌鸟炫耀。

这块岛屿就是新几内亚，位于亚洲和大洋洲之间。

天堂鸟

大白鲨

蓝翅笑翠鸟

鸭嘴兽

大堡礁

海马

袋熊

澳洲野狗

咸水鳄

海豚

将近3000块珊瑚礁组成了大堡礁。

乌卢鲁巨石

木蠹蛾

红背蜘蛛

蛋白石

树袋熊

板球

冲浪

这种毛虫生活在地面上，它们以啃食树根为生，身体长度可以达到12厘米。

三姊妹石

澳式橄榄球

几维鸟

塔拉纳基山

这种凶猛的长得像狗一样的肉食性动物仅生活在塔斯马尼亚岛上。

袋獾

抹香鲸

新西兰橄榄球队"全黑队"

关于大洋洲

人口
4030万

最高点
威廉山

最低点
艾尔湖

最大的沙漠
维多利亚大沙漠

最长的河流
墨累河

乌卢鲁巨石

这些巨大的砂岩石呈现出塔的形状，屹立在澳大利亚中部。乌卢鲁巨石对那些在澳大利亚生活了数千年的原住民有着非凡的意义。

几维鸟用强壮的双腿奔跑战斗。

几维鸟

几维鸟生活在新西兰，它几乎不会飞，体形与一只鸡差不多，但它产的蛋是普通鸡蛋的6倍大。

南极洲 (Antarctica)

南极洲是地球上面积排名第五的大洲，也是位于地球最南端的大洲。南极洲寒冷多风，大部分陆地被厚厚的冰层覆盖，这些冰层可延伸至海洋。在冬季，南极的温度低至-90℃，风暴来临时，风速高达320千米/时。

请参阅

探险家 p.66
冰川 p.98
气候变化 p.103
北极地区 p.118
变化的世界
        p.122~123
鸟类 p.142

巴塔哥尼亚洋枪鱼

南极洲是探寻**陨石**的宝地，这些黑色的天外来客在白雪中格外显眼。

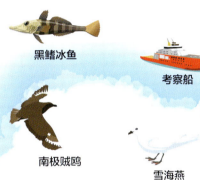

黑鳍冰鱼

考察船

南极贼鸥

雪海燕

小须鲸

威德尔氏海豹

漂泊信天翁

巨型冰山从南极冰盖破碎分裂，向北方漂移。

冰山

发现于南极洲的蕨类植物化石显示南极洲曾是十分温暖的地区。

蕨类植物化石

文森山

南极

南极磷虾

沃斯托克湖

科学家通过钻探沃斯托克湖来下探到冰层4000米以下，去寻找新的生命形式。

关于南极洲

人口
4000

最高点
文森山

最低点
宾利冰沟

最大的荒漠
南极洲本身就是一个荒漠

最长的河流
奥尼克斯河

斯科特科学考察站

豹形海豹

埃里伯斯火山

阿德利企鹅

通往极地的竞赛

1911年，挪威探险家罗纳德·亚孟森在通往极地的竞赛中击败英国的罗伯特·斯科特，成为第一个到达南极的人。不幸的是，斯科特队伍的全部成员在返回途中都不幸殒命。

亚孟森用狗拉雪橇到达南极。

帝企鹅

帝企鹅是体形最大的企鹅。它们以食用鱼类和墨鱼为生，猎捕食物时可以下潜到500米的深度。

帝企鹅幼崽在海冰上被养育长大。

北极地区（Arctic）

北极地区是指北极点周围的寒冷地带。这里大部分是海洋，一年中的大多数时间都处于冻结状态。此外，北极地区也包括格陵兰岛的大部分区域，以及北美、欧洲和亚洲北部的部分区域。

请参阅

大洋与大海 p.99
气候变化 p.103
世界 p.108
南极洲 p.117
极地 p.157

北极圈

北极圈面积大约是美国国土面积的两倍。生活在北极圈的动物需要适应寒冷的环境。陆生动物都有厚厚的皮毛，而海洋动物需要有厚厚的脂肪层。

北极雪鸮

楚克其人

驯鹿

阿拉斯加线钓

海冰

海象

北极燕鸥

西伯利亚旅鼠

独角鲸

麝牛

潜艇

涅涅茨人

北极罂粟

北极

因纽特冰钓

北极狐

北冰洋

天然气

铁矿石

破冰船

石油

北鳕

西伯利亚旅鼠是小型啮齿类动物，它们是植食性动物，生活在洞穴里。

涅涅茨人生活在地处北极地区的俄罗斯境内，靠牧养驯鹿为生，居住在由驯鹿皮革制成的帐篷中。

5500万年前，北极所处的这片陆地**十分炎热**，没有任何冰雪的踪迹，**短吻鳄**还活跃在海洋里。

关于北极地区

人口
夏季至少有50万人，但冬季少一些

最高点
格陵兰岛
贡比约恩斯山

最低点
北冰洋

最大的荒漠
北极荒漠

一切都变了

我们的地球正变得越来越暖热，北冰洋的冰块正在融化。这意味着船舶将可以横穿大西洋与太平洋之间的北极地区。

北极熊

北极熊生活在北极地区，它们会在海冰上四处游走，猎捕海豹。当前，由于气候变暖，北极的海冰正在逐渐融化，北极熊捕猎海豹变得越来越困难，这也使得它们处于濒临灭绝的危险境地。

时区 (Time zones)

世界上不同地区的时间各不相同，如果各地时间相同，有的地区就可能在夜色如漆时，时钟显示时间为中午；而在烈日当空时，时钟显示时间为深夜。为防止出现这种情况，世界被划分为24个区域，叫作时区。每相邻两个时区的时间相差1小时。

请参阅

世界 p.108
地图 p.109
昼夜更替 p.120
钟表 p.223
太阳 p.254

世界各地的时间

世界各地的时间：各时区的时间都是基于英国伦敦的格林尼治的时间（即著名的格林尼治标准时间）来确定的。位于格林尼治东部的时区时间较早，而位于格林尼治西部的时区时间则较晚。

伦敦 中午12点

巴黎 下午1点

柏林 下午1点

北京 下午8点

纽约 上午7点

莫斯科 下午3点

洛杉矶 凌晨4点

马拉喀什 中午12点

悉尼 下午10点

开罗 下午2点

里约热内卢 上午9点

开普敦 下午2点

俄罗斯是一个**很大的国家**，跨越了**11个时区**。

日晷

在发明时区之前，人们根据天空中太阳的位置计算当地时间，而使用的工具就是日晷。指针投射在表盘上的阴影可显示出时间。

指针阴影显示时间。

飞行时差

当我们快速穿过几个不同的时区时，我们的身体会感到迷惑，因为它仍然停留在原来时区的状态，这种情况被称为飞行时差反应。飞行时差反应的症状有身体困倦、头疼以及失眠等。

昼夜更替（Day and night）

地球自转产生了昼夜更替。一个完整的日夜循环就是一天。当地球自转时，面向太阳的一半就是白昼，而背向太阳的一半则是夜晚。

请参阅

季节 p.121
潮汐 p.124
光 p.193
太阳系 p.237
地球 p.240
月球 p.241
太阳 p.254

什么引发了昼夜更替?

随着地球自转，地球的部分区域移动进入太阳光线的照射范围，而另一部分区域则从太阳光线照射范围中移出。太阳光线照射到的区域就是白天，而未被照射到的黑暗区域就是夜晚。

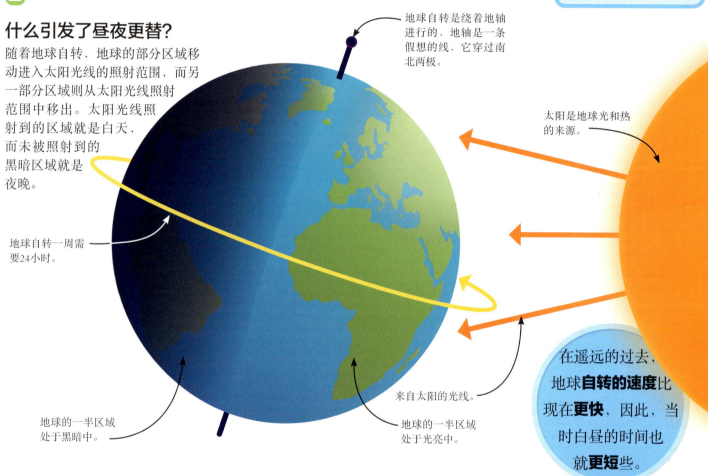

地球自转是绕着地轴进行的，地轴是一条假想的线，它穿过南北两极。

太阳是地球光和热的来源。

地球自转一周需要24小时。

来自太阳的光线。

地球的一半区域处于黑暗中。

地球的一半区域处于光亮中。

在遥远的过去，地球**自转的速度**比现在**更快**，因此，当时白昼的时间也就**更短**些。

太阳移动轨迹

随着地球绕着地轴自转，太阳好像在天空中移动。它从东方升起，从西方落下。在夏季，太阳在天空中的位置比冬季在天空中的位置要更高一些。

日食

月球环绕着地球转动。月球偶尔会在白天遮挡住太阳的光线，这时天空会暗下来并持续几分钟，这种自然现象被称为日食。如果月球遮挡了太阳的全部光线，则称为日全食，发生日全食时，我们可以看到天上的星星。

日全食

季节（Seasons）

世界上的许多地区在一年之中会经历四季：春、夏、秋、冬。动植物的生活、天气和白昼的时长都会随着季节更替而发生变化。在世界上的一些炎热地区，一年之中仅有两个季节。

请参阅

天气 p.100
气候变化 p.103
昼夜更替 p.120
树 p.129
冬眠 p.163
太阳系 p.237

季节变化

在寒冷的冬季，植物停止了生长；春季到来，万物复苏，植物恢复生机，动物们开始繁衍后代。夏季是最炎热的季节，在随后到来的秋季中，树叶的颜色将会改变，并从树上掉落下来。

冬季　　　　春季　　　　夏季　　　　秋季

什么引发了季节更替？

地球环绕着太阳转动。因为地球倾斜着转动，因此部分区域获得比其他区域更强的光照。随着地球的运动，不同区域获得的光照量也不相同。这样就使得一年四季交替轮回。

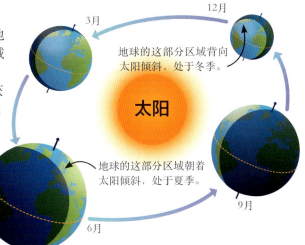

12月

3月

地球的这部分区域背向太阳倾斜，处于冬季。

太阳

地球的这部分区域朝着太阳倾斜，处于夏季。

9月

6月

地轴

季风

地球的热带地区在一年里气候都是温热的。热带地区一般只有两个季节——旱季和雨季。季节更替受季风影响。

有关于……

变化的世界 (Changing world)

自地球形成以来，地球的表面经历了熔岩、陨石以及冰层的考验。经过45亿年的时间，地球已经从一个炎热、没有生命的星球变成了一个水量充沛、生机勃勃的星球。

地球诞生

巨大的岩石沿着太阳轨道运行，相互撞击后受引力作用聚在一起就形成了我们的地球。在地球的早期阶段，大气中充满了有毒气体，地球表面遍布着火山。

地球的形成

地质运动

地球上的陆地分裂成几大块，也就是地球板块，地球上的各大板块一直都在移动。地球上现在有七大洲，但它们过去可不是这个样子的。

各大洲在移动时相互挤压形成了**山脉**。

大洲拼接组合在一起形成泛大陆。

2.5亿年前

马尔三叶形虫，是5.4亿年前形成的生命。

生命开始

起初，地球上没有任何生命存活。早期的生命出现于38亿年前。随着时间的流逝，越来越多的物种出现了。现在，地球上已经有数百万种不同类型的生命以及超过75亿的人口。

1.2亿年前

泛大陆分裂成两块：北方的劳亚古陆和南方的冈瓦纳古陆。

安第斯山脉形成于4500万年前。

冰层之下

在最近的两百万年里，厚厚的冰层覆盖着北欧和北美的大部分区域，我们目前正生活在一段比较温暖的时期。

变化的地表

地球表面总是在持续变化着。随着大陆挤压或分离，山脉会受力抬升，随后风化磨损。雨林变成冰原，海洋扩张又收缩，冰川变成荒漠。这些都是地表的变化。

猛犸象生活在第四纪冰期。

如果今天的海平面与5亿年前一样高，伦敦、纽约和悉尼都会被淹没在**水下**。

大西洋被打开，推动北美洲和欧洲分开并互相远离。

非洲向北移动，在移动途中撞向欧洲。

气候变化

人类活动对地球气候变化有直接的影响。我们燃烧煤、石油、天然气这些化石燃料来生产电能，这会释放出让地球气候变暖的危险气体。

800万年前

燃烧化石燃料

潮汐（Tides）

潮汐每天都在改变着海平面的高度。引力是一种看不见的作用力，当引力作用在海水上，就会引发潮汐现象。海水涨过海岸线的过程，称为涨潮；潮水退散下去的过程，称为退潮。

请参阅

大洋与大海 p.99
昼夜更替 p.120
海岸 p.156
重力 p.190
月球 p.241
太阳 p.254

退潮

当月球的引力微弱时，潮水退散，水平面下降。

涨潮

月球引力强烈时，潮水上涨，水平面上升。

月球与潮汐

月球会牵引朝向它这一侧的海洋，这会让海平面上升，形成涨潮。随着地球自转，海水时而朝向月球，时而远离月球，因此涨潮和退潮也会随之交替发生。

地球靠近月球时，发生涨潮。

地球

月球

涨潮在地球两侧同时发生。

月球引力最弱时，发生退潮。

潮间带

海岸的一部分区域随着潮汐的涨落，时而被海水淹没，时而裸露出来，这部分区域称为潮间带。潮间带活跃着许多生物。这些生物不得不艰难地应付涨潮时潮水的冲击和退潮时太阳的灼烤。

蚌类生活在石块间，潮水退散时，它们会合上自己的贝壳。

124

恐龙（Dinosaurs）

恐龙是一种爬行动物，它们在地球上生存了1.6亿年，在2.25亿年前灭绝。一些恐龙是凶猛的肉食性恐龙，除此之外还有一些是温顺的植食性恐龙。科学家通过研究恐龙死后遗留下来的化石了解恐龙的相关信息。

请参阅

岩石与矿物 p.84

化石 p.89

史前生命 p.126

爬行动物 p.141

鸟类 p.142

小行星 p.243

角龙

角龙是植食性恐龙，它们长有颈盾，可以防御攻击。

三角龙的颈盾、常常用来在战斗中保护自己的颈部。

恐龙角通常用于保护自己免受其他恐龙的伤害。

恐龙化石

遗留下来的恐龙被保存在石头中。一些化石甚至能看出恐龙生前的最后一餐吃的是什么。

始祖鸟化石

每个大洲

都发现过恐龙遗留下来的痕迹，包括南极洲。

锋利的喙能将坚硬的植物撕碎。

三角龙的腿必须十分强壮，才能支撑起它那与4辆轿车相当的体重。

长长的脖子让腕龙能够到大树顶端的叶子。

三角龙

霸王龙

锋利的牙齿让霸王龙能轻易地把肉从骨头上撕扯下来。

兽脚类恐龙

兽脚类恐龙是凶猛残暴的肉食性恐龙，它们大多生活在现在的北美洲地区。

长长的尾巴用来保持身体平衡。

蜥脚类恐龙

蜥脚类恐龙是巨大的植食性恐龙，它们必须不停地进食，为巨大的身躯提供能量。

腕龙

史前生命（Prehistoric life）

在过去数百万年的时间里，地球发生了翻天覆地的变化。地球不只是植物、动物和人类的家园，在此之前，地球也是许多史前生物的家园。许多史前生命如今已不复存在，所以我们仅能通过它们遗留的化石去了解它们，这段遥远的过去被称为"史前时期"。

菊石类生物是一种有壳动物，它们生活在水中。

海洋
地球上最早的生命出现在海洋中，它们是一些水生植物和水生动物。

森林
随着地球升温变暖，陆地上的植物茂盛生长，为不同类型的动物提供了充足的食物来源。

在史前森林中，恐龙是主要的陆生动物。

冰川时期
在地球冷却下来的时期里，地球的大部分区域覆盖着冰雪，动物不得不主动适应寒冷环境以求生存。

毛茸茸的猛犸象有着厚厚的皮毛，这层皮毛像外套一样，帮助它们在冰川期保持温暖。

石器时代
冰川时期过后，地球升温变暖，慢慢变成今天的样子。大量的动植物生活在各自不同的栖息地中，动植物的栖息地有多种类型，比如沙漠、森林和极地。

早期人类发明了各种各样的方法来狩猎和采集食物，以确保自己活得更长久。

微生物 (Microscopic life)

微生物是非常微小的生命体，它们环绕在我们周围——在空气中，在我们的身体中，在水中。大多数微生物体形非常微小，以至于我们只有通过显微镜将它们的影像放大才能观察到它们。

请参阅
无脊椎动物 p.134
食物链 p.158
发明 pp.218~219
人体细胞 p.264
疾病 p.281

微生物类型

微生物分为许多种不同的类型。一些微生物对人体有害并会传播疾病。还有一些微生物对人体有益，比如胃中的细菌，可以帮助我们分解食物。

浮游生物
浮游生物生活在水中，体形微小。

病毒
病毒攻击动植物细胞，引发疾病。

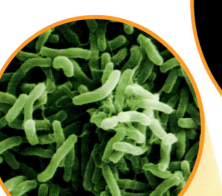

细菌
一些细菌帮助我们的身体分解食物。但另一些细菌会引发疾病，比如霍乱或破伤风。

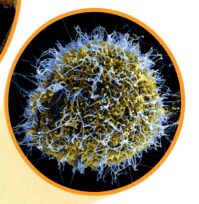

人体中的益生菌**数以万亿计**，它们帮助人体维持正常运转。

尘螨看起来像微小的昆虫。

科学家将标本放在玻璃片上，并在显微镜下进行更加详细的观测。

显微镜

显微镜利用透镜将观察的物体放大，它可以将微小物体放大到我们肉眼可见的程度。

尘螨

这些微小的昆虫就生活在我们周围，它们以人体为家。人体皮肤中的死细胞会形成薄片从我们身体上脱落下来，尘螨就以这些薄片为食。

植物（Plants）

植物利用阳光进行光合作用来制造它们自身所需的能量。大多数植物一辈子都在一个地方生长，根部将它们固定在土壤中。

请参阅

树 p.129
花 p.130
果实与种子 p.131
昆虫 p.135
光合作用 p.171
食物 p.173

植物的种类

这里展示了4种植物，一些植物有花，比如木槿，而一部分植物没有花，比如松柏科植物和苔藓植物。

松柏科植物
松柏科植物在球果中孕育种子，它们一般是树木。

苔藓植物
潮湿阴暗的环境中会长出这种多叶植物。

蕨类植物
蕨类植物没有花朵，它们的叶子在初生时非常小，随着生长会慢慢舒展开。

花朵会制造出种子，种子将会长成新的植物。

花在盛开之前被称为花蕾。

叶子制造出植物所需要的养料，维持植物存活、帮助植物生长。

开花植物
大多数植物有花朵，花朵会孕育出种子。

主干让植物保持挺立，也将水分和矿物质运输到叶子中。

植物是**唯一**一种在**各个大洲**都有分布的生物。

食虫植物

一些植物会捕食昆虫这样的动物，通过这种方式获得额外的能量。一些植物甚至会抓捕青蛙！下图中的植物是捕蝇草。

甜甜的花蜜引诱昆虫靠近。

昆虫的重量使得"陷阱"关闭。

将昆虫身体中的汁液挤压出来。

植物根部将植物固定在土壤中。

植物根部的小须根从土壤中吸收矿物质和水分。

木槿植株

树 (Trees)

树是木本植物的总称，它具有木质主干，即树干。除了南极洲，树在世界各地都有分布。树有两种主要的类型——落叶树与常绿树。

请参阅

植物 p.128
果实与种子 p.131
栖息地 p.150
森林 p.154
光合作用 p.171
原材料 p.177

落叶树

落叶树的树叶在秋季会凋亡，并从树上掉落。春季，落叶树的树叶会重新生长出来。

树叶
树叶为植物生长制造所需的能量，树叶的形状大小各不相同，这取决于树的类型。

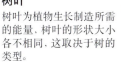

西西里冷杉

针叶
针叶是一种树叶，它们形状尖锐、质地坚硬、略微卷曲。

常绿树

常绿树常年长有叶片。常绿树的树叶扁平而坚硬，被称为针叶。

橡树

树皮
树皮包裹着树干，树皮是一层坚硬的覆盖物，它保护着大树。

年轮
数一数树干横切面上的圆环数量，你会知道这棵树的年龄有多大，每个圆环都代表1岁。

花 (Flowers)

花朵是植物的一部分。为制造新的种子，花朵之间互相交换微小的颗粒——花粉。花粉粒在风或昆虫的帮助下四处传播。花朵用颜色鲜艳的花瓣来吸引昆虫。

请参阅

植物 p.128
树 p.129
果实与种子 p.131
昆虫 p.135
栖息地 p.150
图形 p.205

花朵的结构

花朵有雄蕊和雌蕊，花粉粒从雄蕊传递到雌蕊就会形成种子。

柱头
柱头会粘住被携带至花内的花粉。

花药
这部分是花朵的雄性区域，表面覆有微小的花粉粒。

花瓣
花瓣颜色鲜艳明亮，能将昆虫吸引过来。

子房
花朵的雌性区域、新种子在这里形成。

花丝
花丝承托着花药。

昆虫

昆虫从一朵花飞到另一朵花上，附着在昆虫身上的花粉也被携带至此，并粘在花的柱头上。如果这一过程顺利进行，花粉与子房结合受精，就会形成种子。

世界上最高的花是**巨花魔芋**，它能长到3米高。

花的形状

不同形状的花会吸引不同的昆虫，一些昆虫适合狭长的花朵，而一些昆虫则需要大花瓣才能承托住它。

圆顶形

圆锥形　　　对称形

玫瑰形

喇叭形

果实与种子 (Fruits and seeds)

种子储存了新植物成长初期所需的一切物质, 包括养料。果实保护着位于其中的种子, 植物可以通过果实将种子传播出去, 让它们在适合生长的地方长成新的植物。

请参阅

天气 p.100
饮食 pp.106～107
植物 p.128
树 p.129
花 p.130
动物类型 p.133

水果

水果由某些植物的花朵生长而来。水果通常尝起来十分香甜, 所以人类和动物都喜欢吃水果。

苹果的种子位于苹果核中, 苹果核在果实的中央。

苹果

苹果的种子需要**80天**的"准备工作"才能开始生长。

豆荚

豌豆是位于豆荚内的种子。

种子怎样成长?

许多植物的成长发育都始于一颗种子, 在水分、温度和土壤条件都合适的环境下, 一粒种子开始长成一棵植物。

叶子开始为植物制造养料。

叶子展开、嫩芽舒张伸直。

嫩芽从土壤中迸发出来。

嫩芽开始朝着阳光向上生长。

豌豆种子开始膨胀。

根部发育, 将植物固定在土壤中。

种子的传播

植物传播种子的方式各不相同。

风力传播
一些植物的种子带有"翅膀", 这使得它可以随风飞扬。

动物传播
动物吃下果实, 随后通过粪便排出植物种子。

豆荚爆裂
一些植物长有豆荚, 豆荚爆裂时会将种子甩到空气中。

蘑菇（Mushrooms）

蘑菇是某些种类的真菌的果实，真菌既不是动物也不是植物。它们寄生在有生命的或死亡的动植物身上。许多蘑菇有剧毒，不要触碰或采摘它们。

请参阅

植物 p.128
果实与种子 p.131
动物类型 p.133
颜色 pp.174～175
生命循环 p.278

毒蝇伞

菌盖
蘑菇的头部，它保护着菌褶。

菌褶
这些精致的结构包裹着蘑菇的孢子。

毒蝇伞的所有部分都有**剧毒**，中世纪时期，毒蝇伞常常用于灭蚊。

蘑菇的各个部分

蘑菇将微小的、像种子一样的孢子撒开，这样它们就能繁殖开来了。许多蘑菇的颜色十分鲜艳。

菌环
菌环保护着菌褶，菌环随着菌盖的成长会破裂开来。

菌柄
菌柄支撑着菌盖，为蘑菇提供维持生存所需的水分和养料。

根部
这些地下的"管道"收集水分和养料。

真菌

真菌有许多不同的类型，大部分真菌生长在潮湿的环境中，比如长满草的田野和背阴的林地。

阿切氏笼头菌

小孢绿盘菌

胶角耳

孢子

孢子是一种微小的生殖细胞，新的真菌由孢子生长发育而来。当真菌突然爆开，孢子被释放到风中，被风裹挟着四处飘荡。当它们落到地面上时，会长成新的真菌。

马勃菌

动物类型（Animals groups）

动物可以根据身体特征被分为多种类型。外观和行为方式相似的动物被分在同一类中，这被称为分类法。

绿色边框里的动物都是脊椎动物。

两栖动物
这些动物的皮肤很湿润，它们在水中或靠近水流的地方栖息。新生命从卵中孵化出来，形体改变后成为成年动物。

鸟类
羽毛可以让鸟类保持温暖。大多数鸟类可以飞翔。鸟类的喙可以用来抓捕或捡拾食物。

无脊椎动物
无脊椎动物有许多不同类型，包括昆虫、蛞蝓、蜘蛛和贝类。

动物类型
动物分成两种主要的类型。有脊柱的称为脊椎动物，而无脊柱的称为无脊椎动物，它们内部还包含有更多不同的类型。

鱼
鱼生活在水中，身体表面覆盖着鱼鳞。鱼借助特殊的器官——鳃进行呼吸。

爬行动物
爬行动物的皮肤覆盖着鳞片，它们是冷血动物，这就意味着它们在活动之前，必须在太阳下暖热身体。

哺乳动物
哺乳动物的身体表面有皮毛，哺乳动物的幼崽靠母亲分泌的乳汁喂养。

无脊椎动物 (Invertebrates)

无脊椎动物是指没有脊柱的动物。它们被分成许多更小的类别，比如昆虫和软体动物。98%的动物是无脊椎动物。

请参阅
动物类型 p.133
昆虫 p.135
脊椎动物 p.137
栖息地 p.150
动物巢穴 p.160

昆虫

昆虫有坚硬的外壳和6条腿，许多昆虫可以飞行。

翅膀连接着身体。

头上的触角用来"感觉"空气的流动。

螳螂

前肢可以抓住小昆虫并吃掉它们。

这只螳螂的身体看起来像枯萎的叶子，这让它很难被其他动物发现。

蠕虫在1天内可以吃掉与它们**身体等重**的食物！

坚硬的外壳保护着蜗牛柔软的躯体。

蜗牛

软体动物

软体动物没有骨骼也没有腿，只有柔软的身体，因此被称为软体动物。它们生活在水中或潮湿的土壤中。

蚯蚓

蠕虫

蠕虫有长长的身体，身体被分成许多节。蠕虫没有腿，十分柔软。

毒刺。

蝎子

钳爪。

坚硬的外壳。

蟹

海星

底下的吸盘帮助海星抓牢岩石。

蛛形纲动物

这些动物有8条腿，而不像昆虫只有6条腿，蛛形纲动物包括蜘蛛、蝎子和螨虫。

甲壳纲动物

甲壳纲动物有坚硬的外壳，脚一般多于8条，大多数甲壳纲动物生活在水中。

棘皮类动物

这些动物环绕身体中间的圆盘分成相等的部分，它们都生活在海洋中。

昆虫 (Insects)

昆虫是最大的动物群体，在世界各地随处可见。它们一般有三对足和坚硬的外壳，这个外壳被称为外骨骼。许多昆虫长有翅膀，可以飞翔。

请参阅

动物类型 p.133
无脊椎动物 p.134
卵生动物 p.143
变态动物 p.161
迁徙 p.162

蝴蝶

蝴蝶在生命循环中会经历一系列变化。它始于一颗卵，随后孵化成毛虫。毛虫在变成蝴蝶之前，会先将自己包缚成蛹。

触须看起来像一架天线，它既能帮助蝴蝶嗅到花蜜，也能帮助蝴蝶保持身体平衡。

凤蝶

许多昆虫有翅膀，这让它们可以四处飞翔。

世界上的昆虫种类超过**90万**种。

蝴蝶用翅膀上带有颜色的斑点，告诉其他动物自己并不好吃。

身体结构

昆虫的身体分成三个部分：头、胸部和腹腔。昆虫有三对足依附在胸部，在头部还有一对触须。

胸部

头部

腹腔

红褐林蚁

沙漠蝗虫的若虫

鹿角甲虫

蚂蚁

蚂蚁共同生活的群体称为蚁群。蚁群中有成千上万只工蚁和一只蚁后。工蚁小而强壮——它可以举起相当于自己体重20倍重量的物体。

蝗虫

这些昆虫能够跳跃相当于自身体长20倍的长度。它们飞得很快，速度可达13千米/时。

甲虫

世界各地的甲虫活跃在陆地或水面上。它们的外翅坚硬而明亮，紧紧覆盖在柔软的内翅组上，保护着内翅。

蜘蛛 (Spiders)

蜘蛛的身体分为两节，并长有8条腿。它们是肉食性动物，以捕食其他小动物为生。它们不能咀嚼食物，但在吞下食物之前会将食物转化成液体状态。

请参阅

动物类型 p.133
无脊椎动物 p.134
昆虫 p.135
食物链 p.158
动物巢穴 p.160
视觉 p.272

狼蛛

狼蛛是世界上体形最大的蜘蛛。随着狼蛛逐渐长大，它们的旧有表皮会脱落，并长出新的表皮。

狼蛛用它们长而尖的毒牙叮咬猎物，但它们的叮咬对人类产生的伤害远远不及蜜蜂的螫刺。

腿上的细毛可以帮助狼蛛察觉其他动物靠近时所产生的震动。

如果蜘蛛的腿不小心**折断**，它们会长出**新的腿**。

整整一排的眼睛能帮助跳蛛看清环绕它周围的一切事物。

跳蛛

跳蛛能跳到相当于自身体形30倍的高度。它们能通过自己良好的视力察觉到周围的其他动物。

巨蟹蛛

这种蜘蛛不会建造蜘蛛网等待猎物上门，而是会主动搜寻并猎捕昆虫。雌性巨蟹蛛能维持3周不进食。

这种身体结构是专为速度而设计的。

蜘蛛网

许多蜘蛛会在体内制造出蛛丝，并用蛛丝建造蜘蛛网、蜘蛛用它们的蜘蛛网诱捕和存储其他可供食用的昆虫。

脊椎动物（Vertebrates）

脊椎动物是有脊柱的动物，它们拥有支撑身体四处移动的骨架。哺乳动物、两栖动物、爬行动物、鱼类和鸟类都是脊椎动物。

请参阅

无脊椎动物 p.134
鱼 p.138
两栖动物 p.140
爬行动物 p.141
鸟类 p.142
哺乳动物 p.144
骨架 p.266

颅骨保护着内部柔软的大脑。

背部这些小的椎骨连接在一起形成脊柱。

哺乳动物

所有的哺乳动物都有着相似的骨架，只有哺乳动物有下颌，下颌通过两侧的颞颌关节连接到颅骨上。

尾巴上有很多块小骨骼，这样尾巴就能自由地甩动了。

肋骨将老虎的肺固定在合适的位置。

老虎骨架

青蛙骨架

两栖动物

青蛙与蟾蜍没有肋骨，但它们有强健的腿骨用于跳跃。

腿部强壮的骨骼让老虎可以跳出极远的距离。

鱼鳍让鱼可以在水中自在地游动。

鱼

仅有一部分鱼有骨架，还有一些鱼类，比如鲨鱼，它们的骨骼由一些柔韧的物质组成，这种柔韧的物质就是软骨。

鱼骨架

鸟类

大多数鸟类有轻巧的骨骼帮助它们更加轻松地飞翔，而企鹅的骨骼较重，这样它们就能深潜到水中了。

鸟类的骨架里充满了孔洞，这让鸟类的身体更加轻盈。

爬行动物的颌中有额外的骨骼。

爬行动物

爬行动物骨架中的骨骼数量比其他动物更多，这让爬行动物的身体十分柔韧。

爬行动物有更多的肋骨。

蜥蜴骨架

企鹅骨架

鱼 (Fish)

鱼是生活在水中的动物,它们能在水下呼吸。鱼的身上长有鱼鳍帮助它们四处游动。世界上鱼的种类超过3000种。

请参阅

大洋与大海 p.99
脊椎动物 p.137
宠物 pp.146～147
海岸 p.156
生命循环 p.278

鱼的体表覆盖着薄薄的骨质层,这就是鱼鳞。

鱼鳃是让鱼得以在水下呼吸的特殊器官。

鱼通过鱼鳍控制游动方向。

金鱼

金鱼是当今最流行的宠物鱼,新生的金鱼呈明亮的棕色,当它们长到1岁左右,就会变成金色。

狮子鱼

长长的鳍棘保护狮子鱼免遭其他动物的伤害,它们在晚上狩猎,以小鱼、蟹和虾为食。

翱翔蓑鲉

致命的鳍棘通常用来攻击其他海洋动物。

赤魟

这种鱼生活在温暖的浅水区。它们大部分时间都藏在泥沙中,随时准备突袭其他海洋动物。

尾部的硬棘里面长有一种或两种毒腺。

蓝色斑点让其他鱼知道它是很致命的。

海鳝长有毒牙。

海鳝

海鳝长长的体形非常像蛇。它们的脊柱由100多块骨骼组成,这使得它的身体十分柔韧。图中的斑纹蛇鳝就是一种海鳝。

斑纹蛇鳝

古氏魟

海马爸爸

大部分鱼不会照看它们的卵,但是海马却与众不同。雄性海马会将卵放在肚皮上的"小袋子"里,直到孵化出小海马。

鲨鱼 (Sharks)

鲨鱼是最为凶猛的鱼类之一，几乎所有的鲨鱼都是肉食性动物。它们出没于各大洋与部分河流中。鲨鱼的类型超过400种。大部分鲨鱼在白天很活跃，但也有一些鲨鱼在夜晚捕食。

请参阅

大洋与大海 p.99

史前生命 p.126

鱼 p.138

食物链 p.158

自然保护区 p.164

鲨鱼有良好的视力，即便在昏暗的环境中它们也能看清周围的物体。

大白鲨

大白鲨会吃掉其他的动物，它主要以捕食鱼类为生。但偶尔也会捕食一些海龟、海豚和海豹。

鲨鱼在地球上已经存在**4亿年**了！

鲨鱼的前鳍常用来为鲨鱼减速。

敏锐的鼻子可以嗅到食物的来源和方向。

锋利尖锐的牙齿能完美地撕裂食物。

鲨鱼尾巴从一侧甩到另一侧，为鲨鱼前进提供动力。

背鳍可以防止鲨鱼上下翻滚。

鲸鲨

鲸鲨是世界上体形最大的鱼之一。它们每年会游动数百万米。

每条鲸鲨都有独一无二的斑点。

双髻鲨

双髻鲨可以利用它们宽阔的头部将赤魟压在海床上动弹不得。

双髻鲨的双眼隔得很远，这可以让它们看见远处的猎物。

面临威胁的鲨鱼

人们为了获得鲨鱼的鱼鳍、牙齿和鱼油，对它们大肆捕杀。这导致鲨鱼的数量越来越少。科学家们设法了解鲨鱼，以便更好地帮助它们。

两栖动物（Amphibians）

两栖动物的受精和幼体的发育过程都是在水中进行的。随着生长发育，两栖动物会长出肺，这使得它们能在陆地上呼吸。两栖动物的皮肤必须保持湿润，所以它们总是栖息在水边。两栖动物主要有以下3种类型。

请参阅
水 pp.94～95
无脊椎动物 p.134
爬行动物 p.141
卵生动物 p.143
变态动物 p.161
皮肤 p.265

蝾螈和蜥蜴（有尾目）

这些拥有长尾巴的两栖动物有一种特殊的本领——断肢再生。当它们被捕食者咬伤后，能重新长出四肢或其他身体部位，而这一过程只需要几周就能完成。

亮黄色的斑纹警示攻击者："我是有毒的。"

火蝾螈

蚓螈（无足目）

虽然蚓螈看起来像蠕虫，但它却是两栖动物。它们生活在水下或陆地上的地下洞穴里。

刚果蚓螈

永葆青春

蝾螈不同寻常，它们终生待在水里。而且蝾螈即便到了成年，它们也会保留有小蝌蚪一样的鳍和羽状鳃。

蝾螈

大而凸起的眼睛帮助青蛙和蟾蜍观察四面八方的动向。

两栖动物可以用皮肤呼吸。

青蛙与蟾蜍（无尾目）

以青蛙和蟾蜍为代表的无尾目两栖动物是两栖动物中最大的种群。

不同于青蛙湿润而光滑的表皮，蟾蜍的表皮干燥且凹凸不平。

绿色树蛙

青蛙和蟾蜍后腿的网状蹼帮助它们在水中快速游动。

东方铃蟾

爬行动物（Reptiles）

爬行动物是冷血动物，它们的皮肤表面覆盖着无数角质细鳞。大多数爬行动物都是卵生动物，在它们产下卵后，受精卵就在母体外独立发育，待发育完成后，幼体便破卵而出。爬行动物主要有3种类型。

请参阅

南极洲 p.117

恐龙 p.125

两栖动物 p.140

卵生动物 p.143

荒漠 p.152

进化 p.172

太阳 p.254

所有的爬行动物皮肤表面都覆盖着无数角质鳞。

一些蜥蜴能控制自己的眼睛同时观察两个方向。

蜥蜴

这种爬行动物的生存技能很丰富。比如变色龙能通过改变自己皮肤的颜色来伪装自己、传递信息。还有一些蜥蜴能攀附在墙面上，遇到危险情况它们会断开尾巴逃生。

陆龟有坚硬的外壳。

鳄鱼

这种巨大的爬行动物在恐龙时代就已经存在了。在捕食时，鳄鱼常隐藏在水下耐心等待，待时机成熟时再一跃而起，紧紧咬住猎物并将其拖入水中。

鳄鱼有强壮的颌骨。

陆龟与海龟

陆龟生活在陆地上，而海龟生活在水中。坚硬而沉重的龟壳在保护它们的同时，也拖慢了它们爬行的速度。

除南极洲外，**各个大洲**都有鳄鱼的踪影。

蛇

在进食时，蛇会选择囫囵吞下猎物。更有趣的是，蛇凭借舌头来判断气味的来源。有些蛇是有毒的，但其实大多数的蛇对人并没有威胁。

晒太阳

爬行动物是冷血动物，这让它们不得不从周围环境里吸收热量，因此晒太阳是它们最喜欢的活动之一。不过为了防止体温过高，天气炎热时，冷血动物们也会躲藏在阴凉处。

鸟类（Birds）

鸟类是长有羽毛和喙的动物。它们是卵生动物且后代存活率较高。大多数鸟类会飞并且在世界各地都有分布。

请参阅

恐龙 p.125
果实与种子 p.131
动物类型 p.133
卵生动物 p.143
雨林 p.155
航空器 p.214

鲜艳的羽毛在树林间引人注目。

用于抓取食物的钩状鸟喙。

金刚鹦鹉

挑拣果仁和种子的短喙。

北美黄林莺

鸣禽

世界上的大多数鸟类是鸣禽。鸣禽的发声器官非常发达，种类、季节和性别等因素使得每种鸣禽的鸣声都独一无二。

长长的尾羽用来调控飞行方向。

鹦鹉

这种热带鸟类五彩斑斓，比较吵闹。它们擅长飞行，以果实、果仁和种子为食。

强壮的爪子能抓起树枝。

卷曲的喙用来撕碎食物。

猛禽

猛禽性情凶猛、以鼠、兔、蛇和其他鸟类等为食，有时还会食用动物尸体。它们长有锋利的鸟喙，可以在高速飞行时用爪子捕捉猎物。

巨大的翅膀能使白头海雕飞到高处。

白头海雕

鸟的种类超过 **10000**种。

涉禽

这种长腿鸟常常蹚在泥潭中搜寻一些小动物，比如水中的蟹。

细长弯曲的喙可以用来寻找食物。

用于蹚水的蹼脚。

美洲红鹮

游禽

不是所有的鸟都能飞，企鹅就用水下游泳的方式取代飞行。它们的羽毛防水，翅膀可以用来控制方向。

帝企鹅

卵生动物（Eggs）

对于卵生动物来说，从受精卵发育成新个体的这一过程是在脱离母体的蛋中进行的。蛋有各种不同的类型。蛋的大小和孵化所需的时间取决于蛋孵化出的动物的大小。

请参阅

鱼 p.138
两栖动物 p.140
鸟类 p.142
哺乳动物 p.144
变态动物 p.161
生命循环 p.278

鸵鸟蛋是世界上最大的蛋。

鸟蛋

鸟蛋的壳非常坚硬而且防水。鸟蛋由父母孵化。大多数鸟蛋安全地保存在鸟巢中。

从开始孵化到鸵鸟幼雏破壳而出需要42天。

卵生哺乳动物

绝大多数哺乳动物是胎生动物，只有单孔目是卵生动物。下图呈现的是单孔目的哺乳动物针鼹鼠。

鸵鸟幼雏

孵化出来的陆龟是雄性还是雌性取决于孵化时的温度。

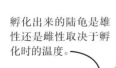

角鲨卵看起来像皮袋，有时它也被称为"美人鱼钱包"。

豹纹陆龟破壳而出。

蛙卵

鱼卵

大多数鱼每次都会产出大量的鱼卵，虽然它们不会一直照料这些鱼卵，但为了保证鱼卵的安全，它们还是会挑选类似海草这样隐秘的地方产卵。

爬行动物的蛋

爬行动物的蛋绵软而坚韧，动物妈妈们将蛋掩埋在土下，然后任由其自我孵化。

两栖动物的卵

青蛙和蟾蜍这样的两栖动物在水中产下湿润的蛙卵。当一切就绪后，蛙卵孵化，蝌蚪从中游出来。

哺乳动物（Mammals）

哺乳动物因能通过乳腺分泌乳汁来给幼崽哺乳而得名。多数哺乳动物全身披毛，恒温胎生。哺乳动物可分为许多不同的种类。

请参阅

动物类型 p.133
脊椎动物 p.137
栖息地 p.150
食物链 p.158
动物家族 p.159

哺乳动物幼崽

哺乳动物在产下幼崽后，会对其进行悉心的喂养和照料，直至它们成长到可以独立生活为止。

母象的孕期长达**2年**。

好望角大羚羊的角每年都会长得更长一点。

每只蹄子都有一层坚硬的角质层。

好望角大羚羊

猎豹敏锐的嗅觉帮助它们捕食动物。

猎豹

植食性动物

以食用植物为生的动物称为植食性动物，它们有特殊的牙齿用来咀嚼叶子。

身体上的皮毛和毛发帮助哺乳动物保持温暖。

肉食性动物

以食用动物为生的动物是肉食性动物，它们猎捕其他动物当作食物。

亚洲象

有袋哺乳动物

某些动物被称为有袋类动物，它们在一个特殊的育儿袋中抚育照料它们的幼崽。幼崽待在育儿袋中，饮用妈妈的乳汁直到足够大后再离开育儿袋。

育儿袋对幼崽来说是一个温暖的场所。

红袋鼠

海豚

并非所有的哺乳动物都生活在陆地上，海豚就是生活在水中的哺乳动物。海豚浮出海面通过头部上方的气孔呼吸。

猫科动物 (Cats)

猫科动物都是肉食性动物,它们有锋利的牙齿帮助它们撕碎食物。猫科动物身手十分迅捷,它们可以自如地奔跑、跳跃乃至游泳。

请参阅

脊椎动物 p.137
宠物 pp.146~147
犬科动物 p.148
栖息地 p.150
食物链 p.158
视觉 p.272

野猫

绝大多数野猫的体形远小于狮子。它们的皮毛颜色十分具有欺骗性,能帮助它们在栖息地内更好地伪装或隐藏起来。

> 猫的舌头覆盖着锋利的小倒刺,这些小倒刺常用来剥离骨头上的碎肉或者清洁自己的皮毛。

猫科动物的听觉十分敏锐。

胡须帮助猫感知它们周围的环境。

夏特尔猫

宠物猫

猫是人类最早驯服成宠物的动物之一,猫的驯养始于大约5500年前。

大型猫科动物

大型猫科动物包括狮子、老虎、豹子和美洲虎。这些大型猫科动物也是猫科动物中咆哮声最大的动物。

雄狮在颈部的背侧长有较其他部分更长的毛,这便是鬃毛。

狮子

猞猁

夜视

猫科动物在黎明和黄昏时进行狩猎,它们的眼睛擅长在昏暗的条件下看清周围物体,它们的视力水平是人类视力水平的6倍。

猎豹

宠物（Pets）

宠物已经成为人类生活中非常重要的一部分。无论是在工作中，还是在日常生活中，许多动物都是人类的好朋友。据统计，世界上有44%的家庭养有宠物。

卡南犬

大大小小的宠物

宠物可不仅有狗和猫——从大的狗和马到小的蛇和仓鼠，人类饲养的宠物几乎涵括了所有动物种类。每种宠物都需要适合自己的特定食物和空间。

早期的宠物

狗是最早被人类作为宠物饲养的动物之一。早期的宠物狗常用来狩猎——帮助人类获取食物。12000年前的古代艺术品向我们展示了人与狗共同生活的场景。

狗

古埃及猫的青铜雕塑

松狮蜥

金鱼

圣猫

古埃及人喜欢猫。一方面，猫能够捕捉老鼠和蛇，让人们的生活环境保持干净。另一方面，猫被认为有守护儿童的特殊魔力。因此在古埃及，杀害猫会被判处死刑。

仓鼠

沙鼠

蛇

146

乐于助人的宠物

狗能够经常陪伴在人左右。在经过训练后，狗能够充当人的眼睛和耳朵，帮助有视力障碍的人四处活动。

导盲犬经过专门的训练，能帮助视力障碍者"看见"周围的环境。

虎皮鹦鹉

猫

兔子

豚鼠

狼蛛

太空宠物

多年以来，动物们已经帮助科学家解答了人类如何在太空生存的问题。宠物狗别尔卡和斯特列尔卡（上图）于1960年通过人造卫星前往太空，最后通过降落伞安全返回到地球。

非法饲养

饲养某些野生动物是非法行为，而且在饲养猴子等野生动物时，它们会对你的人身安全造成威胁。在领养或是购买宠物之前，请确保你对该动物已有充分的了解。

犬科动物 (Dogs)

犬科动物是肉食性动物,它们有锋利的牙齿和敏锐的感官。犬科动物包括野生的豺、狐狸、狼以及我们当作宠物养在家里的温顺的狗。野生的犬科动物靠猎捕其他动物,或者食用动物尸体来维持生存。

请参阅

工作 p.34
猫科动物 p.145
宠物 pp.146~147
荒漠 p.152
动物家族 p.159
听觉 p.273

宠物狗

宠物狗也有许多品种。一些狗温和友善,是主人贴心的小棉袄;另一些狗则强壮威严,它们会忠诚地守护着主人的财产。

宠物狗的品种超过**300**种。

爱尔兰猎狼犬

比格猎兔犬

拉萨犬

灰狼

耳廓狐

狼

灰狼是与宠物狗血缘关系最近的动物。狼习惯群居,并以小型群体(即通常所说的狼群)为单位捕猎。

狐狸

这种尖耳动物出没于荒漠、冰原、高山甚至城市中。世界上体形最小的狐狸就是上图中的耳廓狐。

工作犬

几千年来、狗一直是人类的好朋友。狗能在很多方面帮助人类,它们能在野外工作,能帮助我们狩猎,还能嗅出掩埋在碎石瓦砾或雪中的人类。

猴与猿 （Monkeys and apes）

猴、猿与狐猴同属灵长类动物，人类也是这个大家族中的一员。大多数灵长类动物非常聪明、喜欢玩耍。灵长类动物是唯一能够用手抓取东西的动物类型。

请参阅

早期人类 p.43
南美洲 p.112
非洲 p.114
脊椎动物 p.137
栖息地 p.150
雨林 p.155

猿

猿没有尾巴，比猴子站得更直。它们用巨大而强壮的胳膊攀上大树，并在树枝间跳跃摆荡。

旧大陆猴

旧大陆猴分布在非洲和亚洲的许多地区，湿地沼泽和高山丛林是它们理想的栖息地。

恒河猴

黑猩猩

松鼠猴

新大陆猴

新大陆猴产自南美洲。这种猴子大部分时间在树上穿梭，它们在树枝间荡来荡去，用尾巴来保持身体平衡。

黑猩猩是群居动物，一个黑猩猩群里面，成员数量最高可达**120只**。

狐猴

目前，仅在非洲的马达加斯加岛发现过狐猴。狐猴是攀缘高手，它们中的大部分都生活在树上。

环尾狐猴

使用工具

黑猩猩是世界上最聪明的动物之一。它们能使用工具打开坚硬的果壳或寻找昆虫食用。年轻的黑猩猩成员会向种群中年长的成员学习。

栖息地（Habitats）

栖息地是指适合某一生物生活或居住的场所。世界上有很多类型的栖息地，这些栖息地的地形不同，气候各异，而动植物各自的特征使得它们能在特定的栖息地中生存。

冻原

冻原地区的植被十分低矮。短暂的夏天过后，冻原上的动物们便会离开，向更温暖的地方迁徙。

极地

几乎没有动植物能在这片温度常年低于冰点的栖息地中生存。

常绿针叶林

这片栖息地长满了常绿针叶林，常绿针叶林四季常青，它们叶子的生命周期往往超过1年。

热带雨林只覆盖了地球陆地总面积的**7%**，但世界上超过半数的动植物都栖息在这里。

荒漠

荒漠的地表几乎被岩石和沙砾覆盖，生活在这片栖息地中的生物必须有能力依靠少量的水分生存。

雨林

树木在这种温暖湿润的环境中得以快速生长，它们为数千种不同的动物提供了食物和居所。

草原

草原比荒漠有更多的雨水，但对于许多树的成长而言，这些雨水还远远不够。生活在这里的大部分动物是植食性动物。

落叶阔叶林

这些栖息地会经历较为明显的四季变化：这里的树木在秋季落叶、在春季萌发新芽。

海洋

海洋占据着地球表面积的70%，一些动物生活在海洋深处。

草原（Grasslands）

草原的绝大部分区域都被草覆盖，偶有几棵树作为零星的点缀。草原十分干旱，不过它的降雨量还是比荒漠要多一些。世界上的几大草原分别是非洲的热带稀树草原，欧俄大陆地区的俄罗斯干草原，北美洲的普列里大草原以及南美洲的潘帕斯草原。

草原生物

草原上生活着许多不同的动物。为了找到肥美的草料，很多植食性动物不惜长途跋涉；还有一些肉食性动物则以猎捕植食性动物为生。

戴胜鸟飞行时会发出"噗噗"的声音。

金合欢树的树叶周围长有尖刺。

白犀在自卫时会向前猛冲。

平原斑马成群地生活在一起，这样有利于抵御捕食者的攻击。

长颈鹿可以吃到树木顶端的树叶。

雌性狮子会集体捕猎。

但闻其声，不见其形——乳草蝗虫不常见到，但常常能听到它们的鸣叫声。

尼罗鳄会袭击来水边饮水的动物。

狐獴会轮流放哨，对可能捕食自己的动物保持警惕。

白蚁是一种昆虫，它们一起搭建起白蚁丘。

非洲蟒将其捕获的猎物盘绕挤压，致其死亡。

绿猴食用浆果和昆虫。

鼹鼠终生待在地下。

土豚有长长的舌头，以食用白蚁丘中的白蚁为生。

南非

南非的克鲁格国家公园坐落在巨大的草原地区，生活着各种各样的动物。克鲁格国家公园是自然保护区，公园里配备有专门的巡逻人员，只为保障动物的安全。

荒漠（Deserts）

荒漠是世界上最干燥的区域，年降水量低于25厘米。荒漠包括沙漠、戈壁甚至是冰原。大多数荒漠的昼夜温差极大。荒漠中的动物从食用的植物中获取水分，或者为了减少水分的散失只在日落后才开始活动。

荒漠生物

荒漠中的动植物必须有能力生活在缺水的环境中。在炎热的沙漠地区，动物往往在夜间活动。白天，它们藏到沙子下以避开灼热的阳光。

金雕视力敏锐、能在高空中看清地面上的猎物。

沙漠上方有灼热的气流，白秃鹫借助这些热气流猛冲到高空中。

沙丘是由风推动沙子堆积而成的，它们沿着风向移动。

金合欢树有长长的树根深入到地下获取水分。

非洲猎豹从猎物的血液中获取水分。

骆驼的驼峰里储存着肥厚的脂肪，因此它可以在几天内不吃不喝。

大部分荒漠由沙砾和石块组成，而不是沙子。

角蝰蛇隐匿在沙土中。

以色列金蝎尾部有致命的毒刺。

飞蜥先在阳光下暖热自己的身体，随后躲藏到石头后方避暑。

撒哈拉青蛙生活在水塘附近。

佩奥特仙人掌厚厚的球茎中储存着水分。

蜣螂以动物的粪便为食。

跳鼠生存所需的所有水分来自于食用的种子。

撒哈拉沙漠

撒哈拉沙漠位于非洲北部，是世界上面积最大、气候最炎热的沙漠，撒哈拉沙漠包含许多不同的地貌类型，比如山脉和沙丘。

撒哈拉蚂蚁有着长长的腿，可以让身体远离灼热的沙子。

珊瑚礁 (Coral reefs)

珊瑚礁是一种水下结构,许多动植物都生活在这里。简单来说,无数珊瑚虫的尸体腐烂之后留下身体的"骨骼",珊瑚虫的子孙们又在"骨骼"上繁殖后代,如此循环,就形成了各种各样的珊瑚礁。有些珊瑚礁可以长得很大。

请参阅

大洋与大海 p.99

无脊椎动物 p.134

脊椎动物 p.137

鱼 p.138

动物巢穴 p.160

珊瑚礁

海洋中仅有一小块区域覆盖有珊瑚礁,却有将近四分之一的海洋生物生活在这里。珊瑚礁中充满了海洋生物的食物。

鳞鲀会吃珊瑚,它们用强有力的牙齿咬碎珊瑚外壳。

绿海龟锋利的牙齿可以嚼碎海草。

大堡礁

大堡礁是世界上最大最长的珊瑚礁群,纵贯澳大利亚的东北沿岸,是超过1500种鱼类的家园。

小丑鱼活跃于海葵的触手之间。

红色的珊瑚形成树枝状的外壳。

笙珊瑚用柔韧的触手诱骗食物。

海葵摇摆的触手会在小鱼靠近时刺向它们。

金鳞躲藏在珊瑚丛中,捕食从珊瑚丛中游过的小鱼小虾。

这种珊瑚的外壳上覆盖有细小的黑色骨片。

带状珊瑚虾靠清洁鱼的表皮为生。

苍珊瑚结合在一起形成柱状的群体。

受到其他动物威胁时、礁蟹会装死。

扇形珊瑚在水中弯曲摆动,捕捉食物。

许多小动物把海草作为藏身之所。

森林（Forests）

森林中生长着许多树木。地球表面上的森林覆盖面积十分可观。受温度和降雨量的影响，森林也分为多种不同的类型，不同类型的森林里的动植物类型也有所不同。

落叶林

落叶林中四季分明，有温暖的夏季，也有寒冷的冬季。这种森林里的很多树在秋季会落叶，到春季再长出新的树叶，因此被称为落叶林。

山毛榉在秋季结出钉子状的山毛榉坚果。

橡树能存活数百年。

白桦树的树干是银白色的。

黑白相间的啄木鸟靠在树上啄出小洞寻找食物或筑造巢穴。

灰狼在冬季会长出厚厚的皮毛。

棕熊是世界上体形最大的肉食性动物之一。

蕨类植物生长在阴暗潮湿的环境中。

赤狐浓密的尾巴既能保温，又能保持身体的平衡。

真菌生活在潮湿腐烂的木头上。

腐木为小动物提供食物和居所。

野猪用它们的长鼻子寻找食物。

鼩鼱每天都会吃掉大量的小动物。

波兰森林

这片占地极广的森林是许多动物的家园，其中大部分林区已被设立为自然保护区，以保护生态原貌不被破坏。

针叶林

针叶林一般分布在北半球较高纬度的寒冷区域，这些树木有针状的树叶。其树枝倾斜着向外延伸，这样落在树叶上的积雪就会滑下去，这些针叶树生长在一起形成针叶林。

黑顶山雀会在腐朽的树桩上筑巢。

云杉长着锋利的针状树叶。

短叶松的种子长在松果里。

黑熊会爬树。

驼鹿每年都会长出全新的鹿角。

雪兔在冬天会长出厚厚的白色皮毛。

河狸用树干筑巢。

枞树鸡啄食针状树叶。

地衣和苔藓生长在石头和树干上。

加拿大森林

加拿大森林常年覆盖着积雪，生活在这里的植物和动物必须有能力在寒冷的环境中生存。

雨林 (Rainforests)

雨林地区雨水充沛，生长着郁郁葱葱的树木。依据地理位置的不同，雨林可被分为热带雨林和温带雨林。世界上有将近一半的动植物生活在雨林中。雨林中的树木枝繁叶茂，阳光很难穿过层层枝叶照射到地表。

请参阅

天气 p.100
植物 p.128
树 p.129
鸟类 p.142
栖息地 p.150
森林 p.154
原材料 p.177

亚马孙雨林

世界上最大的雨林是南美洲的亚马孙雨林，亚马孙雨林沿亚马孙河沿岸铺展开来。雨林中的植被为许多动物提供了食物和居所。

美洲角雕以猎捕树上的动物为生。

这只巨大的蓝闪蝶的翅膀内侧是棕色的，这使得它们在休息时能够很好地伪装自己。

露生层
只有最高的树木才能达到雨林露生层。

树冠层
树冠层指由紧密生长的树枝和树叶构成的稠密的顶层。大多数雨林动物都生活在这片区域里。

凤梨科植物的叶子上储留的雨水是很多小动物们的水分来源。

鞭笞巨嘴鸟用长长的鸟喙摘取果实。

吼猴每天清晨聚集在一起吼叫。

翡翠树蚺在囫囵吞下动物之前会盘绕挤压动物致其死亡。

美洲豹以猎捕其他动物为生，它们攀爬到树上进食和休息。

螳螂静待着其他昆虫靠近，准备将它们一举拿下。

一些树有巨大的板根，这能帮助它们快速地汲取水分。

蝎尾蕉花朵周围的叶子呈明亮的红色，看起来就像龙虾的钳子。

灌木层
这里是闷热阴暗的热带雨林灌木层，生长着灌木丛和新生的树。

大食蚁兽长着长长的舌头，它们每天能吃掉30000只蚂蚁。

地面层
这一层黑暗而潮湿，覆盖着厚厚的已经腐烂的树叶。

水豚是天生的游泳健将，以水生植物为食。

这种多足蜈蚣能杀死比自己体积更大的青蛙、蜘蛛和蛇。

海岸 (Seashore)

海岸是海洋与陆地的连接处, 海岸往往被沙子、泥浆或石块覆盖。动植物想在这里生存, 就不得不面对连绵不绝的海浪冲击和每天两次的潮涨潮落。

请参阅

大洋与大海 p.99
北美洲 p.111
潮汐 p.124
无脊椎动物 p.134
鸟类 p.142
栖息地 p.150

海岸带

海岸带依据潮线被划分为不同的区域。生活在海岸平均低潮线以下的动物大部分时间都在水中活动; 而在介于平均高潮线与平均低潮线之间的潮间带中生活的动物, 在潮水退散后, 就需要在裸露的空气中求得生存了。

加州鸥在海岸边盘旋, 搜寻可以吃的鱼类、昆虫和蛋类。

成群的加州鸬鹚栖息在岸边的岩石上。

褐鹈鹕喙下的袋子用来储存食物。

成群结队的加利福尼亚海狮在岸边休息。

藤壶在退潮时闭合。

潮上带
潮上带指平均高潮线与最大涨潮线之间的区域。潮上带虽不在水面以下, 但总会被一波又一波的海浪打湿。

潮间带
涨潮时, 这部分区域会被潮水淹没。

海獭厚厚的皮毛可以让其身体保持温暖。

海藻是高高的海洋植物。

寄居蟹生活在贝壳中, 贝壳保护它们免受其他动物的伤害。

加利福尼亚翡翠贻贝能清洁海水。

杜父鱼以小鱼和贝类动物为食。

紫海胆借助管足上的吸盘四处移动。

绿海葵有长长的、胳膊一样的触手。

潮下带
这部分区域大部分时间被淹没在海水里。

赭色海星在没有水的环境下可以生存8个小时。

美国太平洋海岸
这片海岸是数千种动物和海洋植物的乐园, 这里温度凉爽怡人。

极地（Polar habitats）

极地位于地球最寒冷的冰雪覆盖区域——北方的北极和南方的南极。极地地区没有任何树木，也几乎没有植物，生活在这里的动物们也不得不适应寒冷的气候。

请参阅

大洋与大海 p.99
南极洲 p.117
北极地区 p.118
动物类型 p.133
栖息地 p.150
地球 p.240

北极地区

北极地区有一片浮冰覆盖的海洋——北冰洋。北极地区还包括加拿大、俄罗斯、格陵兰岛和挪威等地的北部地区。

南极地区

南极地区包含一块面积较大的大陆板块，也就是南极洲。南极洲是世界上最寒冷最多风的地区，没有大型陆生动物在此生存。

北极贼鸥经常驱逐其他鸟类，并偷抢其他鸟类的食物。

雪鸮厚厚的羽毛帮助身体保持温暖。

驯鹿长途跋涉寻找食物。

北极熊厚厚的皮毛可以御寒。

动物在漂浮的冰块上休息。

海象的獠牙不仅是它们用来打架的武器，也是它们爬上冰块时必不可少的工具。

北冰洋

北冰洋的中央是一个从未融化的巨型冰块、冰块周围的冰水中生活着各种鱼类和乌贼。

雄性一角鲸有一根长长的牙齿，一角鲸以乌贼和大型鱼类为食。

漂泊信天翁是所有鸟类中翼展最长的。

冬季，帝企鹅挤成一团取暖。

帽带企鹅是群居动物，它们抱团生活在一起。

冰山是一块厚厚的浮冰、冰山的大部分隐藏在水下。

韦德尔氏海豹的脂肪层十分肥厚，这让它即便身处冰冷的海水中也能保持温暖。

南象海豹用嘴在冰上凿出洞口，从洞口里钻出来透气。

南极小须鲸用嘴在冰面上打孔呼吸空气。

南冰洋

南极洲周围的海水非常寒冷，巨大的冰块（即冰山）漂浮在水面上。

食物链 (Food chains)

食物链是指各种生物之间由于食物关系而形成的一种链状结构。在自然界中，只有植物能够制造自身所需的养料，所有的动物都是食物链的一部分，所有的动物生长发育和繁衍后代都需要能量。

请参阅

饮食 pp.106～107
动物类型 p.133
栖息地 p.150
自然保护区 p.164
光合作用 p.171
食物 p.173

流动中的能量

食物链上的动物从它的食物中获取能量，能量沿着食物链流动。下图的箭头呈现了食物能量流动的方向。

生产者
植物利用阳光进行光合作用，生产它们自己所需的能量。在一条食物链中，植物被称为生产者。

初级消费者
以植物为食的动物被称为初级消费者，也被称为植食性动物。

次级消费者
以植食性动物为食的动物被称为次级消费者，也被称为肉食性动物。

分解者
这些动物分解像粪便这样的腐烂物质，使其中的养分回到土壤中继续供植物利用。

食物网

在自然界中，每种动物并不是只吃一种食物，这些食物链相互交错形成食物网。食物网可以呈现出某一区域的能量是如何进行传递的。

蝗虫会吃掉大量植物，影响其他植食性动物。

大量的植物让植食性动物得以生存。

植物

大量的植食性动物让肉食性动物得以生存。

羚羊

肉食性动物通常会食用许多种类的动物，比如狐獴会捕食蝗虫、蝎子和其他小动物。

蝗虫

狐獴

蝎子

三级消费者
能量沿食物链传递3次之后，到达三级消费者。

猛雕

蜣螂

狮子

动物家族（Animal families）

每种动物都有其独特的生活方式。有些动物喜欢生活在大的族群中，在生活中无论进食、睡觉还是迁移都以集体为单位；还有些动物会和它们的配偶一同生活。群居生活可以帮助动物们更好地适应环境。

请参阅

家 pp.46～47

动物类型 p.133

昆虫 p.135

鸟类 p.142

哺乳动物 p.144

动物巢穴 p.160

成双入对

在交配过后，帝企鹅夫妇会轮流看守和孵化企鹅蛋，并在之后一同喂养自己的后代。这对帝企鹅夫妇与其他5000多只家族成员生活在一起。

兽群

一个斑马群的规模十分庞大，这种规模的族群被称为兽群。小斑马出生后，斑马群会保护它们免受其他动物的袭击。

群居动物

蚂蚁是典型的群居动物。通常而言，蚁群规模庞大，蚁后是整个蚁群的领导者。蚁后可以生育后代，其他蚂蚁为了保护并养育蚁群而奋力工作。

小家庭

幼崽出生后，雌性河獭会照顾幼崽2～3年，直到幼崽有能力狩猎并照顾好自己为止。

动物巢穴（Animal homes）

构筑巢穴对动物来说意义重大，巢穴是它们日常休息的场所，隐蔽而舒适的巢穴能够帮助它们躲避天敌，让它们安心地抚育后代。不同的动物，巢穴也各有不同。有些动物过着群居生活，齐心协力建造家园；有些动物则在夜间四处游荡，清晨便就地安置。

请参阅

工作 p.34
家 pp.46～47
动物类型 p.133
昆虫 p.135
鸟类 p.142
哺乳动物 p.144

编织鸟巢

雄性织巢鸟用树叶和青草建造自己的巢穴。鸟巢的入口位于巢穴底部，这样可以防止其他动物进入巢穴。

白蚂蚁丘

白蚁协同工作，搭建起巨大的巢穴。这种烟囱状的巢穴结构能帮助蚁丘内部保持凉爽。

兵蚁抵御外敌，保卫巢穴。

白蚁丘内有通向不同区域的隧道。

工蚁在外部区域贮存草料。

蚁后居住在种群中央。

白蚁丘的高度可超过**2米**！

海狸屋

海狸每年都会为巢穴增添新的泥巴和木棍。

海狸用树枝和泥巴建造巢穴，巢穴出口通常建造在水下，以免被其他动物找到。

变态动物（Metamorphosis）

从出生到成年，有的动物会经历形态和构造上的剧烈变化。它们的形态变化太大，以至于成年之后与它们幼年时完全不同。这一形态变化的过程被称为变态发育。

请参阅

动物类型　p.133
昆虫　p.135
两栖动物　p.140
卵生动物　p.143
生命循环　p.278

蝴蝶的变态发育

变成美丽的蝴蝶需要经历很多阶段，这一过程相当漫长。不同种类的蝴蝶变态发育所需的时间也不同，通常为1~12个月。

2. 毛虫

毛虫刚孵化出来的时候非常饥饿，会立刻开始进食树叶，树叶可以为其提供生长发育所需的能量。尽管毛虫在虫卵中很小，但是破卵之后的发育十分迅速。

Metamorphosis 在希腊语中的含义是"**形态变化**"。

1. 虫卵

蝴蝶的生命始于微小的虫卵，这些虫卵附着在植物上。虫卵的大小、形状和颜色取决于蝴蝶的种类。

茧一般附着在树枝上。

3. 茧

毛虫把自己裹在保护层中，这层保护层被称为茧。在茧的内部，毛虫的身体形态将完全改变。

4. 蝴蝶

一旦变化完成，蝴蝶就会从茧中孵化出来。数小时内，蝴蝶就能飞行，生命循环便再次开始了。

蛙卵

蝌蚪

成蛙

幼蛙

青蛙的变态发育

青蛙的变态发育分为多个阶段。雌性青蛙通常在水下产卵，蛙卵能孵出小蝌蚪。这些蝌蚪在水中用鳃呼吸，并会渐渐地长出腿。数周之内，蝌蚪的尾巴就会消失，并长出舌头，成长为成蛙。

一个空空的茧。

蝴蝶在飞行之前，必须晾干翅膀。

迁徙（Migration）

有些动物每年都会长途跋涉前往其他的栖息地，这一过程叫作迁徙。动物迁徙的目的包括：寻找水源、度过寒冬、找到合适的地方交配并繁衍后代等。

请参阅

北美洲 p.111
季节 p.121
昆虫 p.135
鸟类 p.142
哺乳动物 p.144
变态动物 p.161

黑脉金斑蝶

每年秋季，黑脉金斑蝶都不惜从北美洲飞行数千千米抵达墨西哥。这些抵达墨西哥的黑脉金斑蝶都是在北美孵化出来的。它们会在墨西哥待到来年春天，需要产卵时再向北迁徙。

北美洲

关键词

秋季
春季
夏季

秋季

随着温度下降，蝴蝶能获得的食物越来越少，它们从较为温暖的区域开始漫长的迁徙。

夏季

一旦毛虫变成蝴蝶，便会成群结队地飞往遥远的北方，到那里交配产卵。

春季

蝴蝶飞往北方，在温暖的春季产下虫卵，随后死亡。当从虫卵中孵化出来后，毛虫便有大量的树叶可以食用。

墨西哥

冬季

冬天，大量的蝴蝶汇聚到一起，在森林中休憩。

成千上万只蝴蝶一同迁徙。

北极燕鸥

北极燕鸥是迁徙距离最长的动物，它们在南极和北极地区之间往返，这些鸟一年中有8个月的时间都在空中飞行。

驯鹿

这些有蹄类动物会形成庞大的兽群进行长距离的迁徙。在驯鹿为期3个月的迁徙过程中，每天的行程长达50千米。驯鹿夏季生活在开阔的雪原，冬季则会在森林中过冬。

冬眠（Hibernation）

对于大多数动物来说，要在寒冷的冬季寻找足够的食物实在太难了。为此，有些动物选择迁徙到更温暖的地区躲避严寒，有些动物则依靠深度睡眠来挨过这漫长的冬天，后者的行为被称为冬眠。冬眠的动物直至来年春天才会醒来，到那时，寻找食物已经不那么困难了。

请参阅

昼夜更替 p.120
季节 p.121
动物类型 p.133
两栖动物 p.140
哺乳动物 p.144
迁徙 p.162

睡鼠

睡鼠是一种小型哺乳动物，一般在森林的地表活动，它们会把舒适惬意的巢穴安置在树叶或树枝下面。

毛茸茸的尾巴环绕至老鼠的面部，帮助老鼠保持温暖。

蝙蝠倒挂在洞穴或树上冬眠。

蝙蝠

蝙蝠进入深度冬眠状态后，它们的心率会从每分钟400次降到每分钟25次。

睡鼠冬眠时会蜷缩起来，它每年会冬眠**7个月**左右。

林蛙

在冬季，蛙的身体会"冻结"，心脏会停止跳动。随着天气变得越来越暖和，它的心脏也会逐渐恢复跳动，然后全身解冻，从洞中出来。

林蛙

熊会冬眠吗？

在冬季，熊会睡觉，但不会深度冬眠，因此，它们能被轻易地唤醒。熊的睡眠叫作浅寐。这一过程很像冬眠，但不是冬眠那样的深度睡眠。

自然保护区（Conservation）

自然保护区是受到一定保护的区域，生活在自然保护区内的动植物都是亟须保护的对象。近年来，诸如乱砍滥伐、乱丢垃圾等人类活动极大地破坏了动植物的生存环境，自然保护区的设立刻不容缓。

森林

人类为使用木材或为获得更多的耕地而砍伐树木。一些木材常用来造纸，因此回收纸张也是在保护森林。

栖息地

我们将动植物生活的地方称为栖息地。当栖息地遭受破坏时，动植物的生存会受到威胁。自然保护区保护着栖息地的环境和生活在其中的动物。

濒临灭绝

当一个物种的最后一个个体死亡时，我们便说这个物种灭绝了。现在有许多物种濒临灭绝。各国通过设立国家公园或颁布相应的法律来保护这些物种。

面临威胁

不合理的人类活动会对动植物的生活和栖息地的环境造成破坏。我们可以从生活中的小事着手，改变我们的生活习惯以保护自然环境。

污染

污染，即人类在生产生活过程中向自然界排放未经处理的有害物质或有毒气体。污染会对环境造成严重的破坏。物品的回收利用能有效减少污染。

过度捕捞

人类从海洋中捕捞了大量的鱼类，让许多鱼类变得稀有。今天，我们可以选择食用养殖的鱼取代野生鱼类，让野生鱼类自由生长。

动物园（Zoo）

动物园里有来自世界各地的动物。科学家们可以在动物园里对动物进行观察研究，了解动物以及它们在野外的生存方式。世界上最古老的动物园已有数百年的历史。数百万人会通过参观动物园来进一步了解动物。

自然空间

动物园尽可能地为各种动物安排与它们野生环境相似的活动空间。这不但能使动物更好地适应动物园，同时还能帮助人们了解动物的栖息环境。

工作人员

动物园中有许多工作人员，他们各司其职：动物饲养员每天照料动物；动物学家对动物的生活进行观察研究；兽医则为动物的健康提供保障。

保护功能

动物园在保护动物，尤其是在保护濒临灭绝的动物方面发挥着巨大的作用。例如，美国加利福尼亚动物园就为保护加州秃鹰开展了哺育专项行动。

不称职的动物园

并非所有的动物园都尽职尽责。有的动物园违反规定随意安置动物，甚至不对它们进行基本的照料。好的动物园是动物保护机构的一部分，可以保证动物的健康和安全。

参观动物园

如果参观动物园，一定要牢记以下几点哦！

不要向动物投喂食物

有些食物不符合动物的饮食习惯，向动物投喂食物可能会导致动物生病。

不要发出噪声

喧闹的噪声会惊吓到动物，尽量不要大声喧哗。

听从动物管理员的讲解

动物管理员了解许多有关动物的知识。仔细听管理员们的讲解，阅读有关标示，你会学到许多有关动物的知识。

有关于……

科学（The sciences）

数千年来，人类一直在观察着这个世界，并不断地提出假说和理论，试图解释世间的各种现象。科学会使用证据、经验和实验来解答问题。

星象盘的边缘的刻度对应着天空中的天体。

小男孩用瓶子制造波浪。

大约**5000**年前，古埃及的一些妇女成为了早期医生。

治疗疾病

1928年，苏格兰科学家亚历山大·弗莱明观察到一种叫作青霉素的物质可以杀死葡萄球菌。这一发现直接促使了抗生素的发明。自此之后，抗生素一直是体内杀菌的重要药物。

1. 细菌生长

2. 青霉素介入

3. 细菌死亡

实验

古希腊学者亚里士多德指出，人类应该关注自然并通过科学实验找到问题的答案。今天，科学家仍通过科学实验来验证他们的猜想，得出新结论。

文艺复兴

文艺复兴始于15世纪，它是欧洲科学艺术思想的大爆发。开展试验、收集证据并交流思想，这些做法风行一时，带来了许多新的发明创造。

罗盘帮助探险家周游世界，验证关于世界的猜想。

早期罗盘

内布拉星象盘

偶然的发明

许多重大的科学发现都是偶然发生的。例如，德国科学家威廉·康拉德·伦琴于1885年意外地发现X射线。当伦琴使用放电管时，他注意到自己可以看见旁边盒子里的东西。随后，伦琴用这个发现为妻子的骨骼拍照。

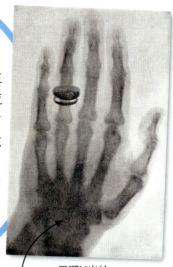

早期X光片

X射线穿透皮肤和血肉，在遇到骨骼时反射回来，形成图像。

夜空

关于月球、行星和恒星的运动也是早期科学的研究方向之一，在今天，这些研究被称为天文学。月历最早发明于大约10000年前。大约4000年前，内布拉星象盘开始用于检测季节更替和太阳位置的变化。

文艺复兴时期艺术家和科学家**列奥纳多·达·芬奇**将他解剖的**人类和动物**尸体进行了素描。

科学测绘

许多科学家创作出大量美丽精致的绘画以记录他们的发现。玛丽·安宁是19世纪英国著名的化石勘探家。在她还是个孩子的时候，玛丽就发现了她的第一块化石，并将其画了下来。她的发现帮助科学家们了解到数百万年前动物在海洋中的生存方式。

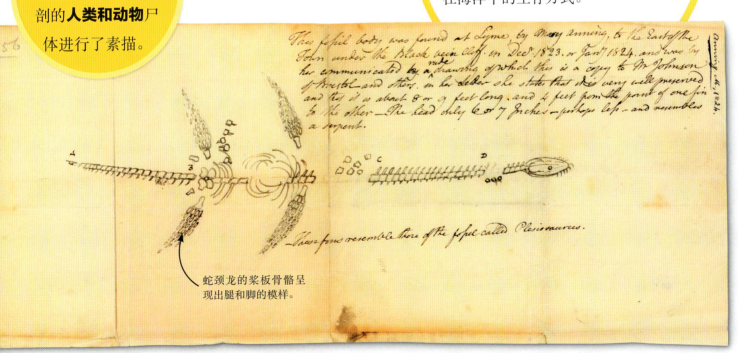

蛇颈龙的桨板骨骼呈现出腿和脚的模样。

玛丽·安宁绘制的蛇颈龙化石，1842年

理科 (Science)

人类总是在孜孜不倦地探索真理。从古至今,理科一直都是我们认识世界和改造世界的重要方式,通过科学研究,人类认识世界及其内部运行的方式。理科需要做实验来验证猜想和收集证据。我们大致将理科分为三大领域:化学、生物学和物理学。

请参阅

科学 pp.166～167
生物学 p.169
化学 p.176
物理学 p.188
药物 p.200
天文学 p.257

生物学
研究生物及其生活环境的学科就是生物学。生物学涉及人体、植物和动物。

化学
观察探究物质组成成分的学科被称为化学。化学研究对象包括构造物质的微小单元,也就是原子。

物理学
物理学研究光、声、力、波、磁、电、能量和行星等。

科学家
科学家是对自然世界及未知生命进行认识、探索的人。他们通过设计并开展实验来检验某种思想或理论是否正确,并将获得的信息公之于众。

发明创造
科学研究可以帮助我们创造新的东西。例如:如果我们对物体运动有充分的了解,我们就能设计出更好的汽车;如果我们了解人体,我们就能发明药物,对抗疾病。

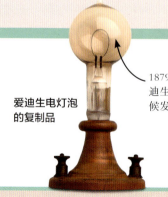

爱迪生电灯泡的复制品

1879年,托马斯·爱迪生在研究电力的时候发明了电灯泡。

科学并非局限于书中呈现的事实——科学是系统的**思考方式和探索方法**。

生物学 (Biology)

生物学是研究生物及其生活环境的学科。生物学关注动植物与环境及动植物本身之间的相互联系和相互作用，生物学还会对生物进行分类，然后对它们进行系统而科学地观察研究。

植物的每一部分都有自己的名字，这是植物的花瓣。

植物学

植物学是研究植物的科学，从小小的苔藓藻类到巨大的树木都是植物学的研究对象。

人体由许多互相连接的部分组成。

人类生物学

人类生物学研究人体的运转——人体的构造是怎样的；人体每天要摄入多少营养物质才能保持健康。

生态学

生态学是研究生物与其生活环境之间的相互关系的科学。

生物学

生物学涵盖许多不同的领域。它可以被分割成更小的部分，各个部分之间，经常会出现重叠的情况。

细胞是构成生物的基础单元。

动物学

动物学是研究动物的科学，包括动物身体的生长发育以及它们的生活习性等。

微生物学

微生物学研究微小的生物，比如细菌、病毒、真菌等。

细胞 (Cells)

细胞是生物体基本的结构和功能单位。细胞因功能不同而呈现出不同的大小和形状。细胞可以分裂并产生和自身一模一样的细胞。

请参阅

植物 p.128

光合作用 p.171

人体细胞 p.264

心脏 p.268

基因 p.279

疾病 p.281

植物细胞

植物细胞能吸收空气，通过光合作用产生自身所需的能量。它们有强韧的细胞壁，赋予植物强韧的树干和树叶。

细胞壁
外层的细胞壁塑造了植物细胞和植物的形态。

细胞质
细胞质是细胞内的液体、细胞中的其他一切物质悬浮其中。细胞质中混合了多种化学物质。

细胞膜
细胞膜是将细胞质围在细胞内的薄膜。

细胞核
细胞核控制着细胞、它里面储存着遗传指令，也就是基因。

细菌

细菌是单细胞生物、仅由一个细胞构成。细菌可以分裂进行自我复制、这便是细菌进行传播并让我们生病的原因。

动物细胞

动物细胞利用氧气分解糖类产生能量、动物从它们吃的食物中获取糖类。同时，氧气通过血液输送给细胞。

线粒体
糖类在线粒体中被分解、释放出能量、推动细胞的各个部分运作。

叶绿体
叶绿体收集阳光、利用空气和水制造营养物质。

液泡
液泡是一个大仓库、储存着液态的营养物质、水和废料。

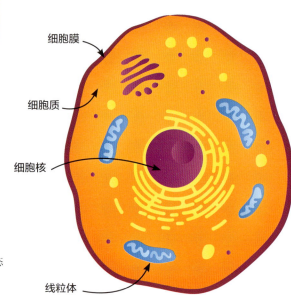

细胞膜

细胞质

细胞核

线粒体

光合作用（Photosynthesis）

植物能够通过光合作用生产自身所需的营养物质。植物进行光合作用需要汲取来自地下的水分并且吸收空气中的氧气和二氧化碳等气体。

植物如何生产养料？

植物将二氧化碳和水化合在一起形成糖类，化合过程中所需的能量由阳光提供。

植物释放的氧气是人类和动物需要吸收的气体。

阳光
植物需要利用来自阳光的能量以完成光合作用，所以植物会朝着光的方向生长。

二氧化碳
植物叶子的孔洞可以吸收二氧化碳。

氧气
在光照的条件下，二氧化碳和水在植物中发生化学反应，释放出氧气。

环境
适当的温度、光照和水分是植物健康生长的必要条件。如果环境发生剧烈变化，植物就会无法适应新环境，并逐渐枯萎。

叶子掉落。

植物变黄。

没有光照

没有水分

叶子
叶子中的化学物质——叶绿素可以吸收来自太阳的光能。叶绿素使得植物呈绿色。

强壮的茎干支撑着植物，并使其朝向阳光。

水
植物需要水来维持生存，水沿着茎干向上输送。

根
植物根部从土壤中吸收水分和矿物质。

进化（Evolution）

当环境发生变化时，动物为了生存必须做出改变，这种改变称为适应。进化论认为，数百万年以来大量微小的变化积累在一起，能使动物进化形成新的物种。

请参阅

化石　p.89

恐龙　p.125

史前生命　p.126

犬科动物　p.148

生命循环　p.278

基因　p.279

化石

化石是数百万年前的生物的遗留物，我们通过研究化石观察生物是如何变化的。

菊石化石

长颈鹿进化出的长脖子可以让它吃到更多的食物。

长颈鹿

达尔文

科学家达尔文环游世界观察记录生物，提出了进化论。

自然选择

动物将某些有益的基因遗传给幼崽，使得这些幼崽更容易生存，这被称为自然选择。

2.2亿年前，哺乳动物**首次出现**并开始进化。

选择性育种

通过认真挑选犬类的父母，人类可以创造出不同外形、不同颜色、不同大小以及不同性格的动物幼崽。

拉布拉多犬
（母方）

贵宾犬
（父方）

拉布拉多德利犬
（幼犬）

食物（Food）

将不同类型的食物合理搭配食用，才能保证人体各部分的正常运转。食物能为我们的生长、运动以及身体的修复提供能量。不同的食物给我们身体带来的好处各有不同。

请参阅

饮食　pp.106～107
植物　p.128
食物链　p.158
气体　p.185
能量　pp.196～197
消化　p.270

食物类型

食物主要有5种类型，它们能为我们提供身体健康所必需的营养物质和维生素。

碳水化合物

面包、米饭、谷物和面食含有碳水化合物，给予我们身体能量。

乳制品

牛奶、酸奶、奶酪和黄油富含钙，帮助牙齿、指甲和骨骼生长发育。

水果和蔬菜

水果蔬菜中含有纤维，能够帮助我们分解食物。它们也富含维生素和矿物质，可以协助身体正常运转。

蛋白质

肉类、鱼类、蛋类和豆类的蛋白质含量很高，蛋白质帮助我们身体成长、修复身体受损部位。

饮水

水将我们从食物中获取的有益物质运输至身体的各个部位，随后将废物排出体外。

脂肪和糖类

脂肪和糖类给予我们身体能量，我们从奶酪、花生仁这样的食物中获取脂肪，从水果中获取糖类。但是过量的脂肪和糖类对人体有害。

能量

摄入食物后，身体将食物中的能量转化成运动和成长所需的能量。这一过程中，食物中储存的能量变成了我们身体的动能。

颜色 (Colour)

我们的世界充满了美丽的颜色。我们看到的颜色实际是从物体反射到眼睛中的各种不同类型的光。颜色也有一定的意义，例如，在交通规则中，红色代表"停止"；在战争中，白色代表"投降"。

绘画

艺术家用颜料与水混合绘制图画。颜料是改变光线颜色的材料，它能吸收一部分光的颜色，并将其他颜色反射回去。

画家在调色板上混合颜料。

彩虹的颜色

白光由七种颜色的光组成，分别是：红、橙、黄、绿、青、蓝、紫。从太阳射出的白光穿过大雨时，会被折射并形成彩虹。

动物的颜色

雄鸟常常利用五彩缤纷的羽毛来吸引雌鸟；一些动物用明亮的颜色当作警告；一些动物可以改变自己的颜色；还有一些动物能利用自身颜色与周围环境融为一体。

雄孔雀的尾羽有着光彩夺目的颜色。

雌性孔雀

雄性孔雀

除了绿色光之外，其他颜色的光都被叶片吸收。

绿色光反射进入到我们的眼睛。

眼睛

树叶不吸收绿色光，将其反射回去。

反射颜色

植物看起来是绿色的，因为植物将绿色光反射到我们的眼睛中，而来自太阳的其他颜色的光都被植物叶片吸收了。

黄色（原色）

黄色和红色混合形成橘红色。

黄色和蓝色混合形成绿色。

蓝色（原色）

红色（原色）

蓝色和红色混合形成紫色。

颜色混合

绘画三原色可以混合形成合成色，三原色分别为红、黄、蓝。合成色也可以混合，形成新的颜色——例如，混合橙色和绿色形成棕色。

1750年的丝绸服饰

时尚

世界上，不同的材料和颜色常常用于服饰设计，帮助人们表达自我。时尚随着时间而变化，今天人们穿着的服装与250年前已经大不相同。

化学 (Chemistry)

化学是观察探究一切物质最小的构成成分的科学，这些成分就是元素。化学研究元素混合在一起时会发生怎样的反应，并探究物质中微小成分的排列与重新排列。

请参阅

原材料 p.177
原子 p.179
元素 p.180
物态变化 p.186
工程 p.215
人体细胞 p.264

积木

我们周围的物质由微小的原子构成。原子按照一定的规律排列形成分子。这种积木似的基础单元就是化学所研究的对象。

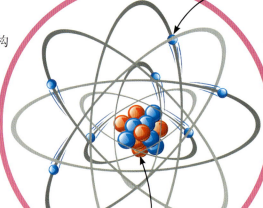

电子在外层环绕原子核高速旋转。

1. 原子

原子太小了，我们用肉眼看不到它们。原子中的大部分区域是真空区。原子中含有更小的微粒，原子的类型取决于其中的微粒数量。

原子中的大部分空间是真空区，如果将原子等比例放大到**足球场的大小**，原子核仅有弹珠那么大。

原子的中心就是原子核，原子核中含有的微粒就是质子和中子。

2. 元素

仅由一种原子组成的物质被称为元素。元素有且只有一种组成成分——元素本身，锑、钚、金都是元素。

金

锑

钚

化学反应

两种或更多的元素化合在一起形成新的化合物，这一过程称为化学反应。化学反应形成新的化合物时，伴随着起泡、燃烧甚至爆炸等现象。

铁与氧反应生成铁锈。

3.化合物

不同的元素聚合在一起形成化合物。例如，水是由氢元素和氧元素化合得到的化合物。

氧元素和氢元素化合形成水，水是一种化合物。

原材料（Materials）

世界上所有的物质都是由原材料组成的。对原材料的衡量可以从以下几个方面入手：硬度、韧度、防水性或是否具有磁性。当然，能否在水上漂浮，或能否导电也是原材料的衡量标准之一。

请参阅

原子 p.179
塑料 p.182
固体 p.183
液体 p.184
气体 p.185
电 p.194
建筑 p.217

溶解度

溶解度指物质溶解（混合）于液体的难易程度。如果你把盐放入水中，盐会溶解到水中，因此，盐是可溶于水的。可溶于水的物质可以是固体、液体或气体。

沙子是不溶物——它不能在水中溶解。

紫色的粉末溶解在水中。

导热性

金属具有良好的导热性，这意味着热的物质接触它们时，热便会传导给它们。木材、塑料和橡胶是热的不良导体。对于一口平底锅而言，这几种材料都十分有用。

橡胶手柄不会发烫，这样我们端起锅的时候就不会被烫伤了。

火加热金属锅。

导电性

铜可以导电，这意味着电流可以从中流过，而塑料不能导电。这两种材料都可用于电缆中。

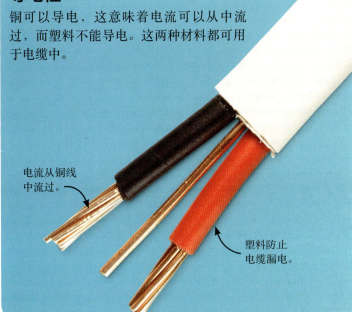

电流从铜线中流过。

塑料防止电缆漏电。

可燃性

可燃性指物质点燃并燃烧的难易程度。干燥的木头高度易燃，意味着它极易起火燃烧并散发出热量。

干燥的木头容易起火燃烧。

石头是不可燃的，因此可以用来阻挡火势蔓延。

下沉与漂浮 (Sinking and floating)

将物体置入水中，它们或是浮在水面或是沉入水底，这和物体的密度有关——密度越高的物体越容易下沉。这也是石头或金属通常会沉入水中，而大部分木材或塑料则能漂浮在水面上的原因。

请参阅

原材料 p.177
金属 p.181
气体 p.185
力 p.189
重力 p.190
船舶 p.211

重力推动小黄鸭下沉。

上浮

如果物体受到的重力小于水对它的浮力，物体就会上浮。物体含有的空气越多，越容易上浮。

小黄鸭填充了大量空气，使其轻巧易浮。

咸水的浮力大于淡水，因此，相比于淡水湖，物体更容易在海面上漂浮。

浮力

小黄鸭浸入水中时会排开一部分水，并会受到水的反作用力。水作用于小黄鸭的竖直向上的力被称为浮力。

浮力推动小黄鸭上浮。

硬币受到的重力推动硬币下沉。

硬币受到的重力远大于它受到的浮力，因此硬币会下沉。

巨轮

金属制的硬币会下沉，而像巨轮这样的金属巨怪却能漂浮在水面上，这听起来似乎不可思议。但事实上，船舱等区域充满了空气，再加上宽阔的甲板，使得船舶所受的浮力远大于它们所受的重力。这样，船舶漂浮在水面上也就不足为怪了。

下沉

物体受到的重力远大于受到的浮力时，物体就会下沉。

硬币受到向上的浮力。

原子（Atoms）

原子是构成一般物质的最小单位，它构成了宇宙中的一切物质。人体、汽车、恒星和我们周围的一切物质都是由原子构成的。原子十分微小，无法用肉眼观测到，并且原子中的大部分区域是真空的。

请参阅

碳循环 p.90
化学 p.176
元素 p.180
物态变化 p.186
太阳系 p.237

原子内部结构

原子由更小的微粒构成。原子中有3种微粒：质子、中子和电子。

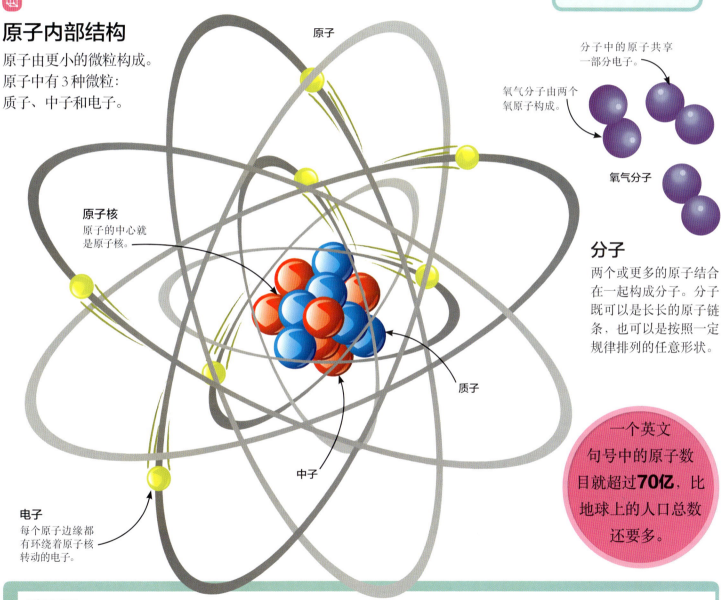

原子

原子核
原子的中心就是原子核。

质子

中子

电子
每个原子边缘都有环绕着原子核转动的电子。

分子中的原子共享一部分电子。

氧气分子由两个氧原子构成。

氧气分子

分子

两个或更多的原子结合在一起构成分子。分子既可以是长长的原子链条，也可以是按照一定规律排列的任意形状。

一个英文句号中的原子数目就超过 **70亿**，比地球上的人口总数还要多。

碳原子

碳原子与其他原子结合形成大分子，这样的大分子建构了所有的生命体。碳原子以不同的方式排列，形成不同的物质。

钻石

铅笔

元素 (Elements)

所有客观存在的物体都由原子构成，元素是纯净物，这意味着它只由一种原子组成。元素不能继续分解成其他物质。

请参阅

黄金 pp.86~87

原子 p.179

金属 p.181

固体 p.183

液体 p.184

气体 p.185

电 p.194

无处不在的元素

四分之三的元素是金属元素。金属通常是固态的，具有导电性。一部分非金属元素构成气体，如氢和氧，也有一部分非金属元素构成固体，如碳和硫。

钙

金属元素钙常见于石头、生物体和牛奶中，也是骨骼、牙齿和动物犄角的重要组成成分。

氦

聚会中常常会看到五颜六色的气球飘浮在空中，这些气球中填充的就是氦气。由于氦气比空气轻，所以气球能飘浮起来。恒星内部可以产生氦元素。

铝

柔软轻质的金属铝能制成金属薄片、罐头和飞机零件，而且相比其他金属，铝不易生锈。

黄金

黄金是一种贵金属，自然界中发现的黄金常以单质的形态存在。黄金十分柔软，可塑性良好，无须猛烈敲击就能塑造成各种形状。

元素周期表

元素周期表排列着现在宇宙中所有已知的元素，时至今日，表中的元素种类已经超过100种，人们仍在寻找新元素。所有的元素都有其代表符号，元素周期表依据相对原子质量对原子进行排列和归类。

镍的符号是Ni。

铀的符号是U。

第一张元素周期表，由门捷列夫撰写

汞是**唯一**一种在**室温下**呈现**液态**的金属。

金属（Metals）

我们通常在岩石中发现金属。不同种类的金属，其硬度也有所差异，但所有金属都能导电。金属与我们的生活息息相关，无论是生产线缆还是建造高楼，金属都必不可少。我们在日常生活中使用的金属可能是纯净的金属单质，也可能是合金。

请参阅

铁器时代 p.48
元素 p.180
液体 p.184
磁铁 p.192
自行车 p.208
陨石 p.249

自行车零部件

生产一辆自行车需要用到各种金属，它们有所差异。每部分使用的金属种类取决于该部分的实际需求。

古埃及人
从**陨石**中锻造出铁，并用其制造生活用品。

坚硬的钛框架不会生锈。

手闸由持久耐用的金属铝制成。

轮辋由坚固的钢打造而成。

钢丝辐条支撑着车轮。

车链由柔韧的碳钢制成。

脚蹬由耐磨的铝合金制成。

矿石中的金属

人们为寻找金属在地下挖掘隧道，这种隧道也被称为矿井。通常情况下，矿井中开采出的金属并不纯净，这也意味着会有岩石和气体混杂其中。因此，想利用这些金属，就必须先将其中的杂质剔除。

1. 选矿
矿石是含有金属的岩石，一般在矿井中被发掘出来。

2. 熔化
加热矿石使其熔化，然后提炼出其中的金属。这时，还可以加入特定的化学物质来移除气体杂质。

3. 冷却
金属冷却形成固体，它能被加热锻造成实用的形状。

塑料 (Plastic)

塑料是一种实用的人造材料，不过也有天然存在的塑料。塑料的可塑性极强，能被染成各种颜色，也能被做成各种形状。塑料用途广泛，良好的防水性使得它能装运液体。塑料甚至还能用来制作强韧的绳子。

请参阅
碳循环 p.90
循环利用 p.104
原材料 p.177
原子 p.179
液体 p.184
气体 p.185
电 p.194

随处可见的塑料

每天我们都会用到塑料制品，塑料制品包括玩具、胶水、书包、电脑、帐篷、汽车以及雨衣。大多数物品是通过将塑料加热至液态后，将其倒进模具中制造出来的。

塑料容器的防水性质使其能装运液体。

坚硬而不易碎的塑料常用来制造玩具。

液态的塑料能倾倒进模具中形成有趣的形状。

有的塑料是透明的，透过塑料我们能看到其中盛放的物体。

平滑的塑料制品方便我们手持。

塑料绳柔韧而结实。

塑料眼镜比玻璃眼镜更难摔碎。

实用的塑料

塑料的各种性质让塑料成为一种非常实用的材料。例如，塑料不导电，结实而持久耐用。

电缆

绝缘体

塑料是一种绝缘体，这意味着，电流和热量不能从中流过。下图介绍了塑料的几种主要性质。

实验容器

难以损坏

相比玻璃容器和陶器，塑料容器不易毁坏。塑料容器更容易制作，使用起来也更安全。

塑料袋

持久性

塑料能维持原貌很长时间而不降解，它会在环境中积累得越来越多，所以，我们要回收塑料，将它们转化成新的塑料。

25个**塑料瓶**可以被回收制成一块**涤纶绒布**。

制作塑料

天然存在的塑料常见于一些植物、昆虫、动物犄角以及牛奶中。人工制作的塑料由地下开采的原油、煤炭和天然气制成。所有的塑料制品都含有碳元素。

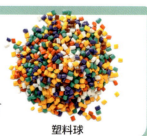

塑料球

固体 (Solids)

与液体和气体相比，固体有比较固定的体积和形状，它不会像水一样自由流动，而是会保持原有的形状。固体通常是硬质材料，但也不乏柔软的固体。固体在工业生产中应用十分广泛，同时也是生活中不可或缺的一部分，我们使用的手机和居住的房屋都是固体。

请参阅

原材料 p.177
金属 p.181
塑料 p.182
液体 p.184
气体 p.185
物态变化 p.186

固体特性

不同类型的固体，其特性可以有很大的差异。有的固体十分坚硬，有的则十分柔软，有的可塑性极强，有的具有磁性，还有的固体是透明的。

微粒

固体由互相靠近的微小颗粒构成，如果给予足够高的温度，固体微粒开始互相远离，最后固体变成液体。

固体微粒堆积成块状，而不是铺成一层或呈水状。

温度过高时，固体石块会变成**液态岩浆**。

固体保持原有的形状。

切割固体

固体能被切割成不同的形状，木材是来自于树木的固体原材料，我们切割木头，将其塑造成一定的形状用来制造家具。

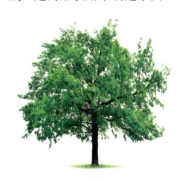

锯开的木头

塑造固体

金属是我们从地下挖掘出来的硬质固体，加热金属使其变软；随后，弯折塑形，将它们塑造成我们想要的形状。冷却后，金属就会保持原来的形状。

制作新的固体

我们可以通过将其他材料混合在一起，制成新的固体材料。例如，将热水添加到果冻方块中形成液体，液体随后冷却形成固体。

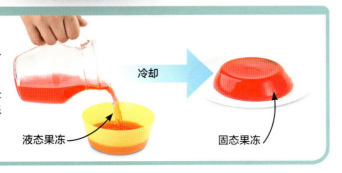

冷却

液态果冻

固态果冻

炽热的金属马蹄

液体 (Liquids)

液体是流动的物质，将液体倒入容器内，它会自由流动以适应容器的形状。液体最终会呈现平面而非局部堆积。我们饮用的液体包括水。当温度足够低时，液体会凝结成固体；当温度足够高时，液体会升华成气体。

请参阅
水循环 p.93
河流 p.96
原子 p.179
固体 p.183
气体 p.185
物态变化 p.186

液体性质

液体区别于固体和气体的性质被称为液体的特性。具体来说，液体在加热后可以用来烹煮食物；由于其流动方式的特殊性，液体极易混合；一些液体较之其他液体有更好的流动性，不过所有的液体最终都会调整形状以适应容器。

人的大脑大约有**75%**的成分是**水**。

液体可以从容器内倒出。

液体可以流动以适应容器的形状。

溶解

一些物质能溶解于液体中。如果我们向水中加盐，就会形成盐水。我们看不到盐粒，因为盐已经溶解到水中，变成了盐水。

水

盐

盐水

水

地球表面的三分之二被水覆盖。水是基础物质，生命体需要水来维持生存。动物饮用水，植物从地面或空气中吸收水。大多数生物身体至少一半的成分是水。

液体微粒

液体由微小的粒子构成，它们快速地四处流动，并且粘连到一起。液体冷却降温后，粒子流动就会变慢，最后变成固体。

气体（Gases）

气体环绕在我们周围。我们周围环绕的气体叫作空气。我们可以把气体封存在一定的容器中，但是如果我们打开容器，气体就会向四周扩散逃逸。大多数气体是无色透明的，我们用肉眼看不见它。

请参阅

元素 p.180
固体 p.183
液体 p.184
物态变化 p.186
混合物 p.187
肺 p.269

气体特性

气体也有其特性。例如，气体能被压缩，但将气体放回原来的空间时，气体微粒又会散开将空间填满。气体的这种特性被应用在自行车轮胎的设计中。当我们骑车时，轮胎能对自行车的震动起到缓冲作用。

氦气比空气轻，所以氦气球可以飘浮起来。

气体膨胀，将容器充满。

气体会从未密封的容器中逃逸。

气体微粒

气体由微小的粒子构成，这些气体以极高的速度向各个方向移动。如果没有固体障碍物将气体粒子反弹回去，气体粒子会移动很远的距离。

吹泡泡

肥皂泡中含有一小部分空气，这些空气帮助泡泡四处移动。肥皂水表面张力较小，将空气封存在一个圆球中，形成肥皂泡。

汽水

汽水中有很多泡泡，这些泡泡里充满了气体。汽水泡泡里的气体都是二氧化碳。

空气中有什么？

空气是环绕在我们周围的气体，空气是不同气体的混合物。空气中的大部分气体是氮气，我们从空气中吸入氧气以供身体利用。

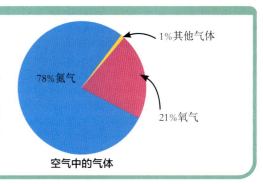

1%其他气体
78%氮气
21%氧气
空气中的气体

物态变化（Changing states）

大多数物质可以在固态、液态和气态之间自由转换，这取决于周围环境的温度以及组成粒子之间的紧密程度。像水这样的物质能从一种状态转变成另一种状态，然后再转变回去。

请参阅

水 pp.94～95
原子 p.179
固体 p.183
液体 p.184
气体 p.185
温度 p.199

不同的物态

所有的物质都由微小的粒子构成，粒子的排列方式决定了它们所构成的物体的形态是固态、液态还是气态。

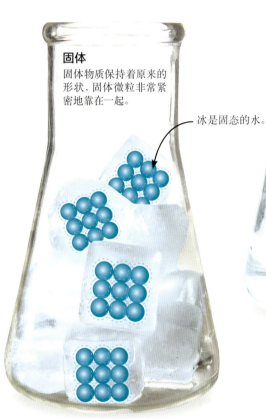

液体
液态物质可以自由流动，液体微粒距离较为紧密但能自由移动。

固体
固体物质保持着原来的形状，固体微粒非常紧密地靠在一起。

冰是固态的水。

饮用水是液态的水。

水蒸气是气态的水。

气体
气体中的微粒会向着各个方向移动，并且微粒之间距离很远。

物态变化类型

同一种物质在加热时会从固态转变成液态，这一过程称为熔化；再从液态转化成气态，称为蒸发；当降温时，这种变化恰好相反：气态变为液态称为冷凝，液态变为固态称为凝固。

熔化
当我们加热固体时，固体熔化变成液体。

凝固
像岩浆这样的液体，当温度降低时它会变成固体。

蒸发
当温度足够高时，液体会蒸发变成气体。

冷凝
水从气态转换成液态，这一过程称为冷凝。

混合物（Mixtures）

不同的物质混合在一起会形成混合物。混合物能轻易被分离，分离后能得到各部分的单质。固体、液体、气体都能混合，分离混合物的方式主要有三种：筛分、过滤、蒸馏。

请参阅

岩石与矿物 p.84
固体 p.183
液体 p.184
气体 p.185
物态变化 p.186

筛分

筛子可以将小的固体颗粒与大的固体颗粒分离，也能从液体中分离出固体。筛子的筛网是纵横交错的网格，液体和微小的固体能从筛网的孔洞中穿过。

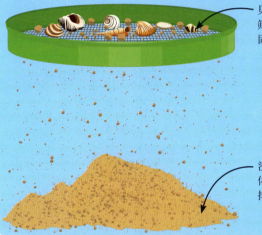

贝壳是被筛子筛选出的大块固体。

沙粒是微小的固体，能从筛孔中掉落下来。

过滤

过滤即通过特殊装置将液体提纯净化，通常用来净化含有细小杂质的液体。含有杂质的液体透过介质时，固体颗粒及其他物质被过滤介质截留，纯净的液体被分离出来。

将沙子和水的混合物倒进过滤器中。

过滤器能留住沙子但不能留住水。

落入烧杯中的水不含沙子。

蒸馏

液体蒸发成气体，固体被遗留下来。

像盐这样可溶解的固体在与水混合时会发生溶解。若将溶液加热，水分将会蒸发成气态，而固体则被分离出来了。这一过程被称为蒸馏。

加热使液体沸腾并变成气体。

化合物

有的物质虽然含有多种元素，但它们并不能简单地通过筛分、过滤和蒸馏分离。这些物质并非混合物，而是化合物。右图中的硫化铁就是化合物。

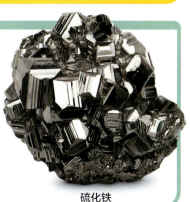

硫化铁

物理学 (Physics)

我们将宇宙中一切有重量的物体称为"物质"。物理是一门观察研究物质的运动和物质之间相互影响的学科，物理学的研究范围涉及能量、力学、电磁学、光、热量、波以及声音。

了解气象

物理学通过观察研究实时的气流和气象，帮助人们预测天气的变化。

气象气球收集气象信息

医疗器械

利用物理学知识，人们发明了扫描仪、心率显示器和X光机。

心率显示器

核物理

原子是构成物质的基本微粒，原子分裂可以释放出可利用的能量。

原子图解

电脑

微小的线路将机器内部的各个区域连接起来，这样，电脑就能执行任务了。

电脑内部的电路板

我们身边的物理学

一些始于物理学的重大发现已经广泛应用于我们的日常生活中，这就是应用物理学。

太阳能电池板收集来自太阳的能量。

电

我们可以利用各种方法发电，包括火力发电、太阳能发电、风力发电和水力发电。

力学

力学研究物质机械运动规律，并开发设计机器，比如露天游乐设备的制造就属于力学研究的范畴。

露天游乐园

力 (Forces)

力是一种推动或牵引的作用，是物体与物体之间的相互作用。力能让物体运动，包括加速和减速。有的力只有在物体相互接触后才能发生作用；但有的力则不然，像重力就时刻作用于物体，对它们产生影响。

推力

推力可以让物体开始运动，也能让物体加速。当你向玩具车施加推力时，玩具车就会移动。

手施加的推力。

牵引力

牵引力能让物体从静止开始运动，而且物体会沿着力的方向运动。

沿着手的方向的牵引力。

受力平衡

推力和牵引力能同时在不同的方向上发挥作用。如果受力平衡，物体会以稳定的速度运动或保持静止。如果其中一种力比较大，那么物体运动速度会越来越快或越来越慢。

摩擦力阻碍汽车向前运动。

发动机提供向前运动的牵引力。

重力对汽车的作用力向下。

当你坐在椅子上静止不动时，你身体的受力处于**平衡状态**。

重力

物体由于地球的吸引而受到的力叫作重力。重力的存在使得我们无法不借助外力飘浮在空中。

重力使球向下运动。

磁力

磁力是磁场对带有磁性的物体施加的引力或推力，这由其磁极所决定。同名磁极相互排斥，异名磁极相互吸引。

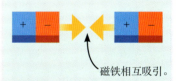

磁铁相互吸引。

摩擦力

摩擦力是减缓物体运动的力，两个物体表面相互接触，有相对运动或相对运动趋势时才会产生摩擦力。

肌肉推动腿部向前运动。

摩擦力阻碍腿部向前运动。

重力（Gravity）

物体由于地球的吸引而受到的力叫作重力，重力是一种看不见的力。重力会在我们跳到半空中时将我们拉回地面；如果我们向上抛出一颗球，在重力的作用下，这颗球会下落。如果没有重力，我们就会飘在半空中。

落回地面

重力把物体拉向地球中心。当一名高空跳伞运动员从飞机上跳下时，重力牵引着他向下运动。最终，跳伞运动员会打开降落伞来减缓下落。

空气阻力阻碍跳伞运动员下落。

重力牵引着跳伞运动员落向地面。

月球环绕地球运动。

地球

月球

艾萨克·牛顿

科学家艾萨克·牛顿意识到物体落向地面这一现象背后存在着一种固定的模式。

牛顿在看到一个苹果从树上掉落之后，发现了万有引力定律。

地球与月球

地球强大的引力使得月球环绕地球转动。如果没有地球的引力作用，月球会消失在茫茫太空中。

摩擦力（Friction）

摩擦力通过施加与运动方向相反的作用力使运动的物体减速。两个相互接触的物体有相对运动或相对运动的趋势时就会产生摩擦力。不同的物体相互接触时，产生的摩擦力大小也会不同。

请参阅

水　pp.94～95
原材料　p.177
力　p.189
重力　p.190
温度　p.199

握住还是滑脱？

表面粗糙的物体能被抓握得更紧，这是因为它们与物体接触时产生的摩擦力要远大于光滑表面与物体接触时产生的摩擦力。这也是为什么光滑的表面相对而言更容易发生滑行或脱落现象。

制造热量

我们搓手时，双手之间会产生摩擦力。摩擦会产生热量，因此双手会逐渐变暖。

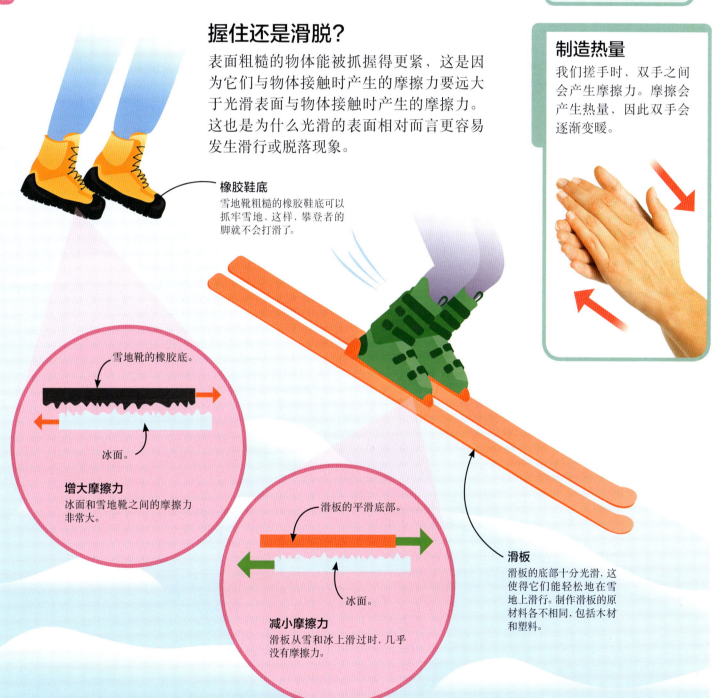

橡胶鞋底
雪地靴粗糙的橡胶鞋底可以抓牢雪地，这样，攀登者的脚就不会打滑了。

雪地靴的橡胶底。

冰面。

增大摩擦力
冰面和雪地靴之间的摩擦力非常大。

滑板的平滑底部。

冰面。

减小摩擦力
滑板从雪和冰上滑过时，几乎没有摩擦力。

滑板
滑板的底部十分光滑，这使得它们能轻松地在雪地上滑行。制作滑板的原材料各不相同，包括木材和塑料。

磁铁（Magnets）

磁铁是能吸引其他磁铁以及一部分金属的物体。磁铁有两个磁极，磁铁周围能对物体产生力的作用的区域被称为磁场。

请参阅
地球内部结构 p.76
指南针 p.110
原材料 p.177
力 p.189
电 p.194
地球 p.240

磁性材料

具有磁性的物质称为磁性材料。任何含有铁的金属都带有磁性，但其他大部分金属不具有磁性。

曲别针被吸附到磁铁上。

地球上**最大的磁铁**就是**地球**本身，地球是一个巨大的磁铁，并有**两个磁极**。

曲别针中含有铁，能被吸附到磁铁上。

磁力

同名磁极相互排斥，异名磁极相互吸引。

两个S极放在一起会相互排斥。

一个S极和一个N极放在一起会相互吸引。

磁场

磁铁会对磁铁附近的物体产生一定的力的作用。磁铁对物体产生作用的区域被称为磁场。

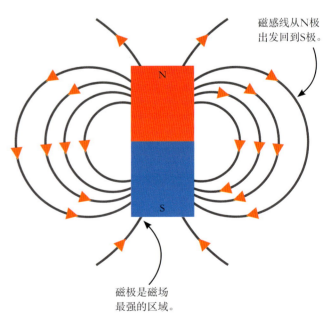

磁感线从N极出发回到S极。

磁极是磁场最强的区域。

光（Light）

光是能量的一种类型，光从物体表面反射进入到我们的眼睛中——我们需要光才能看到周围的事物。光会转变成其他的能量类型，比如热能或电能。我们常说的黑暗环境指的就是没有光的环境。

请参阅

无脊椎动物 p.134
颜色 pp.174~175
原材料 p.177
能量 pp.196~197
太阳 p.254
视觉 p.272

白光

白光实际是由各种颜色的光混合组成的，我们能利用三棱镜将白光拆分成各种颜色的光。

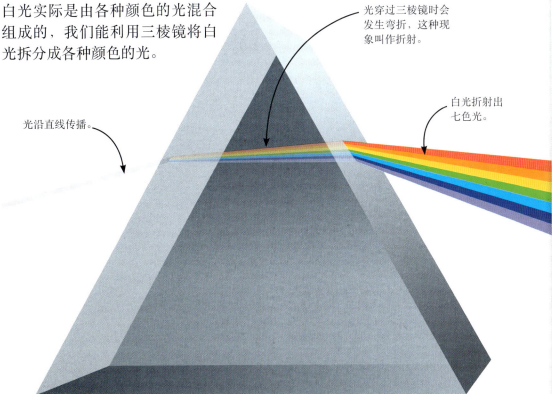

光穿过三棱镜时会发生弯曲，这种现象叫作折射。

白光折射出七色光。

光沿直线传播。

光源

地球的主要光源是太阳。人造光源包括电灯泡、蜡烛和油灯。像水母、萤火虫这样的动物也能自己发光。

太阳是自然光源。

蜡烛是人造光源。

某些水母在黑暗中闪闪发光。

影子

影子是光线被物体阻挡后投射的一片阴影区域，影子可以呈现出物体在阳光下的形状和轮廓。

反射

光能从类似镜子或静止的水面这样的光滑表面上"反弹"回去，这一过程叫作反射。

电（Electricity）

电是一种微小带电粒子的流动，这种粒子被称为电子。电力常用于照明和为电器提供动力。无论在家里还是在学校，电都无处不在。

请参阅

原材料 p.177

原子 p.179

金属 p.181

电路 p.195

能量 pp.196～197

电视 p.226

闪电

闪电是自然界中静电放电的一种形式。云中微小的冰粒互相摩擦，不断累积电荷直到发生巨大的闪电。

发电

我们利用各种不同的能量发电。例如，太阳能电池板将太阳能转化成电能、风力涡轮机将风能转化成电能。

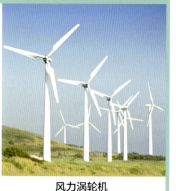

风力涡轮机

电的利用

我们家中的很多电器在通电并按下开关后就能正常运转、例如电热水壶和电视。电流流经电器并驱动它们运转。

烤面包机需要用电加热。

台灯中的电灯泡需要用电。

笔记本电脑需要充电。

电路 (Circuits)

物体想要利用电能，需通过电线与电源相连接形成电路。电路在我们的生活中十分常见，电灯、冰箱、电视这样的电器都被接入电路。

请参阅

光 p.193

电 p.194

测量 p.207

电视 p.226

计算机 p.227

导线外层包裹着塑料，阻止电荷外逃。

电路工作方式

当形成完整而没有断开的电路时，电荷得以在电路中流通。我们用不同的符号代表电路中的不同部分。

电荷流过金属导线。

电池

电池储存着电荷，是整个线路的电源。将电池两端接入电路时，电荷环绕电路流动。

开关

电荷仅从电路中流过。开关打开，电路接通；开关关闭，电路被切断。

电灯泡

电荷流过电灯泡使其发光。在电路中，需要电力加以驱动的物体叫作电子元件。

鳄鱼夹将导线连接到开关上。

电路中**电荷**的流动称为**电流**。

电路板

电脑内部的微小电板称为电路板，电路板有大量微小线路连接到小零件上，以维持电脑的正常运转。

能量（Energy）

一切事物的运转都需要能量，能量无处不在，类型多样，包括热能、光能和动能。能量维持我们的身体运转，人类还用能量发电，从而为生产生活供电。能量可以储存，能量的形态也可以转换。

化石燃料

动植物尸体在地下经历数百万年的分解和挤压形成了化石燃料。煤炭、石油、天然气都是化石燃料。燃烧化石燃料能释放热量推动发电站发电。

我们的身体

我们运动、生长发育、维持体温都需要消耗能量。我们吃掉的食物被消化后，在体内转化成我们所需要的能量。

跑步

动能

动能是能量的一种类型。过山车到达最高点时蓄积了巨大的能量，然后，随着过山车向下运动，蓄积的能量转化成动能，过山车越来越快。

世界上最快的过山车位于阿拉伯联合酋长国，速度可达**241千米/时**。

过山车

燃烧的煤炭

早期蒸汽机

工业革命

从18世纪末开始，人们开创了新的利用能量的方式，工业由此蓬勃发展。水的动能推动轮子转动，驱动作坊中的纺织机器运转。与此同时，蒸汽机的热能驱动火车和厂房中的机器运转。

早期**蒸汽机**是苏格兰人**詹姆斯·瓦特**于1760年改良的。

植物

食物链

植物吸收光能，合成糖类，糖类是植物储存能量的一种方式。右图中，小鹿吸收植物中储存的能量，狮子再吃掉小鹿，能量就转移到了狮子体内。

小鹿

狮子

太阳

我们利用的绝大部分能量来自于太阳，太阳的光能转化成热能，温暖着我们的地球。植物获得光照得以生长，并为动物提供能量。

太阳

可再生能源

可再生能源可以源源不断地产出，不会被耗尽。太阳能、风能和水能都属于可再生能源。我们利用风力涡轮机和水力发电机将动能转化成电能。

风驱动涡轮机扇叶转动。

风力涡轮机

声音（Sound）

声音由物体的振动产生，振动幅度越大，声音的响度越大；振动频率越高，声音的音调越高。声音通过一定的介质传播到我们的耳朵中。

请参阅

乐器 p.23
音乐 pp.24～25
固体 p.183
液体 p.184
气体 p.185
听觉 p.273

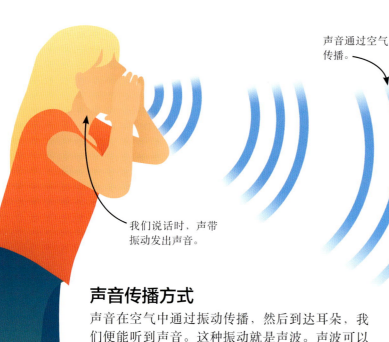

声音通过空气传播。

我们说话时，声带振动发出声音。

我们的耳朵侦测到振动，大脑识别出声音信息。

声音传播方式

声音在空气中通过振动传播，然后到达耳朵，我们便能听到声音。这种振动就是声波。声波可以在固体、液体、气体中传播。

音量

音量，又称响度。它的变化取决于振动的幅度，振幅越大，音量越大。音调的高低取决于振动的频率，振动越快，音调越高。

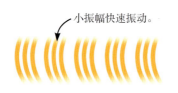

小振幅快速振动。

大振幅缓慢振动。

越靠近声源，
音量**越大**。

小鼓
我们可以用更大的力量击鼓，让鼓发出更大的声音，但是鼓会以相同的速度振动以获得固定的音调。

大鼓
大鼓的振动更慢，相比小鼓，大鼓的音调也更低。大鼓的体积更大，发出的声音音量也更大。

温度（Temperature）

温度是衡量物体冷热程度的物理量，我们常用温度计测量空气、液体或人体的温度，测量出的温度可以用摄氏度（℃）和华氏度（℉）来表示。

请参阅

固体 p.183
液体 p.184
气体 p.185
物态变化 p.186
测量 p.207
人体 p.263

电子温度计

温度计

温度计是测量温度的工具，我们能从温度计上读出度数。

沸水

液态水达到100℃时便会沸腾，由液态变成气态。

体温

室温

我们用室温描述正常的环境温度，一般室温的平均温度是20℃。

结冰

空气温度降到0℃时，液态水被冻结成固态的冰。

体温

正常的人体体温大约是37℃。医生通常将电子体温计放在我们的口中或耳朵中检测我们的体温。

红色液体通过上升和下降来显示温度的变化。

温度计

闪电的温度可高达**29727℃**，这是自然界中最高的温度。

药物 (Medicine)

药物用于治疗和预防疾病，药物由植物或科学实验室中的化学物质构成。专业医师发现不同病人的不同病症，找到合适的医疗技术方法或药物来治愈病人。

请参阅

古希腊 p.50
理科 p.168
生物学 p.169
化学 p.176
人体 p.263
疾病 p.281

在古希腊，甘菊用于治疗感冒发烧。

古代的药物

草本植物作为药物已有数千年的历史，古希腊医师希波克拉底是第一位基于科学来指导用药的医师。

中世纪时期的药物

在中世纪，人们认为过多的血液会导致疾病，因此，人们会借水蛭来吸取少量血液。

中世纪的水蛭

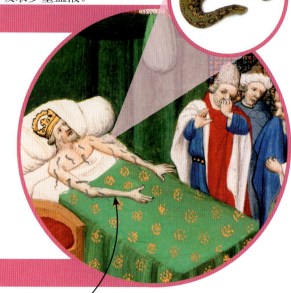

病恹恹的王室成员为治愈疾病在身上放置水蛭。

近代医学

医生用新发明找到病人的病因。人们认为呼吸难闻的空气会让人生病，因此，医生会让病人呼吸带有香味的空气。

内窥镜用于观察耳朵内部构造。

听诊器能听到病人的心跳。

医生

医生通过观察、询问、常规检查，来找到病人生病的原因。医生在确定病症后为病人对症下药。

X光机可以为人体内部结构拍照。

天花是一种传染病，**1980年**，人类彻底消灭了天花。

现代医学

医生利用X光机探测人体内部环境。我们了解到微小的细菌和病毒能引发疾病。我们可以采用抗生素来消灭病菌，也可以通过注射疫苗来预防疾病。

导航（Navigation）

导航就是找出你所处的位置以及你需要前往的目的地。我们可以利用太阳、恒星、罗盘以及地图进行导航。而现在我们还能从太空中的卫星获取信号，以此获得相关的地理位置信息进行导航，这就是全球定位系统（GPS）。

请参阅
地图 p.109
指南针 p.110
光 p.193
收音机 p.224
卫星 p.234
星座 p.256

全球定位系统的工作原理
全球定位系统（GPS）利用太空中一组卫星发射的信号计算出地球上某点的精确地理位置信息。

3. 信号速度
卫星信号以无线电波的形式传播，手机根据信号传播的时间计算出距离。

4. 手机
手机通过观测自身与4颗卫星之间的距离计算得出相应的地理位置。

1. 地球轨道卫星
卫星在环绕地球的定圆轨道上运行。手机接收信号的范围内一般至少有4颗全球定位卫星。

2. 位置和时间
卫星发出的信号包含地理位置信息和精确的时间信息。

纬度与经度
地球地图上经线和纬线组成网格线，这些网格线展示了不同的地理位置信息。每个地方都有独一无二的经纬度数值。

纬线横向穿过地球。

经线纵向穿过地球。

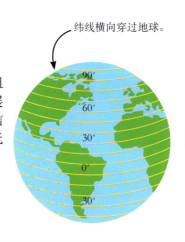

90°
60°
30°
0°
30°

90° 60° 30° 0°

地图与指南针
即便没有全球定位系统，我们也能利用纸质地图和指南针导航。指南针指针的北极指向地理的北极方向，从而帮助我们找到前进方向。

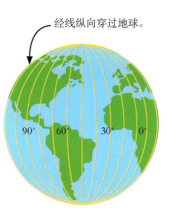

数字（Numbers）

数字作为一种符号，可以为我们提供很多信息，包括但不限于时间、空间和尺寸。通常，我们数出来的数字都是"整数"，也称"自然数"。所有的数学问题都需要用到数字。

整数

所有数字都是由0~9这10个数字构成的。由于它们不能被分割成更小的量，因此被称为整数。

0代表什么也没有。

整数也是正数。

负数

小于0的数字被称为负数。在生活中，它们可以用来表示小于0的事物，比如低温（–1℃）。

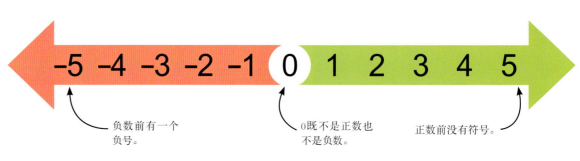

负数前有一个负号。

0既不是正数也不是负数。

正数前没有符号。

代数

代数是数学的一个分支，通常使用代表未知数或未知量的字符进行运算。我们可以利用代数来计算未知数。

$2 + x = 5$

字母x代表未知数。通过5减去2的运算，我们可以得出x的具体数值。

等号意味着等式两边相等。

数位

对于一个多位数，各数字书写的位置是其价值的体现。最低位即个位数，位于整个多位数的最右侧。

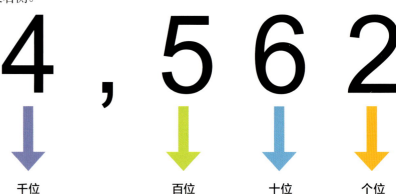

4, 562

千位
千位上的数字表示该多位数含有多少个"一千"。

百位
百位上的数字表示该多位数含有多少个"一百"。

十位
十位上的数字表示该多位数含有多少个"十"。

个位
个位上是从0~9的数字。

分数（Fractions）

分数也是数字，代表整体中的一部分。书写分数时，一个数字在分数线的上方，另一个数字在分数线的下方。真分数中，分数线上方的数字小于分数线下方的数字。真分数可以单独使用而假分数可以转化为带分数使用，带分数即非零自然数与真分数相加所成的分数。

请参阅
数字 p.202
图形 p.205
对称 p.206
测量 p.207
钟表 p.223
天文学 p.257

普通分数

整数可以拆成许多小部分，形成分数。右图是最常用的几种分数。

1/2
单位"1"拆成2份，每一份就是1/2。

1/4
单位"1"拆成4份，每一份就是1/4。

1/8
单位"1"拆成8份，每一份就是1/8。

分数的组成部分

在分数中，上方的数字被称为分子，下方的数字被称为分母。分子和分母被分数线隔开。

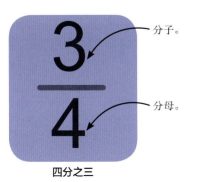

分子。
分母。

四分之三

小数

分数也可以写成小数。在小数点左侧的数字是整数，在小数点右侧的数字是分数。

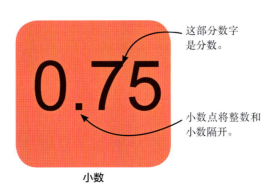

这部分数字是分数。

小数点将整数和小数隔开。

小数

同中有异

分数可以书写成不同的形式，但表达的含义却一样。1/2所对应的量与2/4所对应的量是一样的。

一半（1/2）

四分之二（2/4）

体积（Volume）

在数学领域中，体积指具有一定形状的物体所占有的空间大小。体积使用立方单位进行衡量，其国际制单位为"立方米"，其他单位有"立方厘米""立方英寸（英制）"等。

三维形状

三维形状（3D）有长度、宽度和高度，而正方形这样的二维形状只有一个平面，三维形状则具有了一定的体积。

圆锥

圆锥有圆形底座和曲面，曲面最终汇聚成一点，形成圆锥的顶点。

圆柱

圆柱体有两个圆形底面，中间的曲面展开后是一个矩形。

立方体

立方体有6个面，相对的两个面面积相等。

球体

球体的形状像一只球，如果把球切成两半，其切面是圆形的。

正方体

正方体的6个面是完全相同的正方形。

测量体积

将物体放在水中可以测量出物体的体积。首先测量出水的体积，将物体放入水中，然后再次测量水的体积。将两次的测量结果相减，就可以算出物体的体积。

水平面的变化量就是物体的体积。

仔细测量水的体积，然后将物体放入水中。

尤里卡

古希腊数学家阿基米德在洗澡的时候发现，他的身体浸入浴缸的体积与排开的水的体积相等。这个发现让他十分兴奋，他忍不住大喊"尤里卡！"意思是："我找到了！"

阿基米德在浴缸中

图形（Shapes）

图形是多种多样的，不同的轮廓会构成不同的图形。在数学领域中，图形分为二维平面图形和三维立体图形两大类。二维平面图形有长有宽，而三维立体图形既有长宽，还有高。构成图形的可以是直线或是曲线，也可以二者兼具，比如半圆就是同时由直线和曲线构成的。

图形由什么构成呢?

边和角的数量不同，构成的图形也不同。
等边图形的边长相等，每个角的度数也相等。

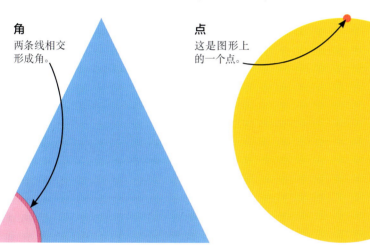

角
两条线相交形成角。

点
这是图形上的一个点。

边
图形最外侧的轮廓称为边。

线
两点之间，直线距离最短。

三角形有3条边和3个角，三角之和为180°。

圆形的边由一条长长的曲线围成。

正方形有4条等边和4个直角。

角

角的单位是度，符号为"°"，
不同大小的角有不同的名称。

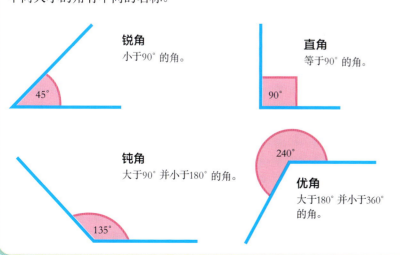

锐角
小于90°的角。

直角
等于90°的角。

钝角
大于90°并小于180°的角。

优角
大于180°并小于360°的角。

45°

90°

240°

135°

多边形

"多边形"是所有平面二维图形的统称。

正五边形的5条边等长，5个角等大。

对称（Symmetry）

对称分为轴对称和旋转对称两大类。轴对称图形有对称轴，对称轴两侧的图形完全相同。而旋转对称图形绕着一个定点旋转一定角度后可以和原图形重合，这个定点叫作旋转对称中心。

请参阅

绘画与雕塑 p.12
游戏 pp.40～41
花 p.130
图形 p.205
人体 p.263
视觉 p.272

轴对称

轴对称图形沿着对称轴折叠后，对称轴左右两侧的图形完全重合。一个轴对称图形可能有多条对称轴。

菱形有两条对称轴，每一条都能把图形分为对等的两半。

正三角形有3条对称轴。每一条对称轴都是一个顶点与对边中点的连线。

正八边形有8条对称轴，分别是它的4条对角线和4条中垂线。

菱形

正三角形（等边三角形）

正八边形

自然界中的对称现象

轴对称和旋转对称的例子，在大自然中俯仰皆是。绝大多数动物（包括人类）的外形大体上来说是轴对称的。

轴对称。

旋转对称。

叶子

海星

旋转对称

如果一个图形在绕着平面上的一个定点旋转一定角度后，能够与自身重合，这个图形就是旋转对称图形。下图就展示了正方形的旋转对称性。

圆形绕圆心旋转任意度数后都与自身重合，所以它有**无数条**对称轴。

旋转方向。

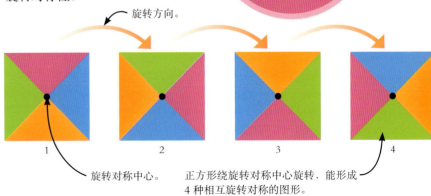

1   2   3   4

旋转对称中心。

正方形绕旋转对称中心旋转，能形成4种相互旋转对称的图形。

测量 (Measuring)

通过测量，我们可以得到事物的相关数值用以记录和比较，这些数值包括但不限于数量和尺寸。在生活中，我们可以使用多样化的方法，借助多种工具进行测量。

请参阅
古埃及 p.49
数字 p.202
体积 p.204
钟表 p.223
地球 p.240
天文学 p.257

测量工具

使用不同的工具，我们能测量时间、尺寸、距离、质量以及体积，体积指物体所占有的三维空间大小。

带刻度的水壶用于测量液体体积。

电子秤用于测量物体质量。

钟表用于计时。

大小不同的烹饪工具用于掌控食材的用量。

温度计用于测量温度。

尺子用于测量长度。

勺子用于量取少量食材。

测量的历史

自古以来，人们总是想方设法地比较事物的数量。古埃及人发明了他们独有的测重方法，如下图所示，这种测量工具并不复杂，却测量准确，十分实用。

可大可小的测量

任何尺寸的事物都能被测量。测量一盒鸡蛋的重量比较容易，但如果想测量庞大的地球，就需要借助复杂的科学工具和测算方法了。

6个鸡蛋大约300克。

地球的重量是 5.9×10^{24} 千克。

自行车 (Bicycles)

自行车是一种双轮的非机动交通工具。自行车的种类繁多,包括公路自行车、山地自行车以及场地自行车等。在骑行时,骑手往往会佩戴头盔以保护头部。

请参阅

游戏 pp.40~41
运动 p.42
金属 p.181
交通 pp.212~213
发明 pp.218~219

自行车如何运作?

想让自行车向前运动,骑手必须脚踩踏板以带动链条,链条随之带动车轮向前转动。在骑行过程中,骑手通过车把掌控方向,同时可以通过按压车把上的刹车来减速。

头盔外层坚硬、内层嵌入柔软的海绵质材料,能在骑手摔倒时保护头部。

右侧是前轮刹车,左侧是后轮刹车。

弯曲的把手设计能让骑手在骑行时身体前倾、更加轻松省力。

比赛用车的轮胎很薄,利于提速。

换挡器能让链条扣上大小不同的齿轮,来应对上下坡的不同路况。

自行车轮

绝大多数自行车的辐条采用传统结构,也就是中心向四周连接较多条钢丝。但是竞速比赛用车往往只有几根较大的主辐条。

传统型辐条

碳纤维辐条

竞速赛

在速度最快的自行车竞速赛中,比赛用车往往没有刹车。这类比赛有专门的室内赛车场,此外,还有公路赛和山地赛。其中最有名的莫过于全程长达3500千米的环法自行车赛。

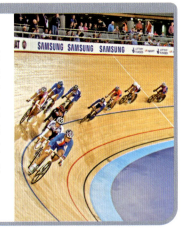

汽车 (Cars)

汽车是一种陆上交通工具，它们的大小和形状取决于它们的用途。比如，有车型较大的家庭用车，也有小型的竞速用车。汽车由引擎驱动，为引擎提供动力的可以是柴油、汽油，也可以是电力。

请参阅

运动 p.42

化石燃料 p.91

电 p.194

交通 pp.212~213

发明 pp.218~219

引擎 p.222

汽车部件

每辆汽车都有结实的金属底盘，与之相连的还有引擎和车轮。

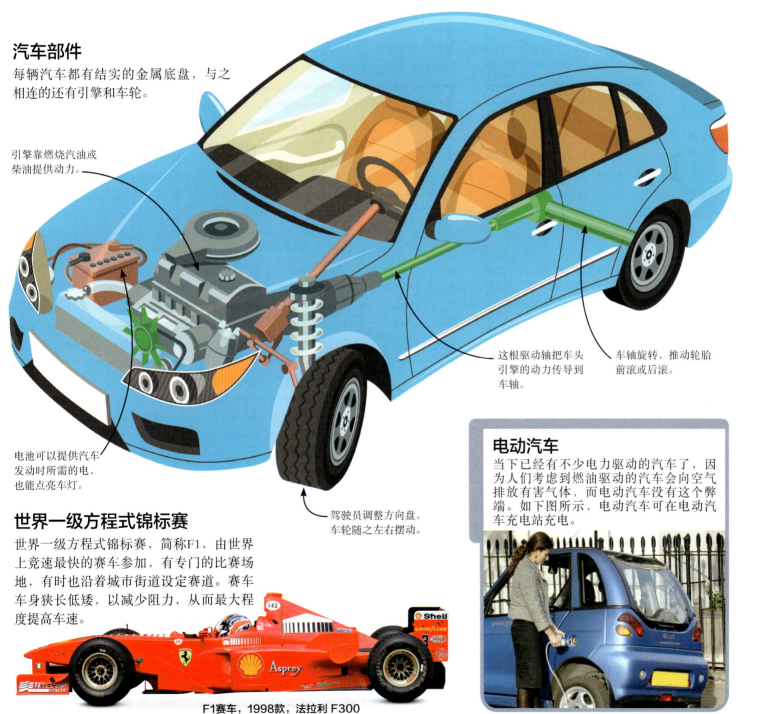

引擎靠燃烧汽油或柴油提供动力。

电池可以提供汽车发动时所需的电，也能点亮车灯。

这根驱动轴把车头引擎的动力传导到车轴。

车轴旋转、推动轮胎前滚或后滚。

驾驶员调整方向盘，车轮随之左右摆动。

世界一级方程式锦标赛

世界一级方程式锦标赛，简称F1，由世界上竞速最快的赛车参加，有专门的比赛场地，有时也沿着城市街道设定赛道。赛车车身狭长低矮，以减少阻力，从而最大程度提高车速。

F1赛车，1998款，法拉利 F300

电动汽车

当下已经有不少电力驱动的汽车了，因为人们考虑到燃油驱动的汽车会向空气排放有害气体，而电动汽车没有这个弊端。如下图所示，电动汽车可在电动汽车充电站充电。

火车（Trains）

火车是在铁路轨道上行驶的交通工具。最早的火车是由蒸汽驱动的，而现代火车则由柴油、电力甚至磁铁驱动。火车可以快速地运送旅客和运输货物。

火车一般有3个等级的座位，最高级的叫"特等座"。

每列火车有12节车厢，可运送超过900位旅客。

驾驶员用操纵杆和电脑屏幕来操控列车。

高速列车

新干线就是日本的一种高速列车，它在城市间快速穿梭，时速可达320千米。

流线型的车头设计能减小空气阻力，便于提速。

新干线

世界上最长的列车有**682节**车厢，由**8台引**擎驱动。

新干线在专门的高速轨道上运行。

在驾驶室内，工作人员把煤炭加入火炉里，把水加热后产生蒸汽。迅速膨胀的蒸汽能为列车提供动力。

陨石号，1902年

这个最大的车轮是驱动轮，也叫作主动轮。

蒸汽引擎

最早的火车是由蒸汽提供动力的。水在煤炉中加热就能产生蒸汽。世界上最早投入运行的火车是造于1829年的史蒂芬孙火箭号。

地铁

许多城市都有地下轨道系统。地铁能避开拥堵的路面交通，搭载乘客在城市地下快速穿行。

巴黎地铁

船舶 (Ships)

海上运输要用到各种交通工具，从小小的帆船，到大型的游轮，再到巨型的货柜船，形态各异。船的用途也很多样，比如帆船用来运动健身，游轮用来外出度假，集装箱船用来向海外运输货物。

请参阅

贸易 p.30
工作 p.34
运动 p.42
大洋与大海 p.99
交通 pp.212~213

船长在这里掌舵。

使用起重机来移动货轮上的集装箱。

集装箱是巨大的金属箱。每一个集装箱能够容纳超过6000个鞋盒。

集装箱船

集装箱船是海上最大的船之一。下图所示的这艘远洋"巨兽"能够运载超过15000个集装箱，将服装、玩具和机电等商品运输到其他国家。

船舱里能容纳的集装箱比甲板上的更多。有些船舱里能放下数百辆轿车。

帆船

这艘小船就没有安装引擎，完全靠风力驱动。风作用在巨大的帆面上，推动帆船向前。

游轮

游轮就是一座漂浮在海上的旅馆，能搭载来自世界各地的游客。甲板上设有游泳池、剧院和水滑梯等娱乐设施。

潜水艇

这艘艇不是用于海上航行，而是用作海下航行。它能载着科学家们潜入深海，观察并研究海底世界。

交通 (Transport)

几千年来，人们一直在尝试发明新的交通方式。起初，动物是陆上交通的主要工具，之后有了畜力车，又有了机动车。随着木筏和独木舟的出现，人们开始可以跨越水域。热气球出现后，人们又可以飞上蓝天。 时至今日，人们甚至可以进入太空了！

绿色交通

自行车不会排放尾气，是最环境友好型、最绿色的交通方式之一。其他的绿色交通方式还有电动车，以及消耗清洁氢气的公交车。

马拉车

畜力车

除了走路，我们的先民用动物作为交通工具。最早，人们骑在动物身上，后来到了公元前3500年，随着车轮的发明，人们开始使用马车和牛车来载人载货。

自行车骑手和乘客带着头盔，谨防摔伤。

旧时的船靠人力划桨驱动。

古埃及船模型

跨越水域

最早的船有独木舟，它是用粗大的树干刨制成的；也有简易的木筏，是用芦苇和木棍搭成的。它们是早期人类出行和捕鱼的工具。

踩动踏板，车轮转动。

福特T型车

航空

1903年，第一架飞机试飞成功。此后的几十年，飞机不断发展，使人们能够更快地环游世界。截至目前，世界上最长的航行纪录是从新西兰到卡塔尔的一次航班，连续飞行了17小时27分钟。

大韩航空的海报

人人都有一辆车

1908年，福特公司推出的T型车是第一款大众消费得起的汽车，下线数量超过150万台。当时绝大多数车的价格为3000美元，而一台福特T型车只需850美元。

摄像机记录下了月亮颜色变化的图像。

当时制造的3辆"月球漫步者"至今仍在月球表面。

地球上有超过**10亿**人骑自行车。

月球车

月球漫步者

"月球漫步者"的任务是充当宇航员在月球表面的代步工具。它们由电池驱动，能载着两名航天员以13千米/时的速度前进。

航空器（Aircraft）

航空器作为一种交通工具，不仅能搭载旅客环游世界享受假期，还能应用于消防、医疗和农业等多个领域。航空器的类型包括客机、直升机和热气球等。

请参阅

鸟类 p.142

力 p.189

重力 p.190

交通 pp.212~213

大气层 p.258

客机

空中客车A380是世界上最大的客机。全机最高载客量超过800人，能从美国直飞澳大利亚。

这个高24米的尾翼装置叫作方向舵，能够调节飞行方向。

侧翼能上下移动，来转动机身。

这个部分能在飞机飞行时帮助保持平衡。

驾驶舱是正副驾驶员操控飞机的地方。

A380由4个巨大的喷气引擎驱动，每个引擎都有汽车那么大。

直升机

直升机顶部的旋翼能快速转动、提供向上的力、带动直升机向上或向前飞行。直升机尾部的旋翼能帮助机身保持平衡。

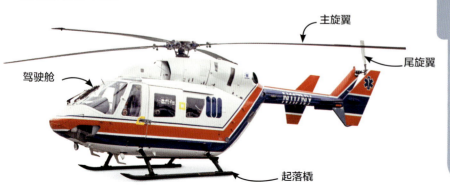

主旋翼

尾旋翼

驾驶舱

起落橇

飞机的飞行原理

下图中的箭头向我们展示了飞机在飞行时受到的4种力。重力使得机身下坠，而升力把机身向上抬起；推力会推动机身前进，但阻力会阻止这一趋势。在飞行过程中，飞行员会合理地利用这些力，以更好地控制飞机起飞、飞行和降落。

重力

阻力

推力

升力

工程（Engineering）

工程师利用数学和科学解决问题。他们研制和开发各种机器和工具，建造各种建筑设施，他们的发明使得我们的生活更加便捷。不同的工程师精通不同的领域。

土木工程

土木工程师负责设计并建造桥梁、道路等。

化学工程

化学工程师负责把原材料制成有用的产品，例如药物等。

机电工程

机电工程师负责为电脑、平板电脑和手机等电子设备制造零件。

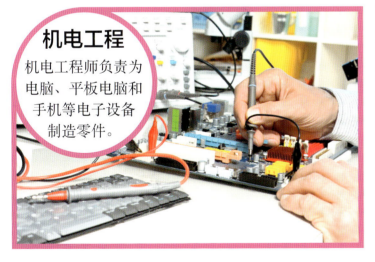

机械工程

机械工程师研究运动、热力和能量等相关知识，以设计研发新的机械和工具。

工程发展进程

工程师们善于在现有科技的基础上发展出更好的新设计。如下图所示，从古代的石质轮胎，到当下的橡胶和金属质轮胎，轮胎的发展经历了很大的改变。

石质

木质

橡胶和金属质

3D 打印技术

在计算机软件的帮助下，3D打印机能利用多层塑料，打印出人们设计的立体模型。

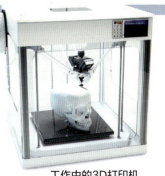

工作中的3D打印机

桥梁 (Bridges)

桥梁是帮助车辆、行人顺利跨越障碍的建筑物, 常被搭建于河流、山谷和道路之上以满足人们的交通需要。桥梁的设计要符合以下原则: 承重能力强; 能适应极端天气。

桥的种类

依据跨越距离的长短、周围地基的类型和运行交通的情况, 工程师们会设计出不同种类的桥梁。

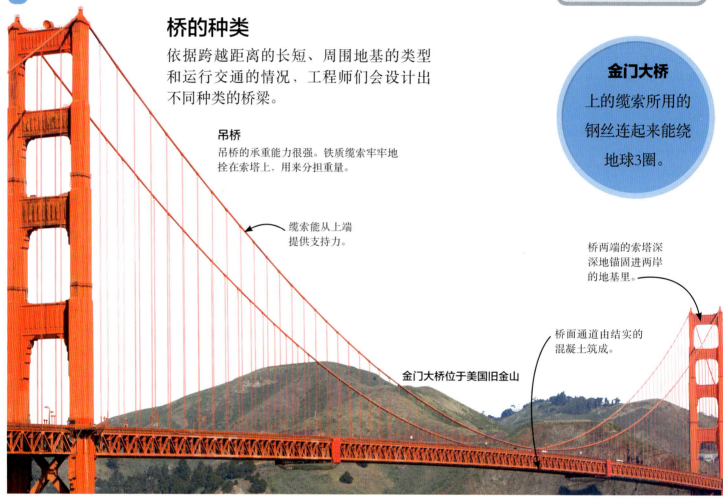

吊桥

吊桥的承重能力很强。铁质缆索牢牢地拴在索塔上, 用来分担重量。

缆索能从上端提供支持力。

金门大桥
上的缆索所用的钢丝连起来能绕地球3圈。

桥两端的索塔深深地锚固进两岸的地基里。

桥面通道由结实的混凝土筑成。

金门大桥位于美国旧金山

拱桥

人们通常把石块磨成恰当的楔形, 然后堆砌成拱形桥梁。

桁 (héng) 架桥

这种桥由许多三角形的桁架构成。因为三角形是最稳定的结构, 所以桁架桥能承受很大的重量。

梁桥

梁桥是结构最简单的桥, 所有重量直接由桥面承受, 建造时要避免弯曲, 保证桥梁平直。

建筑 (Buildings)

建筑是指在某个固定位置的立体结构，比如遮蔽风雨的围墙和屋顶。建筑的形状取决于它的用途，其种类繁多，包括医院、学校和居民房等。

建筑类型

随着历史的发展，许多市镇汇集着不同类型的建筑。这些建筑的设计和用材都是多种多样的。

高耸的摩天大厦有许多层，常被当作公寓住宅或办公室。

现代建筑多采用玻璃材料，因为玻璃结实且采光充分。

像大教堂这种旧式建筑通常不高，但设计得十分宏伟。

伦敦天际轮廓线

几千年来，人们始终把石材应用于建筑，就是因为石材坚固而耐磨。

目前世界上**最高的建筑**是迪拜塔，全高828米，比100座普通住宅叠起来还要高。

建筑的建造

建造建筑时要用到大量的机械工具。建造前要打好地基，防止建筑因地基不稳而坍塌。用起重机能把钢梁、大块的窗户玻璃等较重的建筑材料运送到半空中。

有关于……

发明（Inventions）

发明是那些能解决问题或有价值的新想法或新实践。几千年来，思维创新不断改变着人类的生活。即便在现代社会，人们依旧与时俱进，不断进行着发明创造。

蒸汽机

人类首次应用蒸汽机，是为了从矿井中把水抽出来。此后，蒸汽机被广泛应用于工业和交通运输业。乔治·史蒂芬孙的蒸汽火车——"火箭号"制造于1829年。

火箭号的速度能达到48千米/时，是人类历史上首个**比马跑得还快**的交通工具。

把坚硬的燧石砸碎后制成尖锐的工具。

手斧

人类最早使用的工具，就是史前时代的石斧。当时的人们挖掘燧石，将其打制成手斧的形状，用来切肉、砍树、削皮或者防身。人类使用手斧的历史已有100万年。

车轴与车轮相连——转动车轴远比转动车轮省力。

车轮

在5000多年前的美索不达米亚（今伊拉克的一部分），人类首次发明了木质车轮，并把它安装到畜力车上，以便更快捷地运载沉重的货物。

高高的烟囱把引擎中产生的蒸汽排放出去。

ROCKET.

前轮由引擎驱动。

航空

1903年，美国的莱特兄弟利用一台轻便的引擎，制造出了第一架滑翔机"飞行者一号"。尽管这架"飞行者"只在12秒的时间内飞行了短短37米，但这是人类首度完成动力飞行。

1903年莱特"飞行者一号"

塑料

塑料的制造成本低，工序简单，持久耐磨，且分为软质和硬质两种，用途广泛。1905年，比利时化学家列奥·贝克兰发明了世界上第一种人工合成的塑料，而现在，塑料已经随处可见了。

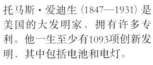
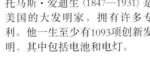

抗生素

抗生素能有效抑制或杀灭人体内的细菌，是防治感染性疾病的重要药物。这一药物的发现要追溯到1928年，当时苏格兰科学家亚历山大·弗莱明意外地发现自己在实验室培养的葡萄球菌发霉了，并且霉周围的球菌都被杀死了，就这样他发现了青霉素。有杀菌功效的青霉素从此拯救了许多人的生命。

抗生素药丸

托马斯·爱迪生（1847—1931）是美国的大发明家，拥有许多专利。他一生至少有1093项创新发明，其中包括电池和电灯。

计算机

计算机是服从一定指令的电子机械产品。现代计算机的运行速度可达每秒10亿次。我们用计算机来查询、储存和分享信息。计算机的概念是由一位名为查尔斯·巴贝奇的英国工程师在19世纪30年代率先提出的。

世界首台电子计算机**"埃尼阿克"**体积庞大，15米长的房间才能装下它。

工厂 (Factories)

工厂是工人和机器生产产品的地方。当工厂在一定时间段内生产同一类产品时，我们就称之为批量生产。我们日常生活穿的、用的物品几乎都来自工厂。

请参阅

工作 p.34

汽车 p.209

交通 pp.212～213

工程 p.215

机械 p.221

机器人 p.233

流水线

所需配件和材料较多的产品需要在工厂的不同站点进行生产、加工和装配，这就叫作流水线。

2. 内外兼顾

将汽车框架送往涂装线，对外部进行喷漆加工，并将座椅和其他部件安装在汽车内部。

1. 车体制造

要制造一辆新车，工人们首先需要把分散的金属零件组合在一起，形成一个汽车框架。

3. 成品车

流水线上的成品车都长得一样，它们都是用同样的零件，经过同样的工序制造而成。

瓶装厂

工厂不仅制作饮料，还要把饮料装进瓶子里。饮料厂每天都要用同样的原料，把同样的加工过程重复上千遍。

橙子被送入流水线

压榨出汁

果汁装瓶

机械（Machines）

机械可以代替人力，当某些任务数量过多，或操作过于精细，或反复无聊，或耗时较长，或危险性过大时，机器往往就派上用场了。现代化的机械大多是依靠电力或汽油来提供动力。

请参阅

电 p.194
能量 pp.196～197
自行车 p.208
火车 p.210
航空器 p.214
引擎 p.222
机器人 p.233

简单机械

简单机械能让工作变得省力。在搬运重物时，人们虽然仍需操作这些机械，但是花费的力气会少很多。

滑轮
滑轮靠套在滚轮上的绳子或锁链来抬起重物。

楔子
用木材和金属就可以制作一把三角形楔子，楔子可以用来切开东西。

螺钉
这些尖尖的金属小制品能把东西钉起来，拧动螺钉便能改变其插入物体的深浅程度。

操作者需要坐在驾驶室内。

大型机械
由许多简单的小机械组成的挖掘机，需要引擎驱动。

动臂
动臂就像一条强有力的手臂，它可以控制铲斗以铲起某些建筑材料。

车轮
车轮使挖掘机在负重时也能迅速移动。

为什么要使用机械？

机械工作效率更高，也比人工更可靠，因为它们工作时不会感到无聊或者疲劳，也不会怠慢或者分心。

精细工作
缝纫机比手工织造更加精细、快捷。

重复工作
自动存取款机不需要睡眠，可以24小时不间断工作。

危险工作
机器人可以用来探测活火山，这样就不需要人们冒着生命危险进行探测了。

引擎(Engines)

引擎能把煤炭和石油等燃料转化为动能,从而驱动机器的各个部件,使机器运转起来。总的来说,引擎有以下3种类型。

蒸汽引擎

第一台蒸汽引擎制造于1712年,当时是为了把矿井中的水泵出来。后来,蒸汽引擎开始用于给工厂和火车提供动力。

蒸汽和烟从烟囱里排出。

2. 蒸汽
火炉产生的高温将水加热,水变为蒸汽。

1. 烧煤
煤炭在火炉中燃烧,产生高温。

堆放在引擎边上的煤炭作为供应储备。

3. 活塞
体积膨胀的蒸汽被压入这根管道,推动活塞运动。

4. 运行
活塞开始运动,推动火车前进。

汽车引擎

汽车引擎一般消耗汽油和柴油。上图的4个活塞由引擎驱动着上下运动,从而推动车轮滚动。

喷气引擎

飞机使用的就是喷气引擎,这种引擎通过把空气挤压、加热、加速空气流动来形成动力。上图中,被引擎加热的空气被快速向后挤压排出、形成的推动力便能推动飞机前进。

钟表 (Clocks)

钟表是用来记录时间的工具。在古代，人们通过沙漏、滴水和观察一天中太阳的位置来测量时间。现代人使用的钟表除了数字时钟，还有带有发条装置的机械表。

请参阅

时区　p.119
科学　pp.166～167
数字　p.202
测量　p.207
机械　p.221
太阳　p.254

钟表如何工作？

钟表通过规律的周期性运动来测算时间。它们之所以能保持规律，是因为用到了一种叫作发条的装置。表面通常有3种指示针——时针、分针和秒针。

齿轮

在钟表内、3根指示针所连接的齿轮环环相扣、产生联动、使指示针以不同的速度转动。

钟摆

钟摆摆动1次、齿轮就转动1格、通常摆动1次就是1秒钟。

1656年，荷兰科学家克里斯蒂安·惠更斯制成了世界上**第一个钟摆。**

表面

表面能显示出时、分、秒的刻度。

分针

长长的分针每转动1圈就是1小时。

时针

短短的时针转动1圈需要花12小时。

秒针

秒针又长又细，转动1圈只需要1分钟。

过去和现在

古时候，人们利用1天中不同时间太阳投射在日晷上影子方向和长度的不同来估算时间。而现代人用数字时钟获取时间信息。

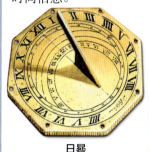

日晷

数字钟表

配重

重力势能和动能相互转化，使得钟摆不需要电池也能不停地摆动。

收音机 (Radio)

收音机能把接收到的信号转化为人耳能听到的声音，这种信号是看不见的、承载声音信息的波。世界上有各种各样的电台，为听众们播放音乐、新闻和戏剧等。

请参阅

书籍 p.15
导航 p.201
电视 p.226
通信 p.232
大气层 p.258
听觉 p.273

收音机工作原理

无线电塔把声音转换为无线电波，当收音机接收到这些电波时，会把它们转换为人耳能识别的声音。

2. 无线电波

这种隐形的电波能把声音信息从电塔传到人们家中。

3. 收音机天线

天线是一根长长的金属杆，用来接收无线电波。

1. 无线电塔

无线电塔顶上的天线能发送无线电波。

无线电波的传播速度和**光速**一样快，约为30万千米/秒！

4. 音响

音响能把无线电波转换成声音播放出来。

无线电塔通常很高，从而确保所发送的无线电波能越过高高的建筑。

数字收音机

数字收音机不接收无线电波，而是通过接收数字信号来播放。它比接收无线电波的收音机更耐用、音质更好。

遥控器

无线设备也是通过电波来相互感应的。比如，遥控器能对玩具汽车发出无线电指令，让小汽车动起来。

遥控器。

遥控器指挥小汽车

电话（Telephones）

人们无论在地球的哪个角落，借助电话就能实时沟通。它们能把我们的声音转化为电信号，通过无线电波或有线电缆传送到另一台电话中，然后再把电信号转化为声音，这样就实现了通话。

请参阅

电 p.194
计算机 p.227
代码 pp.228～229
互联网 p.231
通信 p.232
听觉 p.273

我们的声音去了哪里？

当我们向话筒说话时，我们的声音转化成了电信号。电话线和信号塔组成的网络使得远距离通话成为可能。

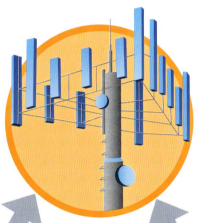

移动电话信号塔
这些信号塔能发送和接收移动电话和电话局的信号。

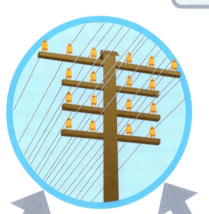

电话线
电线杆支起的电话线能延伸很长的距离，因此，电信号也能被传送很远。当距离非常远时，电线甚至可以铺设到水下。

移动电话
移动电话能接收和发送无线电波，但一旦距信号塔过远时，就会失去信号，无法实现这些功能。

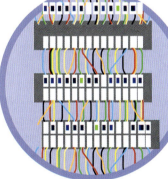

电话局
电话局用计算机接收来电信号，再把它们传送到接听方的电话中。

固定电话
固定电话上有一根电话线接到墙上，需要用电话线组成的网络来传输信号。

过去和现在

电话刚刚发明时收送信号的方式和现在有很大的不同。早期的电话是通过管道进行短距离的声音传送。19世纪以来，人们开始用电线来传送电信号。而现在的移动电话可以用无线电波来收送信号。

第一台电话
1876年，苏格兰音乐教师亚历山大·格拉汉姆·贝尔发明了世界上第一台电话。

智能手机
智能手机就仿佛是一台袖珍电脑，不仅能用来打电话，还能用来录制视频、玩游戏等。

电视 (Television)

通过电视，人们足不出户就能收听新闻，观看纪录片、电影、卡通和游戏竞技等节目。目前，看电视是全球最普遍的娱乐方式之一。

用摄影机能录制声音和图像。

1. 录制

电视节目都是用摄像机事先录制好，再由出品公司进行信号传输。

2. 电视卫星

录制好的电视节目以信号的形式发送给太空中的卫星，然后再以信号的形式发送到世界各地。

卫星天线接收器和地球之间进行电视信号的相互传输。

3. 广播电视塔

这些塔能接收卫星传来的信号，然后再把信号发给周边地区。这一过程可以用特殊的电缆或者小型的天线接收器实现。

电视接收附近的广播电视塔发出的信号。

4. 电视

通过电视，信号被转化成声音和图像信息，这样我们就可以观看电视节目了。

信号的发送与传播

电视节目的声音和图像信息以信号的形式在全球范围内发送、传播。电视接收到这些信号后，再把它们转化成声音和图像信息。

1925年，约翰·洛吉·贝尔德用饼干罐、帽盒、自行车灯和针头等一些零件，组装发明了世界上**第一台电视**。

电视屏幕上的图像是由成千上万个彩色小方块组成。这些小方块叫作像素。

早期的电视

最早的电视机身很大，但是屏幕很小，而且只有黑白画面。20世纪50年代开始，彩色电视才逐渐普及。

1930年的电视机

计算机 (Computers)

我们可以用计算机来存储信息，也可以通过编写程序使其执行特定的指令。许多计算机都将信息显示在一些电子设备（如手机或手提电脑）的屏幕上，而有的计算机程序则在内部运行，不对外显示。

屏幕
屏幕能够显示文字和图像。

电脑如何运作？

一系列按照特定顺序编写好的计算机数据和指令的程序集合被称为软件，电脑通过软件可以执行不同的任务。程序储存在电脑硬件中，并由硬件运行。

USB 接口
用户在电脑上的工作数据能够被保存，并可以通过小小的USB硬盘实现在不同的设备间的转移。下图即为USB接口。

电池
计算机需要电池才能持续工作。电池能够储存电量，并为计算机提供电能。

键盘
键盘上键入的文字显示到了屏幕上。

处理器
这一部件负责计算机的运算，保证计算机的正常工作。

主板
它连通着计算机的各个部件，以确保它们之间的信号传递。

随机存取存储器
这一部件能存储计算机的信息，但仅在开机状态下有效。

硬盘驱动器
这一部件也能存储计算机信息，在开关机状态下都能发挥功用。

如何操作计算机？

我们生活中很多工具的内部都设有计算机。借助计算机，我们可以给这些工具编写特定程序，使它们完成特定任务。

交通信号灯
信号灯颜色的切换都是由计算机控制的。

电子游戏
游戏手柄也属于计算机的一种，它让你可以在电视屏幕上玩游戏。

机械臂
计算机给这些大块头机械发出任务指令——通常是重复性的任务。

有关于……

代码（Codes）

代码可以是单词、字母和数字等，用以代表其他单词、字母和数字。人们通过代码相互沟通或保守秘密。有些代码是一种指令，比如DNA，就是生物体内的一种指令。

摩斯密码

摩斯密码用点和线来表示字母和数字。在电话发明之前，人们就通过电缆用这种摩斯密码来发送信息。

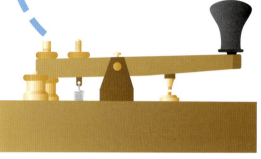

摩斯密码打字机

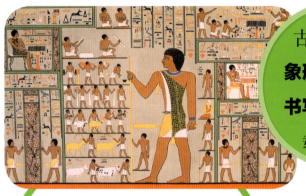

古埃及人用**象形文字**作为**书写体系**来记载历史。

以画代写

古埃及人用图案符号，而不是抽象的文字来进行交流。这些图案符号叫作象形文字。起先，现代人始终无法理解象形文字的含义，直到人们发现了一块刻有象形文字的希腊语译法的石块，这才使得古埃及象形文字被逐步破译。

编程

电脑需要接收相关指令才会执行任务。这些指令都是程序员用符号和词语组合的代码编写出来的。编程就是指代码的编写工作。

您好
普通话

Bonjour
Boh-zhoo,
法语

Hello
英语

こんにちは
Konnichiwa,
日语

语言

我们讲的不同语言，就是不同的代码。在没有掌握某一门语言的情况下，听别人用这门语言与你交流，你就会很难理解对方想要表达什么。

здравствуйте
Zdrast-wui-tyeh,
俄语

Merhaba
Mehr-hah-bah,
土耳其语

Holá
Oh-lah,
西班牙语

Jambo
Ja-m-boh,
斯瓦西里语

নমস্কার
Nômoshkar,
孟加拉语

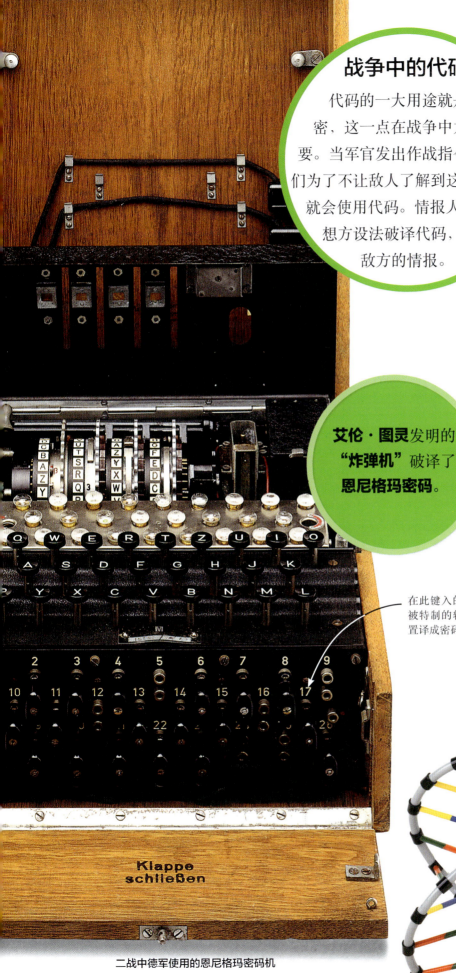

战争中的代码

代码的一大用途就是保密，这一点在战争中尤为重要。当军官发出作战指令时，他们为了不让敌人了解到这些军令，就会使用代码。情报人员则会想方设法破译代码，获取敌方的情报。

艾伦·图灵发明的"炸弹机"破译了恩尼格玛密码。

在此键入的信息被特制的转轮装置译成密码。

二战中德军使用的恩尼格玛密码机

人们至今还未能破解古希腊人的书写体系。

刻着线形文字的石碑

无法破译的代码

世界上有些语言依旧是未解之谜，人们能辨认出它们的笔迹形态，但是不能理解它们的意思。对于这些语言，我们可能永远无法破译。

DNA链

DNA

DNA是脱氧核糖核酸的英文缩写，无论是植物还是动物，每一种生物体的细胞里都有DNA。它所携带的遗传信息能决定生命体如何生长发育。

编程（Coding）

计算机根据特定的程序运行指令，这些指令就叫作代码，而编写这些代码的过程就叫作编程。代码可以使用许多不同的编程语言（或程序语言）来编写。

请参阅
语言　p.35
学校　pp.36～37
计算机　p.227
代码　p.228～229
互联网　p.231
通信　p.232

计算机语言

程序语言能给计算机发出指令，告诉计算机接下来该做什么。下图的Python即为一种基于文本的程序语言。

```
Python 3.5.2 (v3.5.2:4def2a2901a5, Jun 26
2016, 10:47:25)
[GCC 4.2.1 (Apple Inc. build 5666) (dot 3)]
on Darwin
Type "copyright", "credits" or "license()"
for more information.
>>>
print ('你好，世界！')
```

你好, 世界！

阿达·勒芙蕾丝伯爵夫人（1815—1852）是世界上**第一位程序员**。

输入
在文本窗口输入指令，这些指令会告诉计算机显示"你好，世界！"的字样。

输出
这个程序被运行时，计算机会按照输入的指令执行具体步骤。这里就是让计算机屏幕显示出"你好，世界！"的字样。

学习简易编程

有一些面向少年儿童的编程软件比较容易上手，比如Scratch这种软件就有不同颜色的代码块供你进行排列，你可以用它制作属于自己的小游戏。

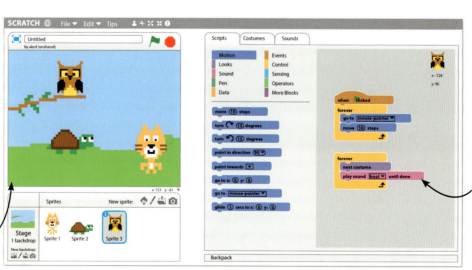

输出
这些"代码块"能控制"Stage"上的卡通角色。

输入
Scratch中的编程是通过把不同的"代码块"按照特定顺序排在一起而实现的。

互联网 (Internet)

互联网是连接世界各地计算机的网络系统，我们通过上网来查询资料、娱乐消遣或者沟通联络。1962年，人们首次想到"互联网"的概念，而现如今每天都有几十亿人在使用它。

请参阅

电话 p.225
计算机 p.227
代码 pp.228~229
通信 p.232
卫星 p.234

互联网如何工作？

它是由储存在计算机中的数字信息构成的。这些信息可以通过网络进行上传或下载。

云数据
有些数据并没有储存在用户的计算机中，而是被储存在遥远的"网络云端"。这些数据可能是网络游戏、新闻报道或在线音乐等。

卫星
卫星在手机和互联网之间传递数据信息。

无线网（Wi-Fi）
无线网用电信号传递数据信息。

智能手机
智能手机小巧、便携，也是一种能连接到互联网上的计算机。

网络连接
用互联网服务提供商提供的电缆能把计算机连接到互联网上。

互联网服务提供商
这些互联网服务提供商拥有大量的计算机设备，能够快速访问互联网。

计算机
无论是笔记本还是台式电脑，都可以存储数据和访问互联网。

网站服务器
网站由相互链接的多个网页组成。每个网站都有一个独一无二的网址，叫作统一资源定位符（URL）。网站的信息被储存在叫作服务器的计算机中。

网页

通信（Communication）

人们用来实现沟通的各种方式，都能称作通信。通信有很多渠道，比如面对面谈话或者写信等。除面对面谈话外，最具现代化特征的通信方式，就是通过移动电话交流。

请参阅

游戏　pp.40～41
电话　p.225
计算机　p.227
代码　pp.228～229
互联网　p.231
卫星　p.234

移动电话

移动电话非常有用，能让人们通过多种不同的方式进行沟通。

电子邮件
我们可以通过电子邮件发送信息，这比纸质信件要快捷得多。

图片信息
手机用户能把拍到的照片分享给别人。

打电话
用手机就能跟世界各地的人通话。

视频聊天
这种聊天方式能让你在听到对方声音的同时，看到对方的画面。

玩游戏
用户在打电话的同时，还能玩游戏。

上网
互联网使信息查询变得更加便捷。

发短信
短信是一种常见的沟通方式。

过去和现在

人们总在寻求更巧妙的通信方式。原始人通过在洞穴的岩壁上作画来进行沟通，而现代人则可以利用各种高科技来进行沟通。

电报
19世纪早期，人们用一系列点和线排列成的摩斯密码来发送信息。

全息透镜
这是一种可佩戴的计算机，可以为佩戴者呈现出全方位的3D模拟情景。

机器人 (Robots)

机器人是由电脑控制的机械，能帮我们完成许多工作。它们的用途十分广泛，如协助医生、搭建物体，或完成一些危险系数较高的工作。

请参阅

药物 p.200
工厂 p.220
机械 p.221
计算机 p.227
太空旅行 p.259

机器人种类

为了完成某项工作，机器人都是经过精心设计的。每种类型的机器人都有其独特的外形。

每一根"机械指"的用途都不同。

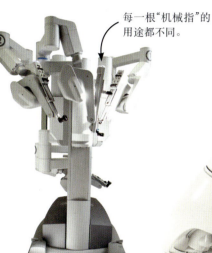

医疗机器人

这种机器人可以完成非常精细的工作，包括协助医生实施手术。

太空中的机器人

美国国家航空航天局把机器人派遣到外太空执行危险任务。下图中的机器人正在维修国际空间站的设备。

眼部的扫描仪能让机器人"看见"东西。

类人机器人

有些机器人被设计成人类的模样。这台机器人叫作NAO，它能唱歌跳舞，还能讲话。

机器人也能"看"和"感觉"，但和人体的机制不同，它们是通过**体内程序**处理传感器接收到的信息来产生"知觉"。

手部传感器使NAO能够"感受"到物体。

足部传感器用来探测障碍，帮助机器人行走、爬楼梯等。

工业机器人

机器人力量大且善于处理重复性工作，这使得其在工业生产中十分有用。

发动机驱使机械臂上下移动。

卫星（Satellites）

卫星能沿着特定的轨道转动。目前，绕地球转动并有效运行的人造卫星就有1000多颗，它们都有着不同的用途，有些用于探测气象，有些则用于通信。

请参阅
云团 p.101
互联网 p.231
通信 p.232
宇宙 p.236
太阳系 p.237
天文学 p.257

GPS卫星
全球定位系统（GPS）通过同步使用20多颗卫星，为我们提供精确的定位。

局部卫星
地球同步卫星在轨道上转动时和地球的相对位置保持不变。为了探测到地球的所有角落，我们需要许多这样的卫星。

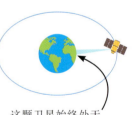

这颗卫星始终处于地球的这个方位。

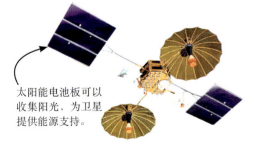

太阳能电池板可以收集阳光，为卫星提供能源支持。

会把拍摄的地球照片都发送到地表的气象站。

当这个封盖打开时，这个望远镜就可以拍摄照片了。

通信卫星
这些卫星负责接收信号，再把信号传送到地球的其他位置。我们打电话或者视频聊天都要用到这种卫星。

气象卫星
这些卫星负责拍摄云层的状况、测量地球上海洋和陆地的温度等，这些数据信息有助于我们预测天气。

哈勃空间望远镜
这枚卫星镜头对准外太空，负责拍摄宇宙中的各种细节，让地球人能在浩瀚宇宙中看得更远。

宇宙大爆炸（Big Bang）

科学家们认为宇宙源于138亿年前的一次剧烈的"宇宙大爆炸"。最初，宇宙只是一个很小的点，但随后不断膨胀成了今天的这个样子。

1. 宇宙大爆炸

最初的宇宙是个致密炽热的奇点，在爆炸后不断膨胀。

2. 原子

38万年后，宇宙中生成了大量微小的粒子，叫作原子。

3. 早期的恒星和星系

在大爆炸后的1亿~2亿年，恒星和星系开始出现。

大多数科学家认为我们的宇宙会**一直膨胀**下去。

4. 我们的太阳系

大爆炸90亿年后，太阳和其他天体共同构成了太阳系。

5. 今天的宇宙

宇宙依旧在扩大。科学家们通过测算其他星系与太阳系的距离来探究宇宙空间的大小。

宇宙创始

宇宙最初只是一个奇点，以能量的形式存在。大爆炸之后它不断膨胀，同时逐渐降温。一段时间后，它的体积越来越大，形成了现在的宇宙。

科学家认为最早的恒星可能非常大而且非常明亮。

再现大爆炸

科学家们试图创造一种叫作粒子对撞机的巨型机器，让粒子加速碰撞，从而在微观层面上还原宇宙经历大爆炸后的初始形态。

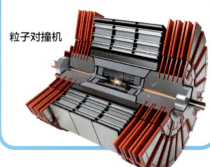

粒子对撞机

遥远星系发出的光需要经过数十亿年才能抵达地球。

星系之间的距离在不断增大。

宇宙可能会不断扩大。

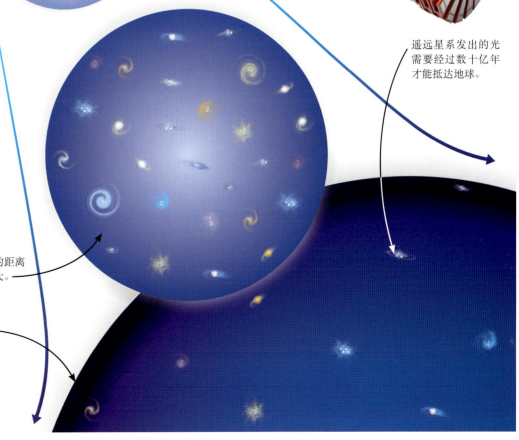

宇宙（Universe）

我们周围的所有物质、能量和空间构成了宇宙。也就是说，地球、太阳系、银河系和其他所有星系都是宇宙的一部分。宇宙非常之大，而且在不断变化。

我们在宇宙中的位置

宇宙浩瀚无边，它的绝大部分区域是我们无法探知的。右图显示了地球和宇宙其他部分的比例。

> 宇宙没有中心，充满了各种各样的星系。**宇宙是无限延伸的。**

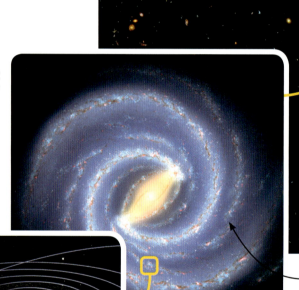

宇宙
宇宙由数十亿个星系组成，这些星系彼此相距很远。

银河系
太阳率领整个太阳系绕银河系中心转动。

20世纪前，科学家们认为银河系是宇宙中唯一的星系。

太阳系
太阳和绕其公转的行星共同组成了太阳系。

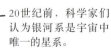

地球
我们所在的地球是围绕太阳公转的八大行星之一。

16世纪前，人们认为地球是宇宙的中心。

城市布局
地球上，约有70亿人口栖居在城镇或乡村中。

暗物质

科学家们认为暗物质是由比原子还小的颗粒组成的。我们看不见暗物质，但是我们可以确定它们的存在，因为靠近暗物质的天体会受到它们的引力作用。

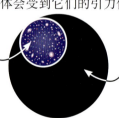

可见物质约占20%。

暗物质约占80%。

太阳系（Solar System）

太阳系是由太阳这颗恒星以及围绕着它运行的天体组成的。这些天体包括八大行星和它们各自的卫星、小行星还有彗星。科学家们认为太阳系是46亿年前由大量气体和尘埃构成的星云发展而来。

请参阅

宇宙 p.236
地球 p.240
小行星 p.243
木星 p.244
海王星 p.247
彗星 p.250
太阳 p.254

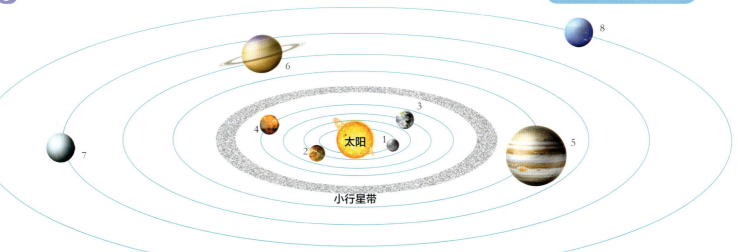

小行星带

行星

太阳是太阳系的中心，系内所有天体都围绕着太阳转动。

1. 水星
水星是太阳系中最小的行星。

2. 金星
金星的表面温度非常高。

3. 地球
地球上有大量液态水。

4. 火星
火星赤红色的表面布满了尘埃。

5. 木星
木星是太阳系中最大的行星。

6. 土星
土星最出名的是它璀璨的星环。

7. 天王星
天王星是太阳系最冷的行星。

8. 海王星
海王星表面有强劲的风暴。

行星的种类

太阳系的行星分为3种：岩质行星、冰巨星和气态巨星。其中，岩质行星离太阳较近，后两种行星离太阳较远。

地球

岩质行星
水星、金星、地球和火星体积较小，其表面很坚固，主要由岩石构成。

海王星

冰巨星
天王星和海王星是由气体和冰物质组合而成。

木星

气态巨星
木星和土星体积最大，由气体组成。

开普勒–16b

宇宙中还有很多类似于太阳系的星系。美国科学家发现一颗叫作开普勒–16b的行星环绕着两颗恒星转动。

水星（Mercury）

水星是太阳系中体积最小的行星，不过我们还是能在日出和日落时，从地球上观察到它。因为它是最接近太阳的行星，所以水星表面异常炎热，平均温度高达167℃。

请参阅
古罗马 p.51
水 pp.94～95
太阳系 p.237
月球 p.241
小行星 p.243
太阳 p.254

转得最快

水星的英文名"Mercury"来源于罗马神话中行走如飞的信使墨丘利。无论从地球上观察，还是从整个太阳系来看，水星都是公转速度最快的行星。

数十亿年前，水星受到小行星撞击，在表面形成了许多陨石坑。

水星是表面干燥的岩质行星，上面不存在水。

巨大的太阳能电池板可以把太阳能转化为电能，从而持续给卫星提供动力。

水星上的温差特别大。白天最高温度可达430℃，夜晚最低温度能降到−180℃。

水星探索

2011—2015年，太空探测机器人"信使号"对水星的表面进行了探索。它收集到的信息使得科学家们终于能够绘制出水星表面的地图了。

水星　　　地球的卫星——月球

"迷你"行星

水星体积非常小，只比月球大一点点，比木星和土星小得多。

金星（Venus）

金星是一颗岩质行星，体积略小于地球，是距太阳第二近的行星，位于水星和地球之间。金星自转速度非常慢，所以在八大行星中，它的一天是最漫长的。

请参阅

火山 p.79
气体 p.185
温度 p.199
太阳系 p.237
水星 p.238
地球 p.240
大气层 p.258

环境恶劣的星球

布满岩石的金星表面温度极高，可达470℃，这个温度足以使金属熔化。

金星表面有数千座火山。

马特山是金星表面最大的火山，有395千米宽。

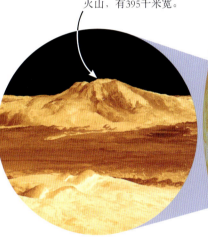

金星表面的绝大部分物质是岩石，这些岩石常呈液态。

大气层

金星被一层薄薄的毒性气体环绕。由于这层气体的存在，科学家很难观测到金星表面的情况。

云层中的含硫气体让金星的天空呈现黄色。

金星凌日

金星位于太阳和地球之间，在某些时刻，地球、金星、太阳会在一条直线上，从地球上看，金星就像一个小黑点一样在太阳表面缓慢移动，这种现象被称为"金星凌日"。

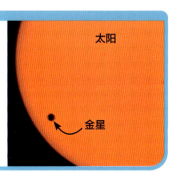

太阳

金星

地球 (Earth)

地球是我们赖以生存的家园，是离太阳第三近的行星，也是太阳系中最大的岩质行星。地球形成至今大概有45亿年了，它是人类目前唯一确认有生命存在的星球。

请参阅

地表 p.77
水 pp.94～95
气体 p.185
太阳系 p.237
太阳 p.254
大气层 p.258

地球上有7块大型的陆地，称作"洲"或"大陆"。

我们的家园

地球拥有满足生命存在的一切条件。它和太阳的距离适中，又有大量液态水以及能隔绝外太空的大气层。

当科学家们首次看到从太空俯拍地球的照片时，他们惊讶地把地球称为"蓝色弹珠"。

地球的大气层主要由两种气体构成：氮气和氧气。

地球表面**70%**的区域被**液态水**覆盖。

图中白色的旋涡是云层。如果白色较密集，就表示该区域有风暴。

宜居

太冷   太热   地球位于此

安全区域

如上图绿色区域所示，地球处于太阳系的宜居地带，在这里，液态水得以存在。离太阳再近一点，温度就会过高；反之，离太阳再远一点，温度就会过低。

"地球升起"

在地球上，我们能看到太阳和月亮在天空中升起落下。而在1968年，当航天员在太空中绕月环行时，他们看到地球在天空中缓缓升起。

月球 (Moon)

月球是一个绕地球公转、没有空气的岩质球形天体。除太阳外，月球是我们最熟悉的天体。1972年，人类完成了首次登月行动。

请参阅

潮汐 p.124
太阳系 p.237
地球 p.240
小行星 p.243
彗星 p.250
大气层 p.258

岩质天体

月球是一颗巨大的"岩石球"，这里没有空气，且表面布满了尘砾和砂石。就体积而言，月球的直径只有地球的四分之一。

深色区域曾经是海洋和液态岩石分布的地方。

在太空陨石的不断撞击下，月球表面出现了许多陨石坑。

人类登月

月球是太阳系内除地球外人类唯一造访过的星球。在1969—1972年，美国的"阿波罗计划"让12名航天员登上了月球。

月球的运行轨道

月球沿着轨道绕地球公转一周需要27.3天。

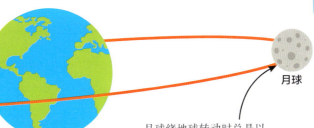

月亮运行的轨道是一个近似圆的椭圆。

地球

月球

月球绕地球转动时总是以同一面朝向地球，所以我们通常看到的是月球的同一个面。

月球起源

科学家认为，月球是45亿年前小行星"忒伊亚"和地球碰撞形成的，这也就解释了为什么月球上的岩石和地球上的岩石十分类似。

火星（Mars）

火星的英文名"Mars"是以罗马神话中战争之神玛尔斯命名的。这颗岩质行星上有巨大的火山、冰盖和深深的峡谷。曾经的火星温暖潮湿，有液态水流动。但是现在的火星变得冰冷、干燥，其表面还布满了大大小小的陨石坑。

请参阅

古罗马 p.51
火山 p.79
岩石与矿物 p.84
元素 p.180
小行星 p.243
太空旅行 p.259

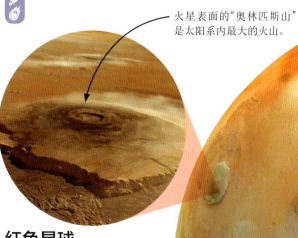

火星表面的"奥林匹斯山"是太阳系内最大的火山。

35亿年前，千万颗小行星撞击火星，形成了大大小小的陨石坑。

红色星球

火星被称为红色星球，因为它的表面覆盖着一层泛红色的尘土。当风把这些尘土吹起时，整个火星大气层就会变成红色。

能拍摄火星地表细节的摄像头。

火星的体积约为地球的一半。

勇气号

能采集岩石样本的装置。

火星探测

从1965年起，航天器就已经抵达火星，并对火星表面展开研究。2004年，两台火星车"勇气号"和"机遇号"成功登上火星。"机遇号"至今还在火星进行探索。

火星的卫星

火星有两颗体积较小的天然卫星，分别叫作火卫一和火卫二。这两颗卫星起初是两颗小行星。其中，火卫一的体积比较大，长约27千米。

火卫二

火卫一

小行星（Asteroids）

小行星是绕太阳运行的岩质或金属质的天体,它们和行星在同一段时间形成。大多数小行星表面都布满了陨石坑和凹痕,这都是由于它们相互撞击形成的。

请参阅

岩石与矿物 p.84
金属 p.181
重力 p.190
太阳系 p.237
陨石 p.249

小行星的形状

绝大多数小行星的形状都是不规则的。但是那些比较大的呈球形的小行星被称为矮行星。

小行星表面的陨石坑是由更小的小行星撞击形成的。

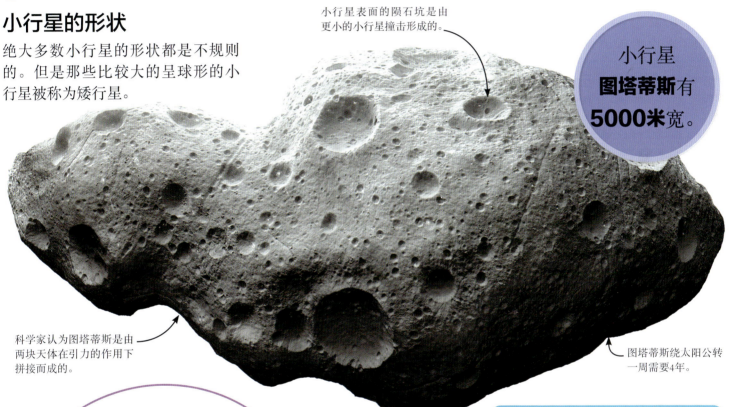

小行星**图塔蒂斯**有**5000米**宽。

科学家认为图塔蒂斯是由两块天体在引力的作用下拼接而成的。

图塔蒂斯绕太阳公转一周需要4年。

小行星带

小行星主要集中在火星和木星之间的小行星带,它们绕着太阳运行。这个区域内有成千上万颗小行星,但是彼此间隔很远。

金星
水星
太阳
火星
地球
木星
小行星带

小行星矿业

科学家认为,未来人们将会在小行星上开采金属矿物和水资源。为此,宇宙飞船在太空执行任务的过程中,可能会在一些行星上停留并挖掘一些矿物资源。

木星 (Jupiter)

木星是太阳系八大行星中体积最大、自转速度最快的行星，按距太阳由近及远的次序排名第五。木星是一个气态巨行星，主要由氢和氦组成。和地球不同的是，木星没有固体表面。

请参阅

风暴　p.102
元素　p.180
固体　p.183
气体　p.185
太阳系　p.237
天文学　p.257
大气层　p.258

行星之王

木星体积庞大，约为1300个地球那么大。木星的大气层中会生成巨大的风暴，叫作"大红斑"，风暴的直径大到可以容下2～3个地球。除了月球和金星，木星是我们能在地球的夜空中见到的最明亮的行星。

1830年至今，科学家们一直在观察"大红斑"。

"大红斑" 周围的风速超过400千米/时。

木星表面的条纹和旋涡是强烈的气流形成的。

伽利略卫星

木星拥有60多颗大小不一的天然卫星，其中最大的4颗分别叫作木卫一、木卫二、木卫三和木卫四，它们也被称为"伽利略卫星"。因为它们是由18世纪的意大利科学家伽利略发现的。

木卫一

木卫二

木卫三

木卫四

土星 (Saturn)

土星是太阳系八大行星之一，按距太阳由近及远的次序排名第六，体积仅次于木星。它也是一个气态型巨星，主要由氢和氦构成。土星最出名的莫过于它美丽的"光环"了。

请参阅

太阳系 p.237
月球 p.241
木星 p.244
天文学 p.257
大气层 p.258
探险 pp.260～261

光环之星

土星外侧的行星环延伸至很远的距离，不过它们的厚度只有几百米。

土星

冰环
土星环中颗粒的主要成分是冰，还有一些尘埃和岩石。

土星环间
土星环间的地带分布着少量的冰和尘埃。

土星的卫星

和木星一样，土星也有60多颗天然卫星，最大的是土卫六，又名"泰坦"。土卫六上面有液态的甲烷和厚厚的大气层。土卫二是土星的第六大卫星，科学家观测到它的南极喷射出大量的液态水。

泰坦

无人飞船"卡西尼"

卡西尼惠更斯号

从2004—2017年，"卡西尼惠更斯号"对土星进行了空间探测。由"卡西尼"飞船运载的"惠更斯"探测器于2005年成功降落在土卫六"泰坦"的表面。

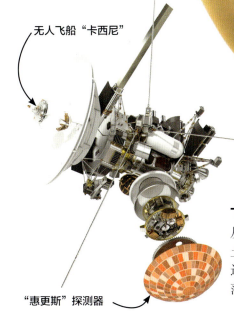

"惠更斯"探测器

天王星(Uranus)

天王星是太阳系八大行星中第三大行星，其体积仅次于木星和土星，按距太阳由近及远的次序排名第七。从地球上看，天王星显得非常暗淡。

天王星大气层的组成成分主要是氢和氦，温度非常低。

冰巨星

天王星是一颗冰巨星，它的内核由岩石构成，周围覆盖着液态冰。天王星没有固体表面。

"滚动"的星球

绝大多数行星的自转轴相对于太阳系的轨道平面都是朝上的，而天王星的自转轴倾斜角度达到了98°，因此它转动时就像一个滚动的球。天王星自转轴的倾斜可能是由某个行星大小的天体撞击导致的。

地球绕着稍稍倾斜的地轴、自西向东转。

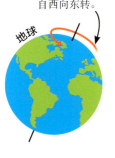

地球

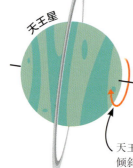

天王星

天王星绕着极其倾斜的自转轴自东向西转。

特征较少

1986年，宇宙飞船"旅行者2号"造访了天王星。根据它拍摄的天王星照片，科学家们发现了10颗此前未知的天然卫星以及2个行星环，但暂时没有发现其他特征。

旅行者2号

天王星稀薄、暗淡的行星环很难被观测到。

天王星是太阳系里**最冷的行星**，温度最低可达 **-224℃**。

请参阅

元素 p.180
气体 p.185
混合物 p.187
太阳系 p.237
海王星 p.247
大气层 p.258

海王星（Neptune）

海王星位于冰冷、漆黑的太阳系外圈，是八大行星中离太阳最远的行星。我们经常把海王星称作天王星的孪生兄弟，因为这两颗行星都主要由相似的冰和气体构成。海王星体积很大，赤道半径约是地球的4倍。

请参阅

液体 p.184
气体 p.185
太阳系 p.237
天王星 p.246
冥王星 p.248
大气层 p.258

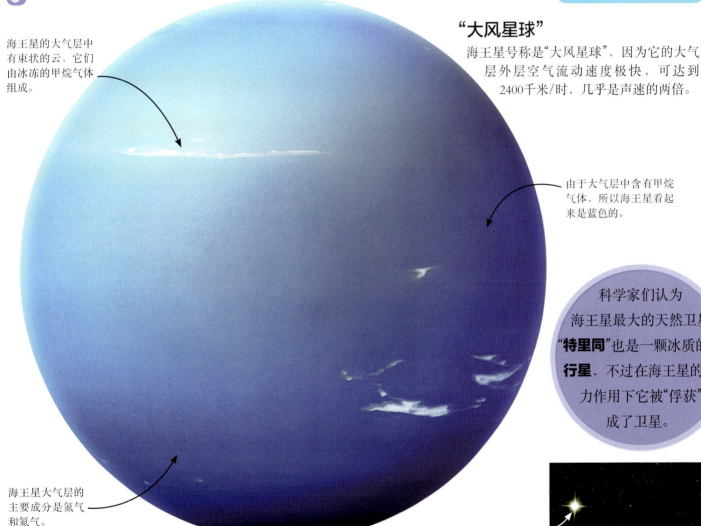

海王星的大气层中有束状的云，它们由冰冻的甲烷气体组成。

"大风星球"

海王星号称是"大风星球"，因为它的大气层外层空气流动速度极快，可达到2400千米/时，几乎是声速的两倍。

由于大气层中含有甲烷气体，所以海王星看起来是蓝色的。

科学家们认为海王星最大的天然卫星**"特里同"**也是一颗冰质的**小行星**，不过在海王星的引力作用下它被"俘获"成了卫星。

海王星大气层的主要成分是氮气和氢气。

名称由来

海王星的名字来源于罗马神话中手持三叉戟的海神。此外，水星、金星、火星、木星和土星的英文名，也是以罗马诸神的英文名命名的。

海王星之外

人们认为海王星之外还有几千颗冰冷的小行星，它们也围绕着太阳公转。其中，冥王星是最早被发现，也是体积最大的一颗行星。

太阳

冥王星（**Pluto**）

冥王星是一颗矮行星，在太阳系的外边缘绕着太阳公转，并且会周期性地进入海王星轨道内侧。它有1颗巨大的天然卫星"卡戎"和4颗较小的天然卫星。

请参阅

地表 p.77
火山 p.79
冰川 p.98
太阳系 p.237
月球 p.241
海王星 p.247

冥王星的表面被冰覆盖。

被"贬"的行星

过去，太阳系有九大行星，因为冥王星也排在行星之列。但随着一些与冥王星类似的小体积天体被发现，国际天文联合会于2006年将冥王星降级为矮行星。

"冰火山"

冥王星上有"冰火山"——爆发时会喷出水和气体凝固而成的冰凌。

莱特山被认为是座冰火山。

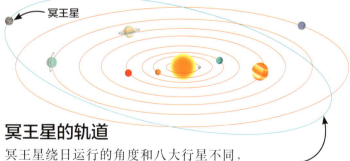

冥王星的轨道

冥王星绕日运行的角度和八大行星不同，它的轨道像是一个拉长的圆。冥王星绕太阳公转一周需要248年。

冥王星

冥王星的轨道

矮行星

矮行星和普通行星相似，但是体积比较小。它们和小行星、彗星等天体一样，都绕着太阳公转。

谷神星

鸟神星

妊神星

冥王星

月球

阋神星

陨石（Meteorites）

陨石是落到地球表面的太空岩石碎片（如小行星、彗星等）。它们大小不一，有的像鹅卵石那么小，有的像房屋那么大。但只有较大的陨石落地时才会生成陨石坑。

请参阅

岩石与矿物 p.84
金属 p.181
太阳系 p.237
小行星 p.243
彗星 p.250
大气层 p.258

太空岩石

构成陨石的物质也能在地球上找到，主要有3种类型。

石铁混合质

石铁陨石是金属和岩石的混合物，非常稀有。

石质

大多数陨石是石质的，多来自于小行星的外壳。

铁质

铁质陨石是由铁、镍等金属构成，来自于小行星的内核。

小行星

流星体是小行星或彗星的碎片。

太空

变化的名称

太空中的岩石在接近地球的过程中，其名称也在不断改变。在太空中，它叫作流星体；在大气层中，叫作流星；落到地上时，叫作陨石。

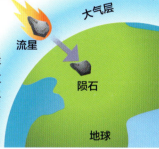

大气层是地球周围的一层气体。

流星体

大气层

流星

陨石

地球

陨石撞击点

如果陨石穿越了地球大气层还没有燃烧殆尽，就会降落到地表。撞击地面生成的痕迹叫作陨石坑。上图是位于美国亚利桑那州的巨型陨石坑。

彗星（Comets）

彗星是由冰、尘埃和岩石组成的天体，它们有一个坚硬的彗核，以及由气体和尘埃组成的明亮而稀疏的彗尾。彗星不时地在地球上人类肉眼可见的范围内出现，随后又消失在深邃的外太空。

请参阅

气体 p.185
重力 p.190
太阳系 p.237
小行星 p.243
陨石 p.249
太阳 p.254

尘埃尾　　　　　　气尾

两条彗尾

当一颗彗星靠近太阳时，它的冰开始蒸发，形成一个巨大的彗头。在两条彗尾中，笔直的那条由气体组成，略呈弯曲的那条由尘埃组成。

哈雷彗星

哈雷彗星大约每76年绕太阳转一圈，它已经被历史学家观察并记录了2000多年。记录了黑斯廷战役的《贝叶挂毯》中，就记载着哈雷彗星曾于1066年划过天空。

环绕着太阳

彗星是做绕日运动的天体。它们的尾巴总是向背离太阳的方向延伸，但角度略有偏移。彗星离太阳越近，它的彗尾就会变得越长。

这条彗尾开始变短。

这条彗尾开始变长。

星系（Galaxies）

星系是由巨大的恒星、行星，以及气体和尘埃等在引力的作用下聚合而成的系统。星系的大小和形状各有不同，包括螺旋形、椭圆形和其他的不规则形状。

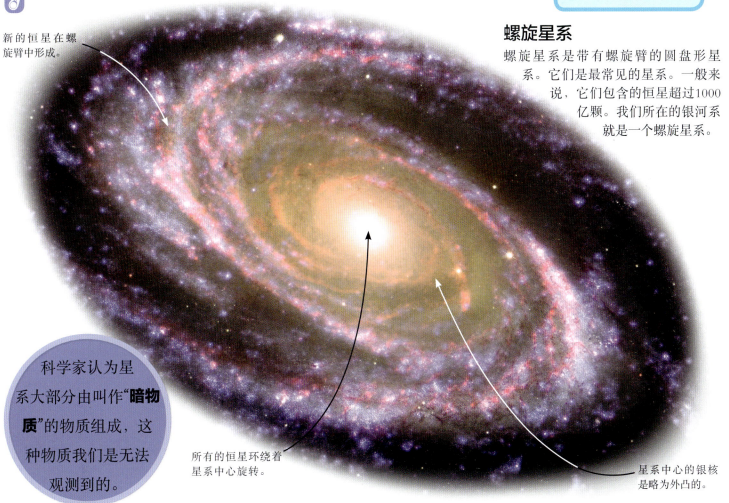

新的恒星在螺旋臂中形成。

螺旋星系

螺旋星系是带有螺旋臂的圆盘形星系。它们是最常见的星系。一般来说，它们包含的恒星超过1000亿颗。我们所在的银河系就是一个螺旋星系。

科学家认为星系大部分由叫作"**暗物质**"的物质组成，这种物质我们是无法观测到的。

所有的恒星环绕着星系中心旋转。

星系中心的银核是略为外凸的。

椭圆星系

椭圆星系呈正圆形或椭圆形，椭圆星系一般比螺旋星系更大、并且常常由更古老的恒星组成。椭圆星系含有大量的恒星、但几乎没有气体和尘埃。

不规则星系

较小且没有清晰结构的星系被称为不规则星系。它们可能是由两个星系碰撞形成的。不规则星系也含有大量年轻的恒星、尘埃和气体。

银河（Milky Way）

银河系是一个星系，或者说是一个恒星系统。银河系含有的恒星超过2亿颗，其中包括我们熟悉的太阳。天文学家认为银河系呈螺旋形，有两个主旋臂。

银河系

我们的太阳系约处于银河系中心到它的边缘之间中点的位置上。银河系每2亿4000万年绕它的中心自转一周。

盾牌–半人马臂。

中心呈长竿形。

大约再过**40亿**年，银河系将与另一个星系——仙女星系发生星系碰撞。

螺旋臂由恒星、气体和尘埃组成。

我们的太阳系位于这里——一个叫作猎户支臂的旋臂上。

银河系中的一切物质都围绕银河系中心旋转。

英仙臂。

埃德温·哈勃

埃德温·哈勃是20世纪美国著名的天文学家。他是意识到银河系之外还有其他星系的第一人，他还测量了某些星系之间的距离。

从地球上看

在地球上，我们可以看到银河系宛如一条横跨夜空的模糊的白色光带。这些光是由数十亿颗闪亮的恒星产生的。

在地球上看到的银河系

恒星 (Stars)

恒星是太空中炽热的气体球。从地球上看,恒星就像一个小圆点,但事实上,恒星的体积十分巨大。最小的普通恒星体积几乎和木星一样。恒星之所以能发光,是因为恒星内部的气体不断撞击产生能量,这个过程叫作"核聚变"。

请参阅

颜色 pp.174~175
光 p.193
温度 p.199
太阳系 p.237
星系 p.251
太阳 p.254

大小和颜色

恒星有不同的大小和颜色。恒星的颜色取决于它表面的温度,温度最高的恒星呈蓝色,温度最低的恒星呈红色。

蓝超巨星
这些恒星非常年轻,而且表面温度极高。

巨星
巨星是比较古老的恒星,表面温度相对低。

太阳
我们的太阳是一颗年龄中等、大小和表面温度适中的恒星。

邻近的恒星

除太阳外,距离地球最近的恒星是比邻星。它是一颗红矮星,至少有1颗行星环绕着它转动。比邻星到太阳的距离是海王星到太阳的距离的9000倍。

恒星的陨灭

某些恒星会在超新星爆发中结束它们的生命。还有一些恒星会随着能量的耗尽而逐渐暗淡下来。

超新星爆炸产生的云状物

太阳 (Sun)

太阳是处于太阳系中心的恒星，是银河系1000亿颗恒星中的一员。太阳散发的光和热量，使地球有了出现生命的可能。

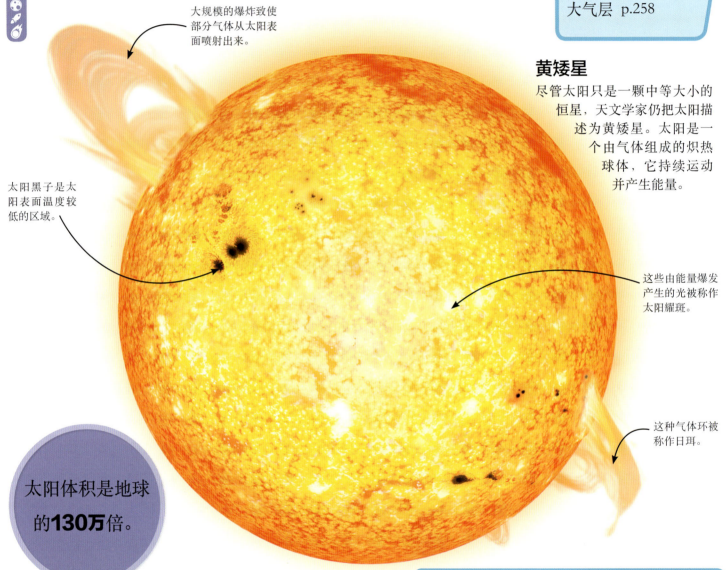

大规模的爆炸致使部分气体从太阳表面喷射出来。

太阳黑子是太阳表面温度较低的区域。

黄矮星

尽管太阳只是一颗中等大小的恒星，天文学家仍把太阳描述为黄矮星。太阳是一个由气体组成的炽热球体，它持续运动并产生能量。

这些由能量爆发产生的光被称作太阳耀斑。

这种气体环被称作日珥。

太阳体积是地球的**130万**倍。

极光

进入地球两极磁场的太阳粒子流使地球高层大气（分子或原子）被激发，产生了色彩斑斓的光芒，也就是极光。

太阳的最后阶段

太阳中的气体让太阳持续发光，大约50亿年后，太阳会因为持续发光而燃尽它的大部分气体，随后坍缩成一颗小而极热的白矮星，然后慢慢冷却下来，最终消失。

黑洞（Black holes）

黑洞是宇宙中最神秘的存在。当一个比太阳大得多的恒星因为燃烧而能量耗尽时，它将在经历超新星爆炸后，由于自身巨大的引力而坍缩，最终形成黑洞。

看不见的怪物

我们看不到黑洞，是因为即便是光也会被黑洞的引力场束缚住。然而，许多黑洞都被气体和灰尘组成的炽热圆环包围着，黑洞发出的高能射线可以用特殊的望远镜观察到。

黑洞的边缘被称为视界。

黑洞巨大的引力扭曲了时间和空间。

黑洞会与其他黑洞**相撞**从而**变得更大**。

黑洞的中心被称为奇点。

超大质量黑洞

质量大的黑洞往往存在于像银河系这样的星系中心。当巨大的气体云坍缩时，就有可能形成黑洞。

意大利面化

掉入黑洞的物质将被拉伸，这也叫作"意大利面化"。假想有一名航天员被吸入黑洞，他会感受到作用于身体一端的拉力比另一端强，这种拉力最终会将他的身体撕裂开。

星座 (Constellation)

古希腊人在观测星空时，将恒星连在一起组成各种图案，这就是星座。这些图案象征着英雄、动物或者其他可感知的事物。随着地球的自转，恒星似乎也在空中移动。看起来恒星都处于一个平面上，但事实上，这些星座里的恒星到地球的距离各不相同。

请参阅

神话传说 p.19
古希腊 p.50
季节 p.121
导航 p.201
星系 p.251
恒星 p.253

现代星座

如今天文学家将观测到的星座精确划分为88个。一些星座在南半球和北半球都可以看到，另一些星座只能在南半球或北半球观测到。

这颗恒星叫作库楼三，意思是"半人半马怪物的肩膀"。

这颗恒星叫作开阳。

大熊座

著名的北斗七星就位于大熊座，这个星座只有在北半球才能被观测到。

参宿四是一颗红巨星。

半人马座

这个星座代表了希腊神话中一个半人半马的生物，只有在南半球我们才能观测到它。

航海

古时候的水手利用星座来确认他们航行的方向。通过观察星座的图案，他们可以推算出自己在地球上所处的位置。北极星是对导航具有重要意义的一颗恒星。

猎户腰带。

猎户座

这个猎人形状的星座就是猎户座，它是最广为人知的星座之一。3颗明亮的恒星呈直线排列组成了猎户腰带。

几千年来，斗转星移，**星座**也**改变了形状**。

天文学（Astronomy）

天文学是一门研究太空的科学。早期的天文学家仅凭他们的双眼来观测夜空，现代天文学家则使用双筒望远镜和单筒望远镜来观测肉眼无法观测到的遥远天体。他们通过观测太空来了解我们的星球以及我们星球所在的宇宙。

单筒望远镜

望远镜可以汇集光线并将远处天体的影像放大。望远镜由特殊形状的玻璃制成，即透镜和面镜。面镜可以反射光线，透镜可以折射光线。

光线进入了单筒望远镜的管内。

目镜里有一个小的透镜，可以放大图像。

面镜将光线反射给眼睛。

光线被面镜反射。

地球上**最大的**
光学望远镜是位于西班牙的加那利大型望远镜，它的口径宽达10米！

宇宙中的地球

16世纪以前，人们始终认为地球是太阳系的中心，而现在我们知道这种观点是错误的。

伽利略

伽利略（1564—1642）是第一位使用单筒望远镜研究天体的科学家。然而，并不是他的所有发现都能被世人接受。他认为太阳才是太阳系的中心，而不是地球。伽利略因他的"日心说"而被关进了监狱。

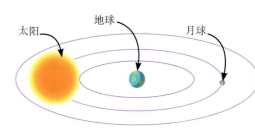

太阳　　地球　　月球

过去人们认为太阳和月球围绕地球旋转。

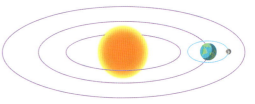

现在我们知道了月球围绕地球旋转，地球围绕太阳旋转。

大气层（Atmosphere）

大气层是一层环绕在行星或卫星周围的气体。地球大气层为我们提供了可呼吸的空气。大气层让我们的星球温暖宜居，它屏蔽了来自太阳的有害光线，并且对来自太空的陨石产生阻力，防止陨石撞击对我们产生伤害。

地球大气层

地球大气层分为5层，每一层的厚度都不一样。大气层离地表越远，就越稀薄。

哈勃空间望远镜
环绕地球的外大气层运行，捕捉并拍摄太空中的神奇图景。

外大气层
外大气层是进入外太空前的最后一层，外大气层到地面的距离是地球到月球距离的一半。

电离层
电离层的温度变化很大。电离层中闪烁的光就是我们常说的极光。

国际空间站

世界上第一位进入太空的人，尤里·加加林就曾在电离层中环绕地球飞行。

极光

中间层
这是地球大气层温度最低的一部分。中间层可以阻拦撞向地球的太空碎片。

当一些太空碎片在大气层中燃烧时，就形成了流星。

平流层
平流层包含臭氧层，它保护我们不受太阳有害光线的影响。

最高跳伞纪录。

世界上最高的跳伞纪录是39千米。

对流层
对流层接近地球表面，所有的天气变化都在对流层中发生。

飞机在平流层中飞行。

太空旅行（Space travel）

我们通过太空旅行来探索太阳系，并了解我们在宇宙中所处的位置。大多数太空旅行是通过被称为探测器的自动的宇宙飞船完成的，而人类踏足过的最远的星球就是月球。

太空中的人类

人们借助具备超强动力的宇宙飞船进入太空。例如像"亚特兰蒂斯号"这样可以将人送入太空的航天飞机，已服役了30年。现在人们使用的是俄罗斯的"联盟号"宇宙飞船。

罗伯特飞船

抵达火星需要花费**6个月**的时间。

外部燃料箱中充满了液氢和液氧，为航天飞机的引擎提供动力。

航天员坐在驾驶舱内。

太阳能电池板利用太阳的能量来支持探测器工作。

朱诺探针

磁强计可以测量磁场强度。

太空机器人

探测器利用照相机、磁强计和雷达来收集数据，然后将数据发送回地球。

这种助推火箭为飞机提供额外的动力。

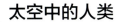

"亚特兰蒂斯号"航天飞机的发射

极端环境

太空可不是一个易于人类生存的地方。它时而极冷，时而极热，又没有可供呼吸的空气。宇宙飞船和空间站都经过精心设计，以确保航天员的安全。

航天员凯伦·尼伯格在国际空间站内洗头发

259

有关于……

探险（Exploration）

人类探索过陆地、海洋和天空，而今，我们又开始探索太空。从第一次陆地大迁徙以来，我们开发出许多新技术，让我们可以在海上航行，在空中飞行。正因为探险活动，相距遥远的国家才有机会一起合作，也许将来有一天我们还能在太空生活呢！

离开非洲

在七八万年前，早期人类才开始大规模地迁徙，离开一直生活的非洲。他们徒步抵达了亚洲，之后一部分人类乘船抵达了大洋洲。

亚洲
欧洲
北美洲
非洲
南美洲
大洋洲

早期人类居住在非洲，随后慢慢地迁徙至世界各地。

贸易

过去，为了购买其他国家的商品，人们需要在海上和陆地上行进数千米。商人在相距较远的两地之间开辟出新路线，购买或交换诸如香料之类的物品。这些物品随后被商人带回国内售卖。

姜

肉桂

丁香

15世纪，瓦斯科·达·伽马开辟了从欧洲到印度的**第一条**海上航线。

抵达极地

冰冷的极地地区一直无人问津，直到19世纪初，才有探险家乘坐狗拉着的雪橇，穿着保暖的皮草大衣到达了极地地区。

1909年，美国探险家罗伯特·皮尔里

1492年，这艘船载着克里斯托夫·哥伦布从美国的海岸离开，前往一座岛屿。

桑塔玛丽亚号

一些深海鱼
的寿命长达
200年。

海下

有些海洋深达数千米。海洋到达一定深度后会变得一片漆黑，这部分区域几乎从未被探索过。极少数的人造探测器已经到达了海洋底部的深沟，并在那里发现了新的神秘生物。

深海斧鱼

探险时代

15世纪，欧洲人乘船航行到了包括美洲在内的遥远地区，这些地区是他们之前从未到达过的。这种漫长的航行也被称为远征。

世界各地

随着技术的进步，新的探索机会出现了。1924年，一架依靠燃料驱动的飞机完成了首次环球飞行。2016年，"阳光动力2号"首次依靠太阳能驱动完成了环球航行。

"阳光动力2号"机翼上配备太阳能电池，可以依靠太阳能驱动飞机航行。

吹到帆上的风为船提供驱动力。

1961年，尤里·加加林成为进入太空第一人。

17世纪，欧洲人第一次抵达了澳大利亚。

太空探险

1957年，苏联"伴侣号"航天器首次完成绕地飞行。不久之后，人类也进入了太空，并于1969年登陆月球。从那时起，我们就开始使用自动航天飞行器造访太阳系中的每一颗行星，也包括彗星。

航天员（Astronauts）

航天员是指经过专门训练可参与执行太空任务的人。航天员帮助我们更好地了解我们生活的宇宙环境。只有不到600人曾进入过太空，其中仅有12人在月球上行走过。

请参阅

探险家 p.66
宇宙 p.236
太阳系 p.237
月球 p.241
太空旅行 p.259
探险 p.260~261

因为太空中的光线极其明亮，头盔面窗结构里有一个特殊的过滤装置，可以遮蔽阳光。

照相机记录航天员所见的画面。

航天服的前面有放置工具的地方。

这套航天服由多层织物制成，可以保障航天员的生命安全，帮助航天员保持身体温暖。

背包里装有可供呼吸的氧气。

太阳能电池板

国际空间站

国际空间站是航天员的常驻基地。国际空间站距离地球400千米，可以同时容纳6名航天员。

1961年，苏联太空探险家**尤里·加加林**成为进入太空第一人。

成为一名航天员

想要成为一名航天员，必须经过多年的努力。航天员需要学习很多新技能，他们也会努力训练以保证自己身体健康并且能够适应太空环境。

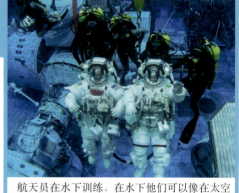

航天员在水下训练，在水下他们可以像在太空中一样失重漂浮。

航天服

太空可以极冷也可以极热。航天员们穿戴着特制的头盔、手套、靴子以及供给空气的特殊套装以确保自身安全。

人体 (Human body)

人体由许多不同的器官组成。每个器官都有不同的功能。器官、肌肉和身体的其他部位一起协作，以维持人体重要的生命活动，如呼吸、消化、运动等。

请参阅

碳循环 p.90
猴与猿 p.149
生物学 p.169
人体细胞 p.264
心脏 p.268
肺 p.269

人体系统

连接在一起的器官叫作系统。每个系统都有各自的职责，但它们也协同工作。

身体成分

人体由微小的零部件组成，这些零部件就是细胞，人体细胞含有许多不同的成分。这些成分在人体内发挥着不同的作用。

钙能保证肌肉活动并保持心脏规律跳动。

我们身体的四分之一由碳构成。钻石也是由碳构成的！

人体中存在微量的铁元素，铁元素使得我们的血液呈红色。

眼泪中含有氯化钠，氯化钠和食盐是同一种成分。

磷有助于强健骨骼。火柴是使用磷点燃的。

人体的组成成分中有一半是水，水存在于我们的血液和细胞中。

神经系统
大脑思考的同时也在调控着身体活动。信号通过神经传递给大脑。

呼吸系统
肺将空气吸入体内，排出废气，并将氧气输送到血液中。

循环系统
心脏泵送血液环绕周身，以输送氧气和营养物质。

消化系统
胃和肠道分解食物，这样食物才能产生驱动人体运转的能量。

皮肤系统
皮肤是疏水层，它保护人体免受病菌和阳光的伤害，而毛发帮助我们的身体保持温暖。

泌尿系统
肾脏清洁血液并将废料生成尿液，这些尿液被储存在膀胱中。

肌肉系统
肌肉使得人体的各个部位可以活动。心脏的跳动、肺部的呼吸，都离不开肌肉。

骨骼系统
骨架是由骨骼组成的框架，它保护着人体内部的器官，也使得我们身体可以自由移动。

人体细胞（Body cells）

人体的各个部分都是由微小的细胞构成的。细胞承担着重要的工作，比如传递信息、转化能量以及抵御病菌，每个细胞会完成特定的工作以保证人体正常运转。

请参阅

微生物 p.127
细胞 p.170
人体 p.263
皮肤 p.265
基因 p.279
疾病 p.281

细胞内部结构

我们身体里的所有细胞都有一个细胞外壳，壳内含有细胞液。细胞的中心是一个核，叫作细胞核。

细胞核

细胞核是细胞的控制中心，细胞核中含有一种叫作基因的遗传指令。

细胞膜

细胞膜是细胞的边缘，细胞膜能过滤进入细胞的物质。

线粒体

这些微小的结构释放能量驱动细胞运转。

细胞质

细胞质是细胞内部的液体，它们在这里把化学成分混合在一起，让细胞得以存活。

人体大约有**37.2万亿**个细胞！

细胞类型

细胞有不同的大小和形状，每一个细胞都能很好地完成它负责的工作。细胞可以通过细胞分裂产生更多的细胞。

红细胞从肺部吸收氧气，然后将氧气输送到人体的各个部位。

白细胞可以改变形态，挤进其他细胞之间并杀死细菌。

神经细胞很长，它们可以把神经信息传递到脑部。

脂肪细胞可以储存和释放能量，它们还可以通过缓冲外界的撞击来保护身体。

肠细胞有很多褶边。这些褶边可以从食物中吸收有益的营养物质。

皮肤(Skin)

皮肤是人体富有弹性的外层。它将人体的内部区域与外部环境隔离开,并将细菌阻挡在外。皮肤使我们免受水和阳光的伤害,并帮助我们维持正常体温。随着新皮肤的持续生长,外层的皮肤也在不断剥落。

请参阅

细胞 p.170
人体 p.263
人体细胞 p.264
心脏 p.268
触觉 p.276
基因 p.279

皮肤内部结构

皮肤可以分为很多层。在你能看到的表皮下面,还有许多细微的活动正悄然进行。

毛孔
汗水从皮肤上被称为毛孔的洞里排出。

毛发
纤细的毛发从被称为毛囊的小凹坑里生长出来。

表皮
表皮是我们能看到的富有弹性的皮肤外层。

真皮
这片区域产生汗水和油脂,它们可以帮助保持皮肤弹性。

脂肪
脂肪有助于缓冲来自外界的撞击,脂肪也为人体存储能量。

汗腺
汗腺产生汗液为皮肤降温。一般身体越热,产生的汗液就会越多。

神经
神经向大脑发送信号,告诉我们所触摸到的物体的质感、温度和作用于我们的压力。

血管
这些管道把血液输送到身体的各个部位。它们可以变宽,让更多的血液在其中流动,以此来帮助身体降温。

肤色

我们皮肤中有一种叫作黑色素的化学物质,黑色素决定皮肤颜色。皮肤中的黑色素越多,肤色就越暗。黑色素由皮肤上层的结构,即表皮产生。

皮肤是人体**最大的器官**。它重达**4000克**!

骨架（Skeleton）

人体内所有的骨骼拼接在一起，组成了骨架。骨架搭建出人体的形状。骨骼在肺和心脏这种柔软的内脏周围建造起具有保护性的"笼子"。

请参阅

人体 p.263
肌肉 p.267
心脏 p.268
肺 p.269
脑 p.271

我们的骨骼

骨架由206块骨骼组成。骨骼靠肌肉牵引进行活动。

颅骨
颅骨保护着脆弱的脑部。

球窝关节
肩部和臀部的球窝关节让骨骼可以进行旋转运动。

尺骨

桡骨

铰链关节让手臂能够上下移动。

铰链关节

肱上膊

胸腔

脊柱
脊柱由24块椎骨组成。

鞍状关节
鞍状关节让拇指呈圈状移动。

骨盆

位于关节处的骨骼末端更坚硬。

股骨

胫骨

关节

关节是一块骨骼与另一块骨骼相连的位置。它的存在让我们的骨骼可以左右、上下运动，或者转圈。关节内部含有滑液，起着让关节运动顺畅的作用。

骨骼内部结构

骨骼外层由一种叫作钙的坚硬物质构成。骨骼内部是骨髓，骨髓向身体的其他部分供给血细胞。

骨骼类型

每块骨骼内部都有两种骨组织：坚硬的密质骨赋予骨骼以硬度并起到一定的保护作用；多孔的海绵骨使得骨骼相对轻盈。

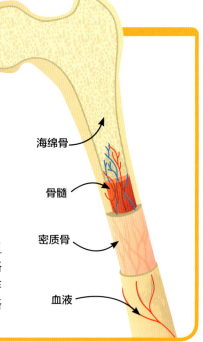

海绵骨

骨髓

密质骨

血液

骨骼比**木头**、**混凝土**以及**钢筋**都要坚固。

肌肉（Muscles）

肌肉像富有弹性的绳子一样牵引着身体的各个部位活动，相邻的肌肉组成肌肉群共同协作。一些肌肉可以自主活动，还有一些肌肉只有接收到大脑的信号才会活动。我们的每一次眨眼、微笑或者肢体移动，都是在肌肉的帮助下完成的。

请参阅

游戏 pp.40～41

运动 p.42

人体 p.263

人体细胞 p.264

骨架 p.266

情绪 p.277

肌肉系统

人体的大部分肌肉都附着在骨骼上，共同组成了肌肉系统。这些肌肉通过牵引骨骼来让我们的身体活动。

肌肉通过肌腱附着在骨骼上。

我们体内最大的肌肉位于我们的臀部，也就是臀大肌。

肱二头肌

肱三头肌

结伴工作

肌肉只能牵引骨骼，不能外推骨骼。手臂抬起的时候，肱二头肌和肱三头肌是舒张的。当你放松肱二头肌并收缩肱三头肌，手臂就会向下移动。

腹部的肌肉叫作腹肌。

大腿上的肌肉叫作股四头肌。

面部肌肉

我们的面部肌肉可以活动眼睛和嘴巴，帮助我们向其他人表达情绪。例如，我们会通过微笑来表达高兴的情绪。

仅站起来这个动作就会用到**300**块不同的肌肉。

锻炼

肌肉活动得越多，就越发达。运动后，身体会通过产生新的肌肉纤维来修复受损的肌肉细胞。这就是肌肉越用越强壮的原因。

心脏（Heart）

心脏是一个拳头大小的"泵"，主要由心肌构成。心脏通过收缩，以大约每分钟80次的频率跳动，泵压血液环绕周身流动。血液是在身体各部位搬运氧气和养料的液体。一旦心脏停止跳动，人体就无法正常运转。

请参阅

药物 p.200
人体 p.263
人体细胞 p.264
肺 p.269
脑 p.271
情绪 p.277

心脏内部构造

心脏每时每刻都在泵压血液环绕周身流动。右心室将血液输送到肺。左心室将血液输送到身体其他部位。

这条动脉将缺氧血液输送到肺。

中庭

心脏的两侧各有一个"房间"，被称为心房。

瓣膜

瓣膜是一张单向"门"，所以血液只能朝着一个方向流动。

血液循环

含有氧气的血液在心脏的泵压下环绕身体流动。血液将氧气运送至身体的各个位置，然后回到心脏，再被泵压至肺。

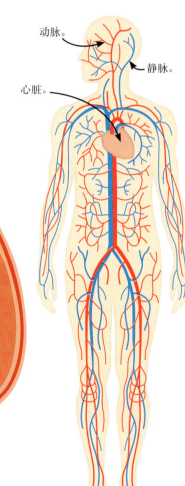

动脉。

静脉。

心脏。

血管

血液

血液中含有各种细胞，红细胞可以运输氧气和废气，白细胞可以消灭病菌。身体不小心被划伤时，破损的小片细胞会粘连在一起形成血痂。

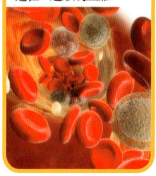

静脉

身体各部位的血液流回心脏时经过的血管被称为静脉。

动脉

血液被心脏泵送到身体各处时经过的血管被称为动脉。

肺 (Lungs)

我们的肺会不断吸进和呼出空气。肺从空气中吸收氧气，然后将氧气转化到血液中。身体的每一个部分都需要氧气，因此需要肺收集氧气，然后通过血液将氧气输送到全身各处。

请参阅

气体 p.185
声音 p.198
人体 p.263
骨架 p.266
心脏 p.268
脑 p.271

肺

肺是充满管道和肺泡的"海绵袋"。肺泡是气体交换的场所。肺的作用是吸入氧气，呼出二氧化碳。

鼻子
我们通过鼻子或嘴巴呼吸空气。

气管
这根管道把空气输送到肺，它就是众所周知的气管。

支气管
这两根管道把支气管连接到肺。

细支气管
空气会进入这些微小的气管。这些气管末端都连接着一个叫作肺泡的气囊。

膈肌
这块肌肉通过改变肺的形状，使得我们可以吸气和呼气。

肺泡中的氧气扩散到血液中，同时血液中的二氧化碳从肺泡释放出去。

肺泡或气囊

呼吸

我们的呼吸需要多块肌肉协同工作。位于肺下方的膈肌，还有更多环绕在胸腔周围的肌肉，它们协同工作以改变肺的大小和形状。

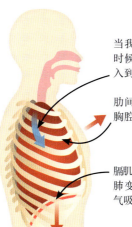

当我们吸气的时候，空气进入到肺。

肋间肌收缩，胸腔变大。

膈肌向下收缩，肺变大，将空气吸进肺。

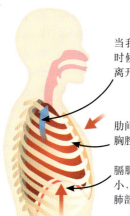

当我们呼气的时候，空气会离开肺。

肋间肌舒张，胸腔变小。

膈肌舒张、肺变小，将空气排出肺部。

喉头

喉头位于咽喉部位，可以防止食物进入肺，若食物不小心进入肺，喉头会让我们咳嗽，以将食物咳出。我们说话唱歌也离不开喉头。

消化（Digestion）

消化是指我们吃下的食物被分解和吸收的过程。我们的身体通过消化来获取生命活动所需的能量。消化系统从你的嘴巴开始，一直到臀部才结束。

请参阅
饮食 pp.106~107
食物 p.173
人体 p.263
肺 p.269
味觉 p.274

食物的旅行

食物被吞下后就会进入到胃里。然后它会穿过肠道，最后被排出体外。

食道

小肠
经过胃部之后，食物变成泥状液体进入小肠。

胃
胃在搅拌食物的过程中，会往食物里加入胃液。

一顿大餐想要通过消化系统的层层关卡，一般需要 **1~3天**。

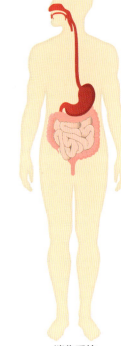

消化系统

大肠
食物中的废物经过大肠，最终以粪便的形式排出体外。

嘴巴

我们的嘴巴会将食物嚼碎，并与唾液混合。如下图所示，不同的牙齿有不同的职能。经过咀嚼的食物被咽下后，便进入到食道中。

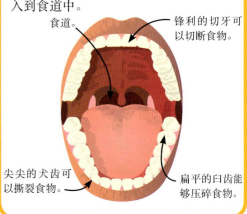

食道。

锋利的切牙可以切断食物。

尖尖的犬齿可以撕裂食物。

扁平的臼齿能够压碎食物。

脑（Brain）

脑控制着整个身体。每当我们思考、感受或运动时，脑都在活动，甚至在我们睡觉的时候脑也会持续运转。脑是生命世界中最为复杂的器官。

请参阅

机器人　p.233
人体　p.263
人体细胞　p.264
视觉　p.272
情绪　p.277
睡眠　p.280

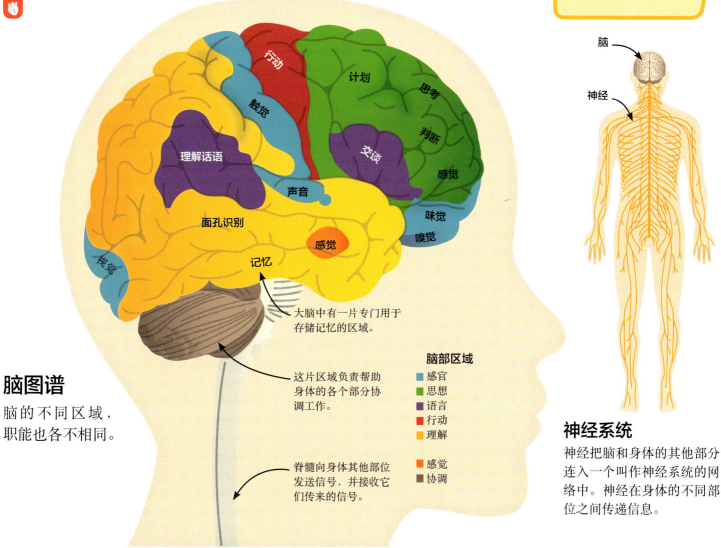

行动
计划
触觉
思考
判断
理解话语
交谈
声音
感觉
面孔识别
味觉
感觉
嗅觉
视觉
记忆

大脑中有一片专门用于存储记忆的区域。

这片区域负责帮助身体的各个部分协调工作。

脊髓向身体其他部位发送信号，并接收它们传来的信号。

脑图谱

脑的不同区域，职能也各不相同。

脑部区域

■ 感官
■ 思想
■ 语言
■ 行动
■ 理解
● 感觉
■ 协调

脑
神经

神经系统

神经把脑和身体的其他部分连入一个叫作神经系统的网络中。神经在身体的不同部位之间传递信息。

思考

脑是由叫作神经或神经元的微小细胞组成的。神经元看起来像一棵小树。当我们思考时，电信号和化学信号在神经元中快速传递。

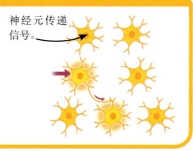

神经元传递信号。

单独行动

脑调控的某些生命活动并不需要我们思考。例如，脑可以控制呼吸，还可以让我们的心脏以合适的频率跳动从而为身体的各个部位供血。

视觉 (Sight)

视觉是指我们能够看清物体的形状、大小和颜色。当我们观察周围的物体时，各种颜色的光被物体反射，进入我们的眼睛中。

请参阅

细胞 p.170

光 p.193

人体细胞 p.264

肌肉 p.267

脑 p.271

听觉 p.273

嗅觉 p.275

我们是怎么看到物体的

眼睛后面的微型传感器接收到光并向大脑发送信号，转化成我们看到的影像。

眼睑

睫毛

泪腺

眼泪在这里产生。当我们眨眼时，我们的眼睑用液体擦拭眼球，以清除灰尘。

瞳孔

外眼

虹膜

虹膜是眼睛中有颜色的部分，它可以改变瞳孔的大小。

眼镜

如果晶状体不能把光线聚焦在正确的位置上，我们看到的图像就会模糊不清。眼镜中的透镜可以改变光线聚焦在眼睛中的位置，让图像变得清晰。

一些人使用眼镜来帮助他们阅读

虹膜

角膜

角膜能够折射进入眼睛中的光线。

我们的眼球有 **1/6** 露在外面。

瞳孔

当光线变暗时，瞳孔会变大，让更多的光线进入到眼中；当光线变亮时，瞳孔会变小，仅让较少的一部分光线进入眼中。

晶状体

晶状体使光线在眼睛的后面聚焦，让我们看到的画面更加清晰。

视网膜

眼睛后方视网膜上的细胞用来收集关于颜色、光线和形状的信息。

眼球

视神经

视神经把从眼睛中收集到的信息传递给大脑。

肌肉

听觉（Hearing）

当我们的耳朵接收到声音时，听觉就产生了。声音是由物体振动产生的声波，它可以通过空气传播到我们的耳朵中。声音进入耳朵深处的结构中，我们的大脑就会识别出所听到的声音。

请参阅

音乐 pp.24~25
声音 p.198
收音机 p.224
通信 p.232
人体 p.263
脑 p.271

耳朵

内耳和外耳隐藏在我们的头部中，所以耳朵比从外面看起来的样子要大得多。

耳朵内部结构

耳朵里最小的骨骼只有**一粒米**那么大。

耳朵像捕捉声音的"杯子"。

外耳

2.鼓膜
鼓膜是一个微小的圆盘，上面覆盖着薄膜。鼓膜能接收到声音的振动。

3. 骨头
三块被称为听小骨的骨头，向前传递着振动。

内耳

5.神经
神经以电信号的形式将声音信息传递给大脑。

1. 耳道
声音的振动通过空气传入耳朵。

中耳

内耳的卷曲部分被称为耳蜗。

4. 内耳
内耳含有满载液体的管道，这种振动传入内耳管道中的液体，使得耳蜗中的毛细胞侦测出声音。

聪明的人脑

脑能够理解从耳朵传来的信号。例如，当他人在和我们说话时，人脑就能够理解声音的含义。

味觉（Taste）

每当我们吃东西的时候，我们嘴巴中微小的凸起就能感觉到食物的味道，这些味道包括酸、甜、苦、辣、咸。嘴巴向我们的大脑发送信息，大脑便能识别出我们吃的或喝的东西的味道。

味觉和嗅觉

舌头上的味蕾和鼻子里的黏膜协同工作，告诉我们食物品尝起来的味道。

苦
苦味的食物包括橄榄、咖啡豆和可可豆。

酸
柠檬、酸橙和葡萄柚尝起来酸酸的。而酸味也有可能是食物变质的标志。

盐
向菜里添加适量的盐可以让菜品尝起来更加美味。我们的身体也需要少量的盐来保持健康，但是摄入过量的盐对我们的身体有害。

咸
咸味的东西包括酱油、帕玛森芝士。

人体每隔**两周**就会再生并更新所有的味蕾。

味蕾

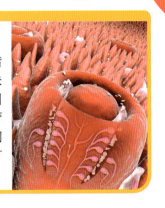

我们的舌头和嘴巴带有微小的味觉感受器——图中这种叫作味蕾的小疙瘩。我们每个人大约有10000个味蕾。

甜
蜂蜜和水果这样的食物尝起来是甜的，因为它们含有天然的糖分。

274

嗅觉 (Smell)

嗅觉是我们的感觉之一。当飘浮在空气中的组成某些物体的微粒进入我们的鼻腔，我们便闻到了气味。随后，大脑会告诉我们它和从前闻到的哪些气味相似。

我们怎样嗅到气味

我们闻到的任何东西都在向空气中释放微小的粒子。这些粒子与我们鼻子里叫作鼻涕的黏液混合在一起，随后鼻子里的传感器侦测到气味后并向大脑发送信号以识别气味。

我们的鼻子可以检测出 **10000多种** 不同的气味！

这个区域能识别出气味，并将信息发送给大脑。

这些细胞是侦测气味的传感器。

大脑帮我们识别气味。

鼻涕
这种黏液和气味混合在一起，帮助传感器细胞检测出它是什么。

鼻骨

气味进入鼻子

鼻腔
这是呼吸的主要气道。它与喉咙和口腔相连。

舌头上有味觉感应器。

嗅觉和味觉

嗅觉和味觉是紧密相关的。如果你捏住自己的鼻子，就很难识别出所品尝的东西的味道。

触觉（Touch）

触觉是我们感觉周围世界的方式之一。当我们触碰到某些东西时，我们皮肤中的传感器会向我们的大脑发送信息。我们可以判断物体是粗糙的还是光滑的，热的还是冷的，还可以感受到物体作用于我们的压力。

请参阅

温度 p.199
人体 p.263
人体细胞 p.264
皮肤 p.265
肌肉 p.267
脑 p.271

感受事物

皮肤中微小的传感器叫作细胞或神经元。这些神经元能收集我们触觉的信息，并向大脑发送电信号。

热和冷

我们可以感受到物质的冷热程度。我们的皮肤会告诉我们尽快远离一些过热的东西。

坚硬和柔软

我们通过触摸物体时它们反作用于我们的力来感受物体的硬度。

盲人通过触摸书页上的一系列小凸点来阅读，这些凸点被称为**盲文**。

光滑和粗糙

我们能够感觉到物体表面非常微小的凸起，并能感受到物体质地的差别。

疼痛

你皮肤上的神经元也能侦测出损伤。如果我们被划伤或被烧到时，神经元就会向我们的脑部发送让我们感到疼痛的信息。

湿润和干燥

我们仅凭触摸就能发现湿润、黏稠和干燥物体之间的不同。

情绪(Feelings)

情绪就是我们对发生在我们身上的事情产生的反应。情绪影响着我们的大脑、身体以及举止行为。向他人表达我们的感受和情绪非常重要，它可以让我们感觉到彼此之间是紧密联系的。

请参阅

绘画与雕塑 p.12

语言 p.35

哲学 p.38

心脏 p.268

脑 p.271

味觉 p.274

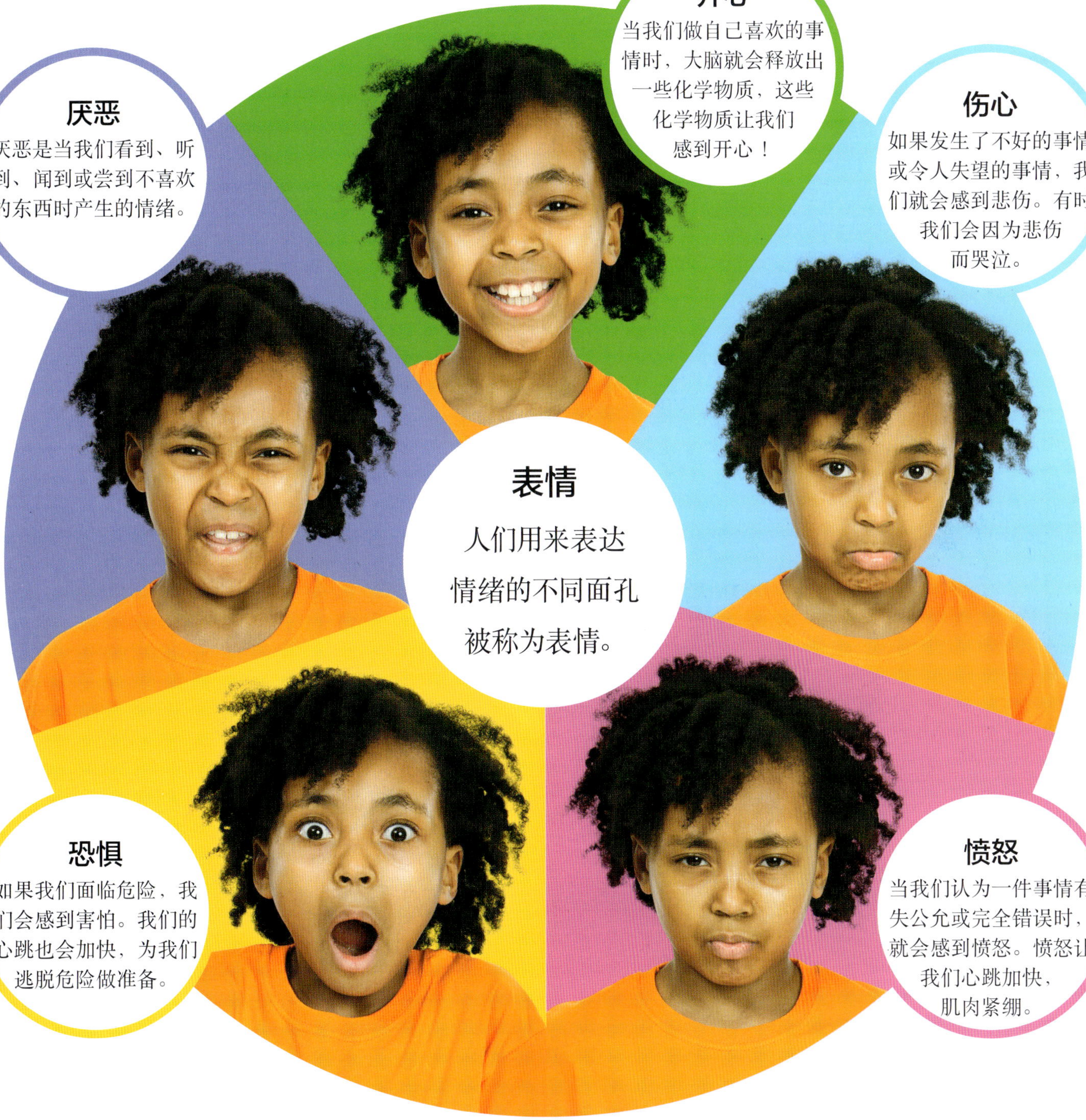

开心

当我们做自己喜欢的事情时，大脑就会释放出一些化学物质，这些化学物质让我们感到开心！

厌恶

厌恶是当我们看到、听到、闻到或尝到不喜欢的东西时产生的情绪。

伤心

如果发生了不好的事情或令人失望的事情，我们就会感到悲伤。有时我们会因为悲伤而哭泣。

表情

人们用来表达情绪的不同面孔被称为表情。

恐惧

如果我们面临危险，我们会感到害怕。我们的心跳也会加快，为我们逃脱危险做准备。

愤怒

当我们认为一件事情有失公允或完全错误时，就会感到愤怒。愤怒让我们心跳加快，肌肉紧绷。

生命循环 (Life cycle)

像所有的动物一样，人类出生、成长、然后有自己的孩子，完成生命的循环。一个人从出生到成年的过程中会经历许多不同的阶段。

请参阅

变态动物　p.161
细胞　p.170
人体　p.263
人体细胞　p.264
骨架　p.266
基因　p.279

婴儿

婴儿无法自己饮食也无法说话，他们需要父母或其他监护人的悉心照料。

学步的幼儿

幼儿开始蹒跚学步、牙牙学语，并且能够自己吃饭了。他们长出了乳牙，再长大一些，乳牙会脱落，被恒牙替代。

成长

每个人的生命都是从两个细胞开始。我们长成孩子，然后成长为成年人。

精子和卵子

精子与母亲子宫内的卵细胞结合形成受精卵。9个月后，这些细胞发育成了一个婴儿。

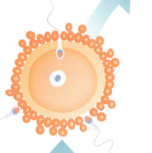

儿童

儿童发育和学习的速度都很快。他们的个头比成年人小，而且还有许多技能需要学习。

有记录以来，**寿命最长**的人活了122年零164天。

成年人

成年人可以生育自己的孩子。这时的男性已经可以产生精子，女性可以排卵了。

青少年

一种叫作激素的化学信号，让孩子逐渐成长为成年人。

未出生的婴儿

受精卵在母亲的子宫里逐渐长成婴儿。医生借助超声波观察发育中的婴儿，12周时，婴儿和一颗青柠檬差不多大。

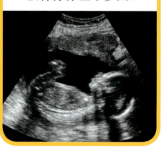

基因 (Genes)

基因是决定你成为现在这个模样的遗传指令，比如肤色、发色和身高这些特征都受基因支配。我们的基因一半来自母亲，另一半来自父亲。

请参阅

哺乳动物　p.144
科学　pp.166～167
进化　p.172
人体　p.263
人体细胞　p.264
生命循环　p.278

遗传

脸型、眼睛颜色和发质都是由母亲或父亲的基因决定的。肤色的差别取决于皮肤中一种被称为黑色素的化学物质的多少。

母亲

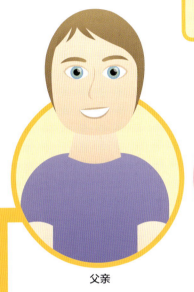

父亲

如果你将人体内的所有**DNA**解螺旋，长度将是地球到太阳往返距离的**400倍**。

她和她爸爸一样，长着浅棕色的直发。

她的脸型遗传了她妈妈的基因。

他的眼睛和他妈妈的眼睛一样呈棕色。

他长着和他妈妈一样的黑色卷发。

她的头发像妈妈的头发一样卷曲着，而头发颜色像她爸爸的头发一样呈浅棕色。

她的肤色可以和父母双方中的任意一方相同，或介于父母双方肤色之间。

孩子1

孩子2

孩子3

大部分动物都会从它们父母那里获得不同的基因组合，而克隆出的动物与它基因提供者的基因完全相同。克隆羊多利是第一只克隆动物，它的基因取自一只母羊的体细胞。

DNA是什么?

基因由具有特定遗传效应的DNA片段组成。除了同卵双胞胎有相同的DNA之外，每个人的DNA都不相同。

DNA像一把扭曲的梯子。

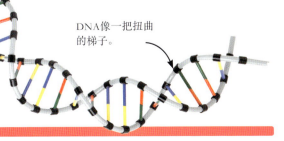

睡眠 (Sleep)

我们每天晚上都会睡觉，我们的身体借此休息、修复并生长发育。当我们睡觉时，大脑会整理从我们的感官中收集到的信息，其中一些信息会被删除，一些信息则被存储为记忆。我们需要通过睡眠来维持身体健康。

睡眠模式

我们的睡眠会经历不同的阶段。每晚的睡眠都会经历几个睡眠阶段。

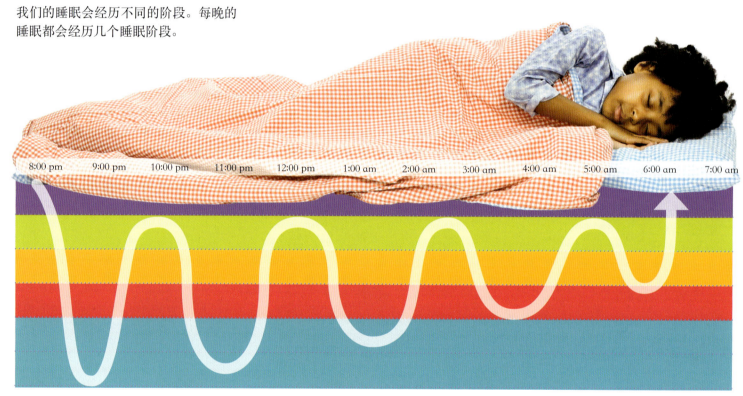

8:00 pm　9:00 pm　10:00 pm　11:00 pm　12:00 pm　1:00 am　2:00 am　3:00 am　4:00 am　5:00 am　6:00 am　7:00 am

■ **清醒**
我们在清醒时会对周围的环境保持警觉。

■ **做梦**
我们在睡眠较浅时会做梦。我们每晚会做3～7个梦。

■ **浅睡眠**
呼吸逐渐放缓，但大脑仍处于活跃状态，这个阶段的你还很容易被唤醒。

■ **入睡期**
相比深度睡眠期，我们在入睡期的身体活动更加频繁。

■ **深度睡眠**
我们的身体正是在这段时间生长发育并修复肌肉、骨骼等。

我们为什么要睡觉

睡眠很重要，如果没有睡眠，我们的脑和身体会逐渐停止运转。

记忆
当我们睡觉的时候，大脑会删除无用的信息并将相对重要的信息存储下来。

修复
当我们获得充足的高质量睡眠时，我们的身体就会恢复得更好更快。

能量
如果我们得不到充足的睡眠，我们就会缺乏能量并想吃甜食。

成长
当我们进入深度睡眠阶段，身体会生长发育、肌肉和骨骼等组织会得到修复。

你一生中有**三分之一**的时间用于睡觉。也就是大约**30年**！

疾病（Sickness）

如果被称作病菌的微生物进入我们的身体，我们就会生病。病菌无处不在——空气中、我们的食物中及其他我们接触的物体中。我们的身体有许多不同的方式能避免我们被病菌伤害。

身体防御

人体免疫系统能阻挡入侵人体的病菌，避免病菌伤害我们。它们还能杀死部分入侵的病菌。

黏液（鼻和喉）

在我们呼吸时，黏液会吸附病菌。鼻毛将黏液转移到口腔，在那里，病菌和黏液被咽下。

感官

视觉、嗅觉和味觉能避免我们食用已经变质的食物。

眼泪

水一样的眼泪能洗去我们眼睛中的污垢，也能杀死细菌。

耳垢

耳朵会产生黏稠的耳垢，把细菌和污物排出来。

唾液

唾液也被称为口水，它通过杀死细菌来保护口腔。

皮肤

皮肤形成防护屏障，阻止细菌进入体内。

白细胞

你血液中的白细胞可以杀死细菌。

胃酸

胃里的化学物质能杀死大多数我们吞下的细菌。

有益菌

肠道内的有益菌能够阻止病菌生长。

1000个细菌能同时覆在一个针尖上，它们特别微小。

预防疾病

打喷嚏时捂住口鼻能阻止这些病菌通过空气快速传播。

参考（Reference）

在本节中，你可以从信息列表和图表中找到一些有效的参考信息。

艺术家

艺术家是通过绘画、雕塑或其他创造活动来表现艺术的人物。在人类早期，艺术家们也在洞穴内壁上作画。许多艺术家都因开创了新的艺术风格或绘画方法而闻名于世。

乔托 1266—1337

意大利画家，是欧洲写实派的鼻祖。他的作品标志着文艺复兴时期写实主义绘画风格的开始。

扬·凡·艾克 1390—1441

第一位对油画艺术技巧的纵深发展做出巨大贡献的画家，来自现在的比利时。

达·芬奇 1452—1519

意大利画家、发明家和思想家，他笔下的人物表情自然真实。他最有名的画作是《蒙娜丽莎》和《最后的晚餐》。

米开朗琪罗·博那罗蒂 1475—1564

意大利画家、雕刻家、建筑师和诗人，常被称作"米开朗琪罗"。他在西斯廷教堂的穹顶和内壁上创作的大型宗教壁画《创世纪》是现存于世的最著名的艺术品之一。

拉斐尔 1483—1520

意大利宗教画家和肖像画家。他沿用达·芬奇和米开朗基罗的创作技巧，创作了对美术史有着数百年影响的绘画作品。

提香 1488—1576

来自意大利威尼斯的画家，绘画作品以神话场景和现实人物形象为主，因用色明亮艳丽而闻名。

彼得·保罗·鲁本斯 1577—1640

生活在现今比利时地区的艺术家和外交使节。他是巴洛克风格画最著名的代表人物之一，巴洛克风格即继文艺复兴后的一种充满故事性和韵律感的绘画风格。

克劳德·洛兰 1600—1682

一位活跃于意大利的法国风景画家。他画的风景通常含有古代遗迹，他的画还引领了当时的园林风景设计潮流，人们纷纷开始将自己的土地装饰成他画中的样子。

伦勃朗 1606—1669

荷兰画家，他凭借自身高超的绘画技术在画布上展现人们的情感。他的许多名画都是自画像。

弗朗西斯科·戈雅 1746—1828

西班牙画家，后成为西班牙宫廷画家。他的作品也包括描绘梦魔和战争的恐怖绘画。

葛饰北斋 1760—1849

擅长描绘日常生活和风景的日本艺术家。他的许多作品都是在描绘白雪皑皑的日本火山——富士山。

J.M.W.特纳 1775—1851

英国画家，他的作品表现了他对旅行、海洋、历史和文学的浓厚兴趣。他的后期作品所展现的场景有时几乎完全被雨雪或雾掩盖。

约翰·康斯特勃 1776—1837

英国风景画家，以描绘乡村日常风景而闻名，他的名作包括《干草车》和《麦田》。

欧仁·德拉克洛瓦 1798—1863

浪漫主义时期的法国画家，那一时期的艺术、文学和音乐等作品都重在表达内心情感。他的画作多以戏剧为主题，并在画中刻意表现个人的绘画笔触。

保罗·塞尚 1839—1906

法国画家，也被称为现代艺术之父。他的作品以风景画和静物画为主，画面常由大色块构成。

克劳德·莫奈 1840—1926

法国风景画家，他开创了印象派艺术风格，并致力于描摹事物处于某一瞬间的样子。

文森特·梵高 1853—1890

荷兰画家，他擅长运用明亮的色彩和生动的笔触，并由此形成了独特的绘画风格。不过，他死后才逐渐闻名于世。

爱德华·蒙克 1863—1944

挪威画家，他的童年生活十分悲惨，所以他的许多作品都传达着恐惧和焦虑。他最有名的作品是《呐喊》。

齐白石 1864—1957

来自中国的著名艺术家，他的作品主题囊括了各种各样的动植物。

亨利·马蒂斯 1869—1954

法国画家。通常而言，他会运用一些令人愉悦的明亮色彩来描绘抽象事物，而用极简手法描绘易于辨识的事物。

阿巴宁德罗纳特·泰戈尔 1871—1951

印度画家和作家，他在促进印度艺术的发展，使其免遭英国文化的侵蚀方面做出了巨大贡献（当时印度受到英国统治）。他的叔叔是著名诗人拉宾德拉纳特·泰戈尔。

巴勃罗·毕加索 1881—1973

西班牙画家，也是20世纪最著名的画家。他的作品中运用了多种现代主义绘画手法，同时发展了大量使用三角形和矩形等几何图形进行绘画的"立体主义"。

爱德华·霍普 1882—1967

美国现实场景画家，他所画的不是城市的街道或建筑，就是荒凉孤寂的人。

迭戈·里维拉 1886—1957

墨西哥画家，以色彩丰富、充满动感的壁画闻名，这些画通常有政治寓意。他的妻子是弗里达·卡罗。

马克·罗斯科 1903—1970

美国抽象艺术家，其作品以没有尖锐边缘的彩色矩形块闻名。

萨尔瓦多·达利 1904—1989

超现实主义运动中的西班牙画家和雕塑家。他的作品特点是以高度写实的手法描绘梦境般的场景。

弗里达·卡罗 1907—1954

因自画像而闻名的墨西哥画家，她命途坎坷，幼年便遭遇不测，且从小就受病痛折磨。她是迭戈·里维拉的妻子。

杰克逊·波洛克 1912—1956

美国画家，以"行动绘画"闻名于世——通过将颜料滴溅在画布上创造出抽象的作品。

安迪·沃霍尔 1928—1987

波普艺术的创始人，美国艺术家。他创作的基本元素都是生活中常见的图像——罐头或名人的脸。

安东尼·葛姆雷 1950—

英国雕塑家，其作品包括大型户外装置——英国泰恩河畔纽卡斯尔附近的《北方天使》。

作家

人类有数千年的书写历史，小说、诗歌、戏剧等作品都属于写作范畴。写作可以讲述故事，也可以记录事实。以写作为职业的人被称为作家。

荷马 公元前800年

一位传奇的盲人作家，其代表作是希腊史诗《伊利亚特》和《奥德赛》，讲述了特洛伊战争期间的动人故事。

萨福 公元前630年

古希腊诗人，以情感丰富的爱情诗闻名于世，她的作品至今只有一小部分流传下来。

屈原 公元前340—公元前278年

中国古代诗人和政治家。他最著名的作品是《离骚》。

维吉尔 公元前70—公元前19年

罗马史诗《埃涅阿斯纪》的作者，该诗讲述的是占罗马建国的故事。

乌姆鲁勒·盖斯 500年前后

充满激情的阿拉伯诗人，他被称为阿拉伯诗歌之父。

阿利盖利·但丁 1265—1321

意大利作家，创作了《神曲》——由天堂、炼狱以及地狱三个部分组成的史诗。

杰弗雷·乔叟 1343—1400

英国作家，创作的《坎特伯雷故事集》是一行朝圣者在朝圣的路途中所讲述的故事的合集。

米格尔·塞万提斯 1547—1616

西班牙作家，他的滑稽小说《堂吉诃德》讲述了一个好心却愚蠢的骑士的冒险经历。该书也被誉为欧洲第一小说。

威廉·莎士比亚 1564—1616

英国剧作家、诗人，他有许多著名的作品，其中包括《哈姆雷特》《麦克白》《罗密欧与朱丽叶》《仲夏夜之梦》。

莫里哀 1622—1673

著名的法国演员，喜剧作家。莫里哀是他的艺名，真名是巴蒂斯特·波克兰。

松尾芭蕉 1644—1694

日本诗人。他是日本的俳句大师，俳句由"五—七—五"，共17个字音组成。

伏尔泰 1694—1778

法国作家和思想家，本名是弗朗索瓦—马利·阿鲁埃。他擅于以讽刺的笔法抨击过时的观念，其作品饱受争议。

约翰·沃尔夫冈·歌德 1749—1832

德国作家、诗人和思想家，他的作品广为流传，包括他去世前才完成的长篇叙事诗剧《浮士德》。

罗伯特·彭斯 1759—1796

苏格兰农民诗人。他撰写和修编了包括《友谊天长地久》在内的数以百计的苏格兰歌曲。

威廉·华兹华斯 1770—1850

以自然为灵感之源的英国诗人。

司各特 1771—1832

苏格兰作家、诗人。他是第一个伟大的历史小说家，作品包括《艾凡赫》《清教徒》和《密得洛西恩监狱》。

简·奥斯汀 1775—1817

英国作家，她的包括《艾玛》和《傲慢与偏见》在内的幽默小说至今仍很受欢迎。

汉斯·克里斯蒂安·安徒生 1805—1875

丹麦作家，以《丑小鸭》《小美人鱼》和《卖火柴的小女孩》等童话故事闻名于世。

查尔斯·狄更斯 1812—1870

英国著名小说家，著有《奥利弗·大卫·科波菲尔》和《双城记》等书。

夏洛特·勃朗特 1816—1855

英国作家，《简·爱》的作者。她的姐妹艾米丽（1818—1848、《呼啸山庄》的作者）和安妮（1820—1849，《怀尔德菲尔府的房客》）也是著名的小说家。

波德莱尔 1821—1867

法国诗人。他的作品主要以城市生活和负面压抑的情感为主题，对后世的诗人产生了较大的影响。

列夫·托尔斯泰 1828—1910

俄国作家，著有《战争与和平》和《安娜·卡列尼娜》。

艾米丽·狄金森 1830—1886

思想深刻的美国诗人。她的诗作在她去世后才广为人知。

刘易斯·卡罗尔 1832—1898

英国作家和数学家，他的真名是查尔斯·路德维希·道奇森，《爱丽丝漫游仙境》和《爱丽丝镜中世界奇遇记》是他的代表作。

马克·吐温 1835—1910

美国作家，原名萨缪尔·兰亨·克莱门。他有包括《汤姆·索亚历险记》和《哈克贝利·费恩历险记》等在内的许多作品。

奥斯卡·王尔德 1854—1900

爱尔兰作家，他的作品包括戏剧《认真的重要性》和他唯一的小说《道林·格雷的画像》。

拉宾德拉纳特·泰戈尔 1861—1941

印度诗人、作家、作曲家以及思想家，主要以孟加拉语写作。1913年获得诺贝尔文学奖。

赫伯特·乔治·威尔斯 1866—1946

英国作家、思想家。他的科幻作品包括《时间机器》和《世界大战》。

詹姆斯·乔伊斯 1882—1941

爱尔兰著名小说家，作品包括《尤利西斯》和《芬尼根守灵夜》。

弗吉尼亚·伍尔芙 1882—1941

英国小说家，是意识流文学的代表人物之一。意识流文学是一种文学流派，重在描绘人物的意识流动状态。

T.S.艾略特 1888—1965

美国诗人，作品包括《荒原》。他关于猫的幽默诗后来成为音乐剧《猫》的灵感来源。1948年获得诺贝尔文学奖。

海明威 1899—1961

美国作家，他的作品包括《永别了，武器》和《丧钟为谁而鸣》，两者都是二战时期的作品。1954年获得诺贝尔文学奖。

乔治·奥威尔 1903—1950

英国小说家和散文家，创作了著名小说《动物农场》和《1984》。

加夫列尔·加西亚·马尔克斯 1927—2014

哥伦比亚作家，他的包括《百年孤独》和《霍乱时期的爱情》在内的初期小说都是用西班牙语写的。1982年获得诺贝尔文学奖。

沃莱·索因卡 1934—

尼日利亚剧作家、诗人和小说家。他的作品通常与非洲的政治和社会问题有关。1986年获得诺贝尔文学奖。

J.K.罗琳 1965—

英国著名作家，《哈利·波特》系列畅销书的作者。

科学家

几千年来，科学家们完成了各种重要的发明和探索，直到今天，他们依然在探求宇宙的真理。

亚里士多德 公元前384—公元前332年

古希腊哲学家和科学家，他的物理学思想如今已经过时了，但他仍是一位优秀的生物学家，他最早认识到并指出了许多关于动物的事实。

阿利斯塔克 公元前310—公元前230年

古希腊天文学家，是他最早提出地球绕太阳公转的观点，而不是像人们从前所认为的那样——太阳围绕着地球转动。后来哥白尼也提出了同样的观点。

张衡 78—139

中国科学家和数学家，他发明了一种能探测到方圆500千米以内地震的地动仪。

盖伦 129—200

研究解剖学的希腊医生。尽管他的许多理论后来证明是错的，但在他之后的1300年里，人们都非常重视他的医学著作。

阿尔哈曾 965—1040

阿拉伯数学家、天文学家和物理学家，他是中世纪最伟大的科学家之一，著有《光学宝鉴》一书，在书中介绍了光和视觉的相关理论。

尼古拉·哥白尼 1473—1543

一位波兰天文学家，他提出地球并非静止不动，而是每天绕着地轴自转一周，每年绕着太阳公转一周。

伽利略 1564—1642

意大利物理学家和天文学家，他是第一个使用天文望远镜的人，并发现了木星有卫星。

开普勒 1571—1630

一位德国天文学家，他改进了哥白尼关于地球和其他行星绕太阳公转的理论，指出它们的轨道是椭圆形的而非正圆形的。

威廉·哈维 1578—1657

一位英国医生，他认识到血液是被心脏泵送到全身各处，通过动脉向外输送并通过静脉回流的。

艾萨克·牛顿 1642—1727

提出万有引力的英国物理学家和数学家，他还提出了著名的"力学三大定律"，解释了物体是如何运动和相互作用的。

卡尔·林奈 1707—1778

瑞典生物学家，他提出了用拉丁文来为生物命名的双名法，例如把人类命名为"homo sapiens"。

詹姆斯·哈顿 1726—1797

苏格兰地质学家，他提出了地球的岩石层是在相当漫长的时期内经地质缓慢变化而形成的。

安托万·拉瓦锡 1743—1794

被称为现代化学之父的法国化学家。他引入了化学元素的概念，并命名了气态氧。

亚历山德罗·伏特 1745—1827

1800年，意大利物理学家伏特发明了伏特电堆——串联的电池组。它可以产生稳定的电流。电压的单位"伏特"就是以他命名的。

迈克尔·法拉第 1791—1867

英国物理学家和化学家。他最早发现了电磁感应现象，并提出电场的磁场理论来解释他的发现。

查尔斯·达尔文 1809—1882

英国生物学家，1859年，他的一本关于物种起源的书提出：新物种是通过现有物种进化而来的。

阿达·洛芙莱斯 1815—1852

英国数学家，计算机程序的创始人。她曾为查尔斯·巴贝奇未制作完成的机械计算机编写过一套算法。

格雷戈尔·孟德尔 1822—1884

奥地利科学家。他通过细致的植物实验发现了花朵颜色和种子形状等特征是如何进行代际传递的。

路易斯·巴斯德 1822—1895

法国化学家。他发现变质和腐烂是由微生物导致的，他还提出人类拥有可以避免自己生病的免疫系统。

德米特里·门捷列夫 1834—1907

编写第一版元素周期表的俄国化学家。他根据原子的大小以及它们是否具有相似的属性来确定元素排列顺序。

居里夫人 1867—1934

法国著名波兰裔物理学家。她与丈夫比埃尔共同研究放射性物质，并发现了放射性元素镭和钋，分别于1903年和1911年获得诺贝尔奖。

欧内斯特·卢瑟福 1871—1937

新西兰物理学家，他发现所有的原子中心都有一个微小的原子核，原子核占据了原子的大部分质量（重量）。1908年，卢瑟福获得诺贝尔化学奖。

阿尔伯特·爱因斯坦 1879—1955

出生于德国的物理学家，他最著名的理论是相对论，该理论指出：物质和质量可以相互转化（$E=mc^2$），于1921年获得诺贝尔物理学奖。

阿尔弗雷德·魏格纳 1880—1930

德国气象学家，他提出了地球板块是在缓慢移动的学说（大陆漂移说）。

尼尔斯·玻尔 1885—1962

丹麦物理学家，他补充了欧内斯特·卢瑟福的观点，认为电子是在固定轨道上绕着原子移动，并于1922年获得诺贝尔物理学奖。

多萝西·霍奇金 1910—1994

英国化学家，通过X射线分析出了有机分子构造，而后又发表了青霉素与胰岛素的分子结构。

艾伦·图灵 1912—1954

英国数学家，计算机科学创始人。在第二次世界大战期间，他帮助破解了德国的军事密码，后来他又参与了第一台实用电脑的研发。

弗朗西斯·克里克 1916—2004 和詹姆斯·沃森 1928—

克里克（英国物理学家）和沃森（美国生物学家）在1953年共同发现了DNA的双螺旋结构，并于1962年被共同授予诺贝尔医学奖。

罗莎琳德·富兰克林 1920—1958

英国化学家，他为弗朗西斯·克里克和詹姆斯·沃森发现DNA螺旋结构提供了大量证据。

林恩·马古利斯 1938—2011

美国生物学家，提出动植物体内的真核细胞都是由细菌大小的细胞进化而来的，而这些细菌大小的细胞在以前是以共生关系存在的。

史蒂芬·霍金 1942— 2018

帮助我们进一步了解黑洞、宇宙起源和时间本质的英国物理学家。

字母与书写规范

字母表是一组字母的组合，每个字母都有其特定的发音，语言中的词汇就是由这些字母组成的。

古希腊语

Αα	Ββ	Γγ	Δδ	Εε	Ζζ	Ηη	Θθ
alpha	beta	gamma	delta	epsilon	zeta	eta	theta
Ιι	Κκ	Λλ	Μμ	Νν	Ξξ	Οο	Ππ
iota	kappa	lambda	mu	nu	ksi	omicron	pi
Ρρ	Σσς	Ττ	Υυ	Φφ	Χχ	Ψψ	Ωω
rho	sigma	tau	upsilon	phi	chi	psi	omega

古希腊字母

古希腊使用24个字母。拉丁字母表是以它为基础衍生出来的。

拉丁语（罗马）

Aa Bb Cc Dd Ee Ff Gg Hh Ii Jj Kk Ll Mm

Nn Oo Pp Qq Rr Ss Tt Uu Vv Ww Xx Yy Zz

拉丁字母

拉丁字母现在仍然在许多欧洲语言中使用。有3个字母是后来加进去的：J、U和W。

阿拉伯语

ا ب ت ث ج ح خ د ذ ر ز س ش ص

ض ط ظ ع غ ف ق ك ل م ن ه و ي

阿拉伯字母

阿拉伯字母有28个字母。它从右到左阅读，没有单独的大写字母。有些元音有自己的字母，但有些则通过在辅音上加符号来表示。

汉语（普通话）

女	男	子	头	手	脚	日	月
woman	man	child	head	hand	foot	sun	moon
土	水	火	金	木	山	云	龙
earth	water	fire	metal	tree	mountain	cloud	dragon
狗	猫	马	鸟	北	南	大	小
dog	cat	horse	bird	north	south	big	small
刀	叉	辣	冷	春天	夏天	秋天	冬天
knife	fork	hot	cold	spring	summer	autumn	winter

汉字

中文没有字母表，相反，叫作字符的符号可以表示整个单词。在中国不只有一种语言，普通话是使用最普遍的语言。

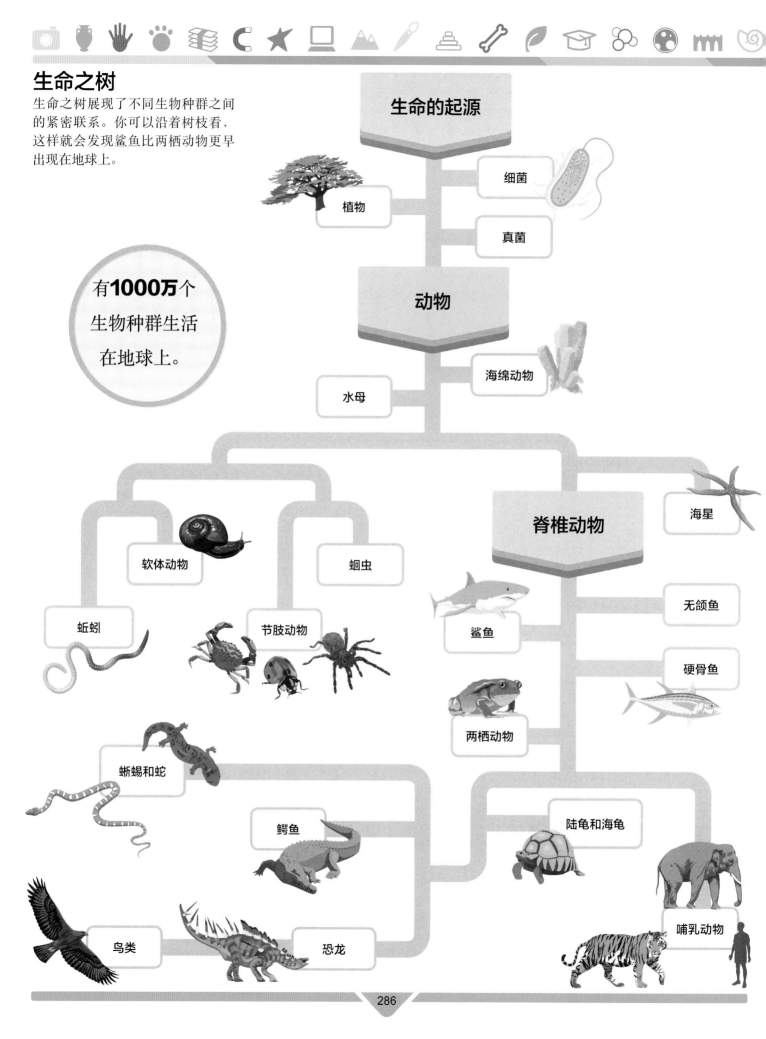

生命之树

生命之树展现了不同生物种群之间的紧密联系。你可以沿着树枝看，这样就会发现鲨鱼比两栖动物更早出现在地球上。

有**1000万**个生物种群生活在地球上。

生命的起源

植物

细菌

真菌

动物

海绵动物

水母

脊椎动物

海星

软体动物

蛔虫

蚯蚓

节肢动物

鲨鱼

无颌鱼

硬骨鱼

两栖动物

蜥蜴和蛇

鳄鱼

陆龟和海龟

鸟类

恐龙

哺乳动物

乘法

a与b相乘就是把a个b相加。使用此表可以快速得出1～20任意两个数相乘的答案。

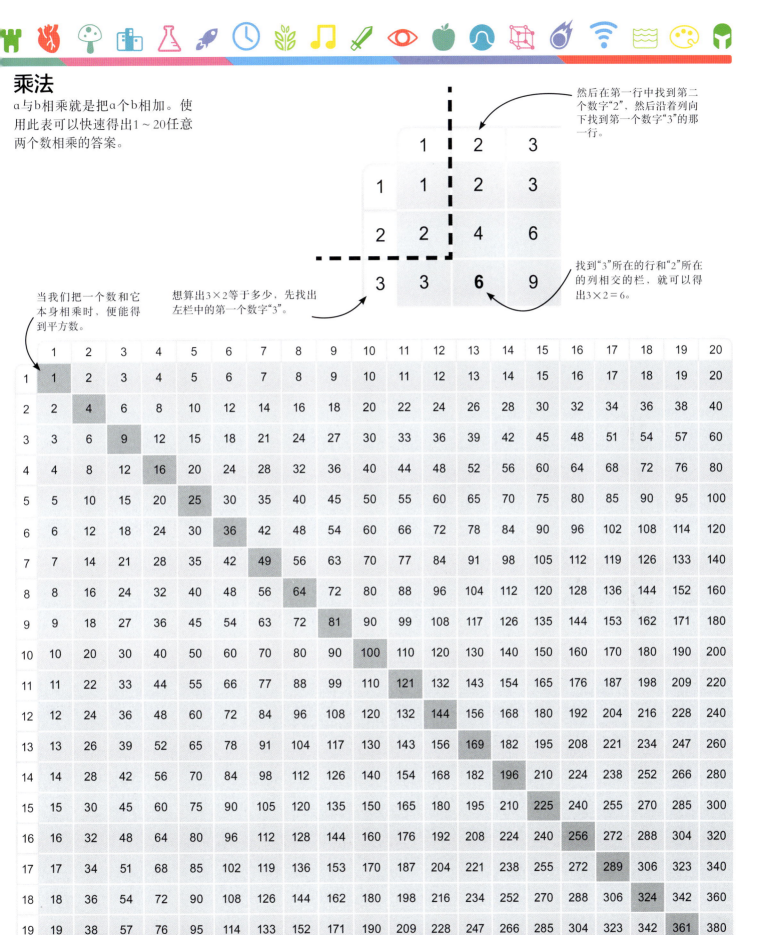

然后在第一行中找到第二个数字"2"，然后沿着列向下找到第一个数字"3"的那一行。

找到"3"所在的行和"2"所在的列相交的栏，就可以得出3×2＝6。

当我们把一个数和它本身相乘时，便能得到平方数。

想算出3×2等于多少，先找出左栏中的第一个数字"3"。

	1	2	3
1	1	2	3
2	2	4	6
3	3	6	9

	1	2	3	4	5	6	7	8	9	10	11	12	13	14	15	16	17	18	19	20
1	1	2	3	4	5	6	7	8	9	10	11	12	13	14	15	16	17	18	19	20
2	2	4	6	8	10	12	14	16	18	20	22	24	26	28	30	32	34	36	38	40
3	3	6	9	12	15	18	21	24	27	30	33	36	39	42	45	48	51	54	57	60
4	4	8	12	16	20	24	28	32	36	40	44	48	52	56	60	64	68	72	76	80
5	5	10	15	20	25	30	35	40	45	50	55	60	65	70	75	80	85	90	95	100
6	6	12	18	24	30	36	42	48	54	60	66	72	78	84	90	96	102	108	114	120
7	7	14	21	28	35	42	49	56	63	70	77	84	91	98	105	112	119	126	133	140
8	8	16	24	32	40	48	56	64	72	80	88	96	104	112	120	128	136	144	152	160
9	9	18	27	36	45	54	63	72	81	90	99	108	117	126	135	144	153	162	171	180
10	10	20	30	40	50	60	70	80	90	100	110	120	130	140	150	160	170	180	190	200
11	11	22	33	44	55	66	77	88	99	110	121	132	143	154	165	176	187	198	209	220
12	12	24	36	48	60	72	84	96	108	120	132	144	156	168	180	192	204	216	228	240
13	13	26	39	52	65	78	91	104	117	130	143	156	169	182	195	208	221	234	247	260
14	14	28	42	56	70	84	98	112	126	140	154	168	182	196	210	224	238	252	266	280
15	15	30	45	60	75	90	105	120	135	150	165	180	195	210	225	240	255	270	285	300
16	16	32	48	64	80	96	112	128	144	160	176	192	208	224	240	256	272	288	304	320
17	17	34	51	68	85	102	119	136	153	170	187	204	221	238	255	272	289	306	323	340
18	18	36	54	72	90	108	126	144	162	180	198	216	234	252	270	288	306	324	342	360
19	19	38	57	76	95	114	133	152	171	190	209	228	247	266	285	304	323	342	361	380
20	20	40	60	80	100	120	140	160	180	200	220	240	260	280	300	320	340	360	380	400

平面几何

二维几何有长和宽，但是没有高。

三角形有3条边，四边形有4条边。

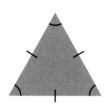

等边三角形
3条边和3个内角都相等。

不等边三角形
3条边和3个角两两不相等。

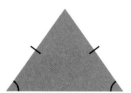

等腰三角形
有2条边和2个内角相等。

与直角相对的边
就是三角形最长
的边。

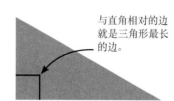

直角三角形
有1个内角是直角。

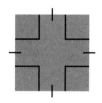

正方形
4条边都相等，4个内角都是直角。

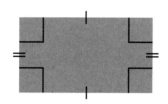

矩形
对边相等，4个内角都是直角。

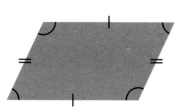

平行四边形
对边相等且平行，对角相等。

菱形
4条边相等，对角相等。

立体几何

立体几何，或称三维几何，
分别有长、宽和高。

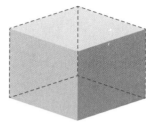

正方体
正方体的12条边完
全相等，6个内角都
是直角。

棱锥体
棱锥体的底可以是三
角形，也可以是其他
多边形。三棱锥有4个
面，6条边。

圆锥
圆锥只有2个面和1个
内角。圆锥的顶点位于
底面圆心的正上方。

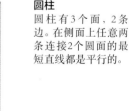

圆柱
圆柱有3个面，2条
边。在侧面上任意两
条连接2个圆面的最
短直线都是平行的。

时间

我们将时间按小时、分钟和秒等单位进行划分。钟表能告诉我们现在是什么时间。

钟面有12个小时的刻度，但是一天一共有24小时。

钟表指针在右侧时向下转动，在左侧时向上转动。我们称之为"顺时针转动"。

时针代表了一天中具体的某个小时。

分针比时针长一些，它所指的数字代表了分钟。

规定每一个小时都是60分钟。

0点
当分针指向12，时针所指的就是当前的时间。

半点
当分针指向6，时间就是时针所指的时间加上30分钟。

过了几分钟
当分针在钟表面右半边时，我们说现在是几时零几分。

一刻钟
分针指向3，表示这一小时已经过了"一刻钟"。

还有一刻钟
分针指向9，表示离下一个小时还有一刻钟。

还有几分钟
当分针在钟表面左半边时，我们说现在离下一个小时还差几分钟。

行星

太阳系中有八大行星，它们的差别甚大。你可以在该表读到它们的一天（即自转一周）等于地球的多少天。

> 金星上的一天相当于地球上的**243天**。

行星名称	离太阳最近的距离	行星直径	绕太阳公转一周所需时间	自转一周所需时间	卫星数量
水星	5800 万千米	4879 千米	88 天	59 天	0
金星	10800 万千米	12104 千米	225 天	243 天	0
地球	15000 万千米	12756 千米	1 年	24 小时	1 个
火星	22800 万千米	6792 千米	1 年零 322天	25 小时	2 个
木星	77800 万千米	142984 千米	11 年零 315天	10 小时	至少 67 个
土星	142700 万千米	120536 千米	29 年零 163天	11 小时	至少 62 个
天王星	287100 万千米	51118 千米	84 年零 6 天	17 小时	至少 27 个
海王星	449800 万千米	49528 千米	163 年零 289天	16 小时	至少 14 个

中国历史朝代表

中国历史悠久，朝代更是零星纷繁，每朝的创建者都会确立一个国号（朝代名称）。本表列举了中国历史各朝代的名称、建立者和起止时间，从夏朝建立开始，到1911年清朝覆灭结束，较小的王朝如"十六国""西夏"等不列入此表。

朝代	建立者	起止时间
夏	禹	前2070—前1600
商	汤	前1600—前1300
商后期（殷）	盘庚（迁殷后）	前1300—前1046
西周	武王（姬发）	前1046—前771
东周	平王（姬宜臼）	前770—前256
秦	始皇帝（嬴政）	前221—前207
西汉	汉高帝（刘邦）	前202—8
东汉	光武帝（刘秀）	25—220
三国		
魏	文帝（曹丕）	220—265
蜀	昭烈帝（刘备）	221—263
吴	大帝（孙权）	222—280
西晋	武帝（司马炎）	265—317
东晋	元帝（司马睿）	317—420
南朝		
宋	武帝（刘裕）	420—479
齐	高帝（萧道成）	479—502
梁	武帝（萧衍）	502—557
陈	武帝（陈霸先）	557—589
北朝		
北魏	道武帝（拓跋珪）	386—534
东魏	孝静帝（元善见）	534—550
北齐	文宣帝（高洋）	550—577
西魏	文帝（元宝炬）	535—556
北周	孝闵帝（宇文觉）	557—581
隋	文帝（杨坚）	581—618
唐	高祖（李渊）	618—907
五代		
后梁	太祖（朱晃）	907—923
后唐	庄宗（李存勖）	923—936
后晋	高祖（石敬瑭）	936—947
后汉	高祖（刘暠）	947—950
后周	太祖（郭威）	951—960
北宋	太祖（赵匡胤）	960—1127
南宋	高宗（赵构）	1127—1279
辽（耶律氏）	太祖（耶律阿保机）	907—1125
金（完颜氏）	太祖（阿骨打）	1115—1234
元（孛儿只斤氏）	太祖（成吉思汗）	1206—1368
明	太祖（朱元璋）	1368—1644
清（爱新觉罗氏）	太祖（爱新觉罗·努尔哈赤）	1616—1911

中国历史大事年表

古代史

距今约170万年

　元谋人生活在云南元谋一带。

距今约70万—20万年

　北京人生活在北京周口店一带。

距今约3万年

　山顶洞人生活在北京周口店一带。

距今约7000—5000年

　河姆渡、半坡原始居民生活的时代。

距今约5000—4000年

　传说中的炎帝、黄帝和尧、舜、禹时期。

夏（约前2070年—约前1600年）

　约公元前2070年，禹建立夏朝。

商（约前1600年—约前1046年）

　约公元前1600年，商汤灭夏，商朝建立。

西周（前1046年—前771年）

　公元前1046年，周武王灭商，西周开始。

　公元前771年，戎族攻入镐京，西周结束。

春秋（前770年—前476年）

　公元前770年，周平王迁都洛邑，东周开始。

战国（前475年—前221年）

　公元前356年，商鞅开始变法。

秦（前221年—前207年）

　公元前221年，秦统一六国。

　公元前209年，陈胜、吴广起义爆发。

　公元前207年，巨鹿之战，刘邦攻入咸阳，秦亡。

西汉（前202年—8年）

　公元前202年，西汉建立。

　公元前138年，张骞第一次出使西域。

　公元8年，西汉灭亡。

东汉（25年—220年）

　公元25年，东汉建立。

　200年，官渡之战。

　208年，赤壁之战。

三国（220年—280年）

　220年，魏国建立，东汉灭亡。

　221年，蜀国建立。

　222年，吴国建立。

西晋（265年—317年）

　265年，西晋建立，魏亡。

　317年，匈奴攻入长安，西晋结束。

东晋（317年—420年）

　317年，东晋建立。

　383年，淝水之战。

南北朝（420年—589年）

　420年，南朝宋建立。

　493年，北魏孝文帝迁都洛阳。

隋（581年—618年）

　581年，隋朝建立。

　589年，隋统一南北方。

　605年，隋开始建大运河。

唐（618年—907年）

　618年，唐朝建立，隋朝灭亡。

　627年—649年，贞观之治。

　贞观年间，玄奘西游天竺。

　7世纪前期，松赞干布统一吐蕃，文成公主嫁到吐蕃。

　唐玄宗时期，鉴真东渡日本。

　713年—741年，开元盛世。

五代（907年—960年）

　907年，唐亡，五代开始。

　10世纪初期，阿保机建立契丹国。

北宋（960年—1127年）

　960年，北宋建立。

11世纪前期，元昊建立西夏。

11世纪中期，毕昇发明活字印刷术。

12世纪初期，阿骨打建立金。

南宋（1127年—1279年）

1127年，金灭北宋，南宋开始。

1206年，成吉思汗建立蒙古政权。

元（1271年—1368年）

1271年，忽必烈定国号为元。

1276年，元灭南宋。

明（1368年—1644年）

1368年，明朝建立。明军攻占大都，元朝在全国的统治结束。

1405年—1433年，郑和七次下西洋。

明成祖时期，营建北京城，迁都北京。

1616年，爱新觉罗·努尔哈赤建立后金。

清（鸦片战争前）1616年—1840年

1636年，后金改国号为清。

1644年，明朝灭亡，清军入关。

1662年，郑成功收复台湾。

1683年，清朝统一台湾。

1684年，清朝设置台湾府。

1689年，中俄签订《尼布楚条约》。

1727年，清朝设置驻藏大臣。

乾隆年间，清朝设置伊犁将军管辖新疆地区。

（*清的灭亡时间是1911年，但因1840年鸦片战争后为近代史，故清末期的大事记详见"近代史"部分）

近代史

1840年—1842年，鸦片战争。

1842年，中英签订《南京条约》。

1856年—1860年，第二次鸦片战争。

19世纪60—90年代，洋务运动。

1894年—1895年，甲午中日战争。

1895年，中日签订《马关条约》。

1898年6月，戊戌变法开始。

1900年，八国联军侵华战争。

1901年，《辛丑条约》签订。

1905年8月，中国同盟会成立。

1911年10月10日，武昌起义爆发。

1912年（民国元年），中华民国成立。

1915年，新文化运动开始。

1919年5月4日，五四爱国运动爆发。

1921年7月，中国共产党成立。

1926年，国民革命军出师北伐。

1927年4月12日，蒋介石发动反革命政变。

1927年7月15日，汪精卫发动反革命政变。

1927年4月，南京国民政府建立。

1927年8月1日，南昌起义爆发。

1927年9月，湘赣边秋收起义。

1927年10月，井冈山革命根据地建立。

1928年，井冈山会师。

1931年9月18日，"九一八"事变。

1934年10月，中央革命根据地主力红军开始长征。

1935年1月，遵义会议。

1935年10月，中国工农红军第一方面军长征到达陕北。

1936年12月12日，西安事变。

1937年7月7日，卢沟桥事变。

1937年12月，南京沦陷，国民政府迁都重庆。日军南京大屠杀开始。

1940年8月，百团大战开始。

1945年8月，日本宣布无条件投降。

1945年10月，重庆谈判，国共两党签订了《双十协定》。

1946年6月，国民党反动派发动全面内战，人民解放战争开始。

1948年9月—1949年1月，中国人民解放军发动辽沈、淮海、平津三大战役，并取得胜利。

1949年4月，中国人民解放军发动渡江战役，国民政府覆灭。

主要宗教

宗教是一套关于某位神或众神的信仰和观念。世界上有许多不同的宗教，信教人群也遍布世界各地。

巴哈伊教

巴哈伊教创立于19世纪中叶的伊朗，该教致力于实现全人类的和平与团结。

佛教

佛教创立于公元前500年左右，由一名印度王子（觉者）创立，后世称之为佛陀。佛教倡导通过精神修行来摆脱欲望与痛苦。

高台教

1926年创立于越南的现代宗教，信奉和平、反对暴力。

基督教

一个信仰耶稣基督的宗教，信徒们认为耶稣是2000年前降临在巴勒斯坦的上帝之子，他能将人类从罪恶中拯救出来。

儒学

中国古代宗教哲学，始于公元前500年左右的哲人孔子。

印度教

印度教是一个古老的宗教，教徒们坚信众生都会经历轮回，即人死后会通过轮回以新的生命形式重生。与其他宗教不同，印度教信奉的神灵众多，且有男有女。

伊斯兰教

信奉伊斯兰教的教众被称为穆斯林。

耆那教

耆那教是一种古老的印度宗教，强调人类应该善待彼此和动物。

犹太教

犹太教即犹太人信仰的宗教，该宗教对基督教和伊斯兰教的发展均产生了较大影响。犹太人信奉耶和华，他们的圣典是《旧约》。

萨满教

萨满教是在较原始的社会团体中普遍存在的信仰。他们相信萨满可以通过与特殊世界的精神交流，对部落产生帮助。

神道教

神道教是发源于日本本土的宗教，信徒认为他们称之为"kami"的神是无所不在的。

锡克教

锡克教于15世纪末创立于印度西北部旁遮普地区，主张宗教之间相互包容。锡克教认为没有始终的唯一的神。传统的锡克教徒会用头巾裹住他们终身不剪的头发。

道教

古老的中国宗教与哲学，主张吸纳、顺应宇宙的自然力量。

拜火教

拜火教是波斯（现在的伊拉克）的一种古老宗教，强调善恶之间存在着永不休止的斗争。现如今它只是一个小宗教。

291

世界地图

陆地面积约占地球表面积的三分之一。陆地被分为七个大洲，大洲上划分出更小的区域，称为国家。

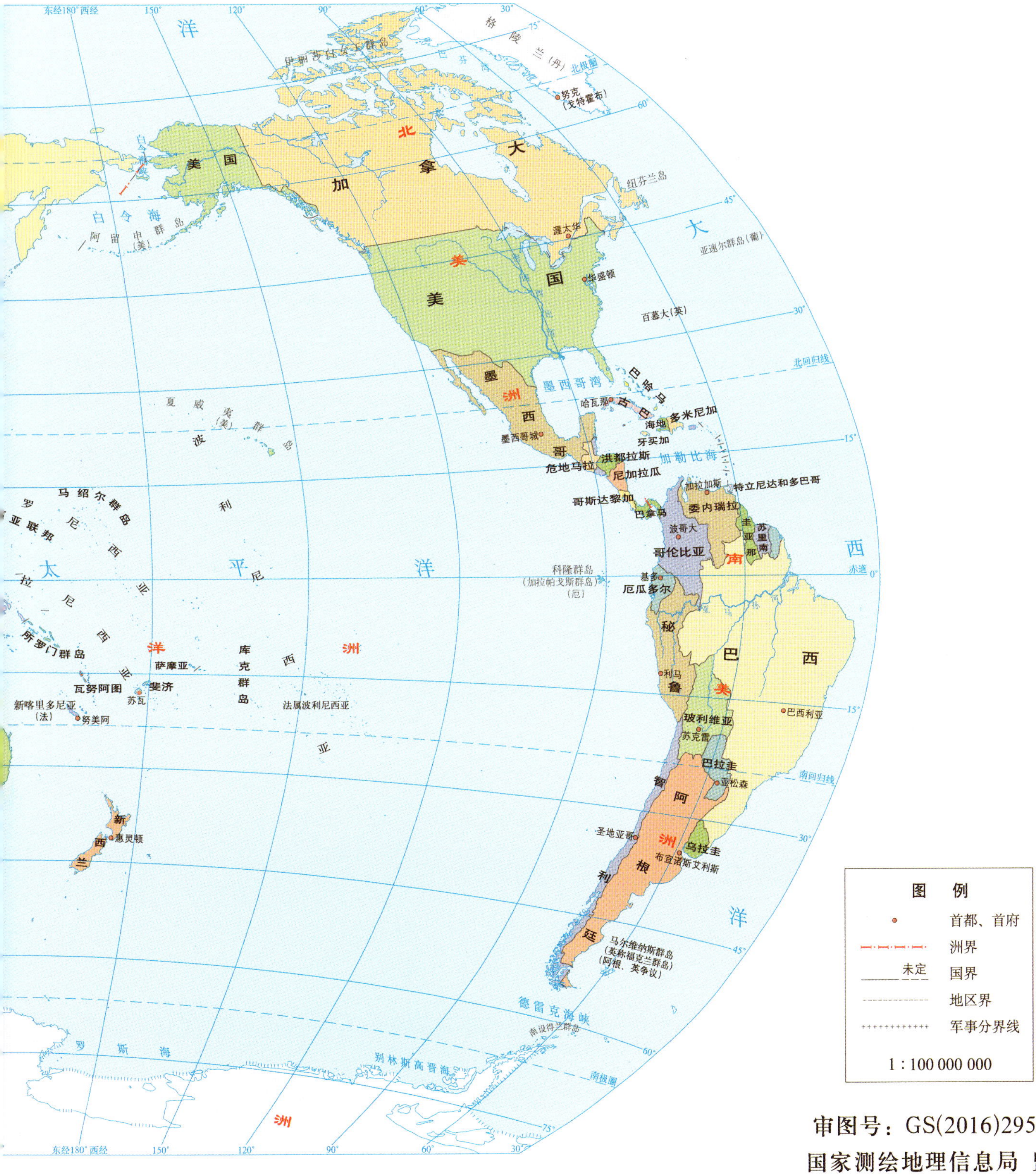

审图号：GS(2016)2953号
国家测绘地理信息局 监制

术语表（Glossary）

抽象

一种不完全照搬现实的艺术形式，它所展示的内容有时和客体有一点相似，有时只是表现一些情绪。

适应力

生物逐渐适应自身所在环境的能力。

代数

一个用字母来指代某个数字或数字之和的数学分支。

两栖动物

在水中孵化和成长的冷血动物，成体既可在陆地上又可在水中生活。

祖先

具有血缘关系的先辈。

触角

昆虫用来感知周围环境的头部的须状物。

家电

通常由电能驱动且具有特定功能的机械设备，如面包机。

渡槽

用以输送水流的架空水槽。

建筑师

进行建筑设计和制定修建方案的人。

盔甲

一种可以包裹身体并具有防御功能的坚硬物件。

军队

由士兵组成的有组织的团体。

人造

非自然产生的，由人类制造的物体。

小行星

围绕太阳公转的小型岩质天体。

小行星带

太阳系内介于火星和木星轨道之间的小行星密集区域。

航天员

经过专门训练，可在太空中执行任务的人。

天文学

一门研究宇宙的科学。

大气层

包裹着地球的空气层。

原子

一种微粒，是可参与化学反应的最

小结构。

引力

推动两个物体相互靠近的力。

雪崩（或山崩）

山腰上大量的积雪或岩石忽然移动崩塌。

轴线

一条穿过具体事物中心点的假想直线，行星或恒星围绕着它进行自转。

细菌

无论是食物里、土壤中，还是人体内，在地球上几乎无处不在的某种微生物。

公元前

公元元年以前的所有年份。

信仰

人们的世界观、价值观以及人生观的综合。

生物学

研究生物及其与栖息地之间关系的学科。研究生物学的人就是我们常说的生物学家。

鸟类

脊椎动物亚门的一纲，恒温动物，长有喙和翅膀，通常可以飞行。它们会产下带有硬壳的卵，并从卵中孵化出雏鸟。

黑洞

宇宙中质量巨大的特殊天体，包括光在内的一切事物都无法逃脱它巨大的引力。

沸腾

当液体被加热到某个特定温度（即沸点）时，液体表面会出现气泡并开始汽化。

分界线

区分两个相邻区域的界限。

品种

具有相似性状的一类家养动物或栽培植物，例如，哈巴狗就是狗的一个品种。

地洞

动物在地上挖掘的洞穴，可用来藏身或居住。

日历

将一年以月和日为单位进行细分，被用来记录日期等信息。

保护色

生物使自身与周围环境融为一体的体表颜色或图案。

肉食性动物

只吃肉的动物，又称猎食者。

软骨

动物体内一种坚硬又富有弹性的致密结缔组织，它不仅是人类的鼻子和耳朵的组成部分，也是鲨鱼骨架的组成部分。

石弩

古代战争中用来远距离投掷石块的机械。

公元

公元元年以来的所有年份。

化学制品

用于粒子（如原子）之间的反应或由反应产生的物质。

化学

一门研究化学物品和它们之间的反应的学科。研究化学的人被称为化学家。

蛹

昆虫（如毛虫）在蜕变的过程中用以包裹身体的坚硬外壳，通常具有一定的伪装作用。

电路

可使电流通过的导电回路。

血液循环

血液经由动脉从心脏流出，经过全身循环后由静脉流回心脏，完成血液循环。

公民

具有某一国国籍，并根据该国法律规定享有权利和承担义务的人。

内战

内战是指在一个现代或近代主权国家内部爆发的战争，或古代一个民族内部爆发的战争。

文明

人类以城邦或国家的形式建立的复杂的社会形态。

气候

一个地区长期且平均的天气特征。

编码

在计算机程序中使用的指令或语言。

冷血动物

体温随外界环境的温度改变而改变的变温动物。

种群

生活在一起的一大群同种生物。

彗星

由尘埃和冰构成的做绕日运动的天体，在靠近太阳的时候会出现彗尾。

竞争

两个或两个以上的人或其他生物，为了得到某种奖励或资源展开的竞赛。

电脑

可以按照程序指示执行较困难任务的机器。

冷凝

气体受冷后逐渐凝结成液体，通常是在较冷的物体表面上凝结成小水珠，如窗户上。

导体

导电性、导热性较好的物体。

针叶树

常绿乔木或灌木，树叶通常呈针状。

征服

一个民族或国家通过暴力手段使另一个民族或国家屈服。

保护

保护濒危动植物的行为。

消费者（生物学术语）

以生产者或其他消费者为食的动物。

洲

地球表面共分为七大洲，它们分别是非洲、南极洲、亚洲、欧洲、北美洲、大洋洲、南美洲。

珊瑚

海洋中一些小生物的外骨骼，大量的珊瑚可以堆积成巨大的珊瑚礁。

核

恒星、行星或卫星的中心部分。

国家

由一个领导人领导，并使用相同国旗的地域集合。

法庭

裁决人民是否违法的地方。

陨石坑

陨石在行星或其他天体表面撞击形成的环形凹坑。

犯罪行为

一种违反法律的行为。

农作物

被批量种植的可食用植物。

壳（qiào）

星球表面的坚硬外壳。

文化

一个地区或国家的人民的生活方式和信仰。

落叶树

在冬季或旱季来临时，所有叶子都会枯死脱落的树种。

分解者

一种能够通过分解动植物遗体或排遗物等所含的有机物质，来创造营养物的生物，通常指真菌。

滥砍滥伐

一种破坏森林的行为。

民主政治

非政府职员的普通民众可以通过投票等方式参与国家决策的一套政治系统。

沙漠

年平均降水量不到50毫米的干旱区域。无论在热带还是寒带都存在沙漠。

独裁者

在独裁或专制体制下，掌握国家最高权力的领导人。

恐龙

数百万年前生活在地球上的一群爬行动物，它们通常有一副庞大的身躯。

外交官

通过前往另一个国家来传递和平友好讯息，维持两国友好关系的官员。

方向

表现物体移动的路径，如向上或向下，向左或向右。

残疾

人们难以或不可能完成某些活动的一种身心状态。

疾病

通常由病菌引发，并使人体免疫系统遭到破坏。

旱季

降水量极少甚至没有降水的一段时期。

地震

由板块运动或火山喷发等自然活动引起的地表震动。

食

宇宙中的某个物体进入另一个物体的阴影里。比如日食和月食。

选举

民众通过投票来选举政府官员的行为。

电

可用于驱动电器的能源。它在自然界中以闪电的形式存在。

元素（化学术语）

具有相同核电荷数的一类原子的总

称。自然界中已被发现的元素有118种，如金、氧和氮。各元素在元素周期表上按序数排列。

皇帝

封建帝国的统治者。

帝国

在一个涵盖不同人口的大片区域内，由一个政府或一个人统治的国家。

濒危

指动植物面临灭绝风险。

能源

可提供能量的载能体资源，如电能、热能。

环境

生物的生存空间及周边元素的总和。

平等

人人享有相同的权利。

赤道

赤道是地球表面的点随地球自转产生的轨迹中周长最长的圆周线，是一条假想线。它到南极点和北极点的距离相等。

侵蚀

岩石表面被风或水逐渐磨损的一种自然现象。

火山喷发

火山灰、岩浆、岩石或大量气体从火山口喷射或流出。

道德

以正确的方式做事，并且考虑到自己的行为对他人产生的影响。

蒸发

液体由于加热而转化为蒸汽或气体的过程。

进化

生物经过数代的演变，最后变成新物种的过程。

太阳系外行星

太阳系外绕恒星公转的星球。

外骨骼

一种无内骨骼动物（如节肢动物）拥有的坚硬外部结构。

实验

为探究事物原理而进行的尝试。

探索者

前往人类未知的区域进行探索的人。

灭绝

组成某个物种的所有动物或植物全部死亡，在地球上再也没有存活的该类物种，即这个物种灭绝了。

工厂

在内部进行批量生产的区域。

受精

雌性提供的卵子和雄性提供的精子相互结合形成受精卵的过程。例如雄蕊的花粉传粉到雌蕊的柱头上，两种植物配子就会融合成合子，即种子。

鳍

生活在水中的生物身上长有平滑的鳍，鳍是能帮助它们适应水中生活的运动器官。

鱼类

生活在水中，体表覆有鳞片的冷血脊椎动物。

柔韧性

指的是物体不易弯折的特性。

漂浮

在液体的表面漂动或停留，不会下沉。

觅食行为

指的是动物在野外主动寻找食物的行为。

力

以推或拉的形式作用于物体，使之开始位移，或加速位移，改变位移方向、减速或停止移动。

异邦

来自于其他国度或地域的人或事物。

化石

以岩石的形态被保存下来的恐龙或其他动植物的尸体。

化石燃料

如煤炭和石油等可燃烧的，由数百万年前动植物尸体在地下被分解而形成的一种不可再生资源。

摩擦力

两个物体的表面相互摩擦时产生的力。

燃料

能通过燃烧产生能量的物质。

菌类

一种微生物群落，比如蘑菇和霉菌，它们通过分解死亡的动植物尸体攫取养分。

星系

由被重力束缚在一起的尘埃、气体和星球组成的超大系统。

气体

没有固定形态的可填充任何空间的物质形态，例如空气。

一代人

年龄相近且通常具有关联的群体。

例如，兄弟姐妹是一代人，他们的父母是另一代人。

遗传学

研究DNA内遗传物质的科学。研究遗传学的人即遗传学家。

几何学

解决与立方体、曲面、线、角度以及空间等相关问题的数学学科。

病菌

如细菌或病毒这样能致病的，非常微小的生命形式。

鳃

鱼类和部分两栖动物的器官，可帮助它们在水下呼吸。

冰川

沿山体一侧滑落或在陆地上缓慢移动的巨大且厚重的冰块，可以塑造多种地貌。

政府

由政府人员组成的对国家进行统治和对社会进行管理的机关。

草原

地表被草本植物覆盖的空旷平原，其上偶有零星点缀的小灌木丛。

引力

将两个有质量的物体相互拉近的无形的力。

栖息地

自然界中适宜动植物生存与繁衍的环境。

硬件（计算机科学术语）

组成计算机的部件，如键盘与屏幕的物理装置的总称。

孵化

动物在卵中逐渐成型并从卵中破壳而出的过程。

半球

在地理学上，地球通常被分为以160°E和20°W为分界线的东西半球，或以赤道为界的南北半球。

植食性动物

以进食植物为生的动物。

畜群

一般由偶蹄动物组成的大动物群。

冬眠

部分动物的生命活动在冬天会进入不活跃期，称为冬眠。

神圣

特指宗教中的人、事物或某些地点给人的感受。

飓风

风力达12级的暴风，破坏性极强。

一模一样

两个或多个人或事物看起来非常相似。

进口

指的是人们或其他行为主体从他国购买货物或服务的行为。

孵卵

伏在卵上加温直至其中的幼崽破壳而出。

指示

关于指导如何行事的命令。

绝缘体

不善于传导电流的物质。

互联网

可通过电脑、手机等设备连接的，由单个网络串联起来的单一的巨大国际网络。

无脊椎动物

背侧没有脊椎的动物。

珠宝

经过切割、打磨、抛光等工序加工后形成的名贵宝石。

关节

体内的两块骨骼交汇之处，如膝盖和肘部。

国王

封建时期统治着一个王国的男性。

知识

关于万事万物的概论。

实验室

科学家进行科学实验的场所。

湖泊

四周由陆地环绕的大片水域。

垃圾填埋场

将垃圾集中填埋入地下的地方。

滑坡

斜坡上的土体或者岩体，受河流冲刷、地下水活动、雨水浸泡、地震及人工切坡等因素影响，在重力作用下，整体地或者分散地顺坡向下滑动。

纬度

环绕地球表面的水平线即纬线上的点代表的具体地理位置信息。你可以通过纬度判断该地理位置的南北方向。

熔岩

以高温液体形态呈现的已熔化的岩石，仅存在于地表。

光

一种可视的能量，植物通过光合作用产生有机物。

光年

光年是一个距离单位，指光在宇宙真空中传播一年所经过的距离。一光年约等于9.5万亿千米。

液体

没有明确形状的流动物质，其形状受容器影响。

经度

与赤道平行的经线上的点代表的具体地理位置信息。你可以通过经度判断该地理位置的东西方向。

肺

脊椎动物体内用来呼吸的器官。

奢侈

过分昂贵的开销，或仅仅出于欲求而非必要性的消费。

机器

靠能源驱动的，可执行任务的机械装置。

岩浆

以高温液体形态呈现的已熔化的岩石，存在于地表之下。

磁场

环绕在磁铁、行星、恒星和星系周围的有磁力的区域。

磁力

由磁体产生的，可吸附某些金属的不可见力。

放大

使一个物体看起来比原来更大。

哺乳动物

恒温脊椎动物，体表覆盖着毛发，幼崽由雌性动物哺乳喂养。

地幔

行星或卫星的地壳和地核之间的圈层。

手稿

手写的书稿、诗稿或其他稿件。

交配

一对异性动物共同繁殖下一代的过程。

材料

用于制作或建造的基本物质，分为天然的和人工的。

数学

一种研究数字与方程的科学。研究

数学的人即数学家。

物质

任何物体都是由物质组成的。

熔化

将固体物质加热到液体状态的过程。

记忆

人们记住已经发生过的事情或计算机存储信息的能力。

商人

以采购和销售为业的人。

变态（生物学术语）

部分生物从幼年期到成年期会经历的一次形态和构造的巨大变化。

流星

流星体进入地球大气层时因燃烧产生的光带，有时被称为"坠落的恒星"。

陨石

来自太空的坠落在星球表面的岩石。

显微镜

将极小的物质放大呈现用以科学观察的器械。

微观

微小到只能被显微镜观测到的物体的空间维度。

迁徙

指的是动物们为了寻找食物和求得生存进行的漫长的有规律的远距离行进活动。

银河系

地球所在的星系。

矿场

开采煤矿石、铁矿石、铜矿石或各类宝石和钻石等自然资源的场所。

矿物

晶体形态的自然物质，如碳酸氢钠（食用盐）。宝石就是经过打磨加工的矿物。矿物也是组成岩石的基本单元。

混合物

由两种或多种不同的物质混合而成的物质。

纪念碑

为纪念某个人物或某件历史事件而竖立的碑。

卫星

围绕行星或小行星按闭合轨道做

周期性运行的天然天体，通常由岩石或岩石和冰构成。

导航

可为两个地理位置之间的位移提供路径。

诺贝尔奖

表彰在不同领域做出特别贡献的一个或多个人。该奖项每年颁发一次。

小说

讲述故事的书。

核（此处特指原子核或细胞核）

原子或细胞中心部分。

营养

为生物的生存、成长或其他生命活动提供能量和必要的化合物的食物或其他物质。

杂食性动物

既食肉也食用各类植物的动物。

轨道（天文学术语）

一个天体被另一个天体的引力所吸引，并围绕着它做周期性运动所遵循的路径。

乐队

一组共同演唱或演奏乐器的音乐人。

器官

在身体内负有特定功能的部位，例如心脏在体内负责泵血。

有机体

有生命的个体的统称。

粒子

组成固体、气体和液体类物质的微小单位。

元素周期表

将元素按序号进行排列的表格。

迫害

对信仰不同的人施加恶行。

哲学

研究如何指导人类活动，如判断某种行为的对错的学科。研究哲学的人即哲学家。

光合作用

绿色植物通过吸收光能，同化二氧化碳和水制造有机物，同时释放出氧气的过程。

物理学

研究宇宙和力学的科学。研究物理学的人即物理学家。

行星

体积巨大，近似于球状，围绕着恒星做公转运动的天体。

毒

指的是某种事物对人或其他生物产生损害的特性，可能会导致死亡。

花粉

来自于开花植物的粉状物，植物通过授粉结出果实。

授粉

植物的花粉从雄蕊传到雌蕊，以实现受精结实的过程。

污染物

排放到空气、土地或水中的有害物质。

电能

电以各种形式做功的能力。电能可以驱动电器。

捕食者

以捕食其他生物为生的动物。

史前

在出现系统的历史记载之前。

猎物

被捕食的动物。

灵长目

哺乳纲的一个目，人类和猕猴都属于灵长目。

监狱

集中关押触犯法律的罪犯的地方。

太空探测器

用于探索太空中的物体，并将信息传回地球的无人太空船。

生产者（生物学术语）

通过自己制造有机物维持生命活动的生物，例如植物；生产者也是动物的食物。

计算机程序

计算机完成某项任务所遵循的一组指令。

女王

封建时期统治着一个王国的女性。

回收

从废物中分离出可用物质进行加工再生产。

可再生资源

一种取之不尽、用之不竭的能源，如太阳能。

爬行动物

通常是卵生的冷血脊椎动物，体表覆鳞。

共和国

由选举产生的政府官员而非王室或君主对社会进行治理的国家。

机器人

根据计算机编程的指令执行任务的类生物机器。

岩石

自然界中由一种或多种矿物质组成的坚硬的固体。例如花岗岩，许多星球的表层就是由岩石构成。

月球车

用以探测月球表面状况的机械车。

化学反应

两种物质相互作用并生成新的分子的反应。

反射

声波、光波或其他电磁波从另一个介质表面改变传播方向返回原来路径的现象。

相互排斥

同名磁极产生的互相远离的力的作用。

繁衍

生物通过生育幼崽使得种群得以延续的行为。

蓄水池

用来蓄水的池子。

卫星

围绕行星按闭合轨道做周期性运行的天体，可分为天然卫星和人造卫星两种。

食腐动物

以死亡的动物的腐肉为食的动物。

阴影

由于光线被物质遮挡而产生的较暗区域。

防护罩

保护物品免受击打或伤害。

社会

在特定环境下形成的个体间的存在关系的总和。

软件

按照特定顺序组织的计算机程序和指令的集合。

太阳系

太阳和所有受到太阳的引力束缚的天体的集合体。

固体

体积与性状较固定的物质的聚合形态。

凝固

液体逐渐冷却变为固体的过程。

溶液

固体溶质在液体中溶解产生的混合物。

声音

物体振动时所产生的声波。

外太空

地球大气层以外的所有空间。

宇宙飞船

一种航天器。

种（生物学术语）

生物分类的基本单位，只有同种生物才能交配并繁衍后代。

光谱

散射光按波长大小依次排列的图像。

钟乳石

从溶洞洞顶垂挂下来的形态各异的碳酸钙沉淀物。

石笋

位于溶洞洞底，呈尖锥状的碳酸钙沉淀物。

恒星

在宇宙中，由气体聚合成的巨大且炎热的等离子体，在核心进行核聚变后释放出热能和光能。

可持续

可以把某种模式或者状态在时间上不间断地延续下去。

驯化

人类饲养并控制动物的过程。

技术

技术是制造一种产品（如电脑）的系统知识。

板块

地球表面上巨大的岩石圈碎片，它始终在缓慢移动。

望远镜

用于观测远方的器械。

温度

对物体冷热程度的衡量。

寺庙

供奉神或众神的地方。

传统

长期以来一直坚持的某种行事方式。

传输

在两地之间传递如信息一类的事物。

热带

位于南北回归线之间的地带，气候炎热。

海啸

由海底地震或海底火山喷发造成的巨浪。

涡轮

将流动工质的能量转换为机械功的旋转式动力机械。

宇宙

太空中的一切空间与物质的总和。

毒液

动物或植物通过牙齿或尖刺注射或喷射的带毒液体。

脊椎动物

背部有脊椎的动物。

振动

较快速地小幅度来回移动。

火山

地壳的一个开口，形状像山，火山中充满岩浆、火山灰以及高温蒸汽。活火山存在喷发的可能性。

航程

一般指在水上航行的旅程。

恒温动物

在环境温度变化下能保持恒定体温的生物。

重量

作用于物体的重力使物体产生重量。物体的质量越大，受到的重力就越大，物体也就越沉重。

野生动植物

未经人工饲养或培育的在野外生存的动植物。

子宫

孕育胚胎的器官。

礼拜

向神或众神祈祷的行为。

X射线

X射线具有很强的穿透性，在医学上被用以医学成像诊断，它能将人体内的损伤或病状成像在X光片上。

年幼

形容动物幼崽未发育成熟的形态。

动物园

将动物分类圈养以便人类参观学习的地方。

索引（Index）

致谢（Acknowledgements）

出版商想要感谢以下的人在这本书的出版过程中所提供的帮助：

Patrick Cuthbertson for reviewing the earliest history pages, Dr Manuel Breuer for reviewing the evolution page, and Patrick Thompson, University of Strathclyde, for reviewing the pages on cells, chemistry, and genes. Stratford-upon-Avon Butterfly Farm www.butterflyfarm.co.uk for allowing us to photograph their butterflies and mini beasts, and ZSL Whipsnade Zoo for allowing us to photograph their animals. Caroline Hunt for proofreading and Helen Peters for the index. Additional editorial: Richard Beatty, Katy Lennon, Andrea Mills, Victoria Pyke, Charles Raspin, Olivia Stanford, David Summers. Additional design: Sunita Gahir, Emma Hobson, Clare Joyce, Katie Knutton, Hoa Luc, Ian Midson, Ala Uddin. Illustrators: Mark Clifton, Dan Crisp, Molly Lattin, Daniel Long, Maltings Partnership, Bettina Myklebust Stovne, Mohd Zishan. Photographer: Richard Leeny

Picture credits

The publisher would like to thank the following for their kind permission to reproduce their photographs:

12 Alamy Stock Photo: Painting (c). Bridgeman Images: Christie's Images (cb). **13 Dorling Kindersley:** American Museum of Natural History (bl); Durham University Oriental Museum (c); University of Pennsylvania Museum of Archaeology and Anthropology (cra, br). **15 Alamy Stock Photo:** A. T. Willett (clb); Art Directors & TRIP (cb). **Dorling Kindersley:** By permission of The British Library (bl, c). **PENGUIN and the Penguin logo are trademarks of Penguin Books Ltd:** (cb/Penguin Book Cover). **16 Alamy Stock Photo:** JeffG (c); The Granger Collection (cr). **17 Alamy Stock Photo:** Ivy Close Images (tl); Matthias Scholz (crb). **18 Alamy Stock Photo:** Interfoto (br). **19 Alamy Stock Photo:** KC Hunter (r). **20 Alamy Stock Photo:** Bernardo Galmarini (cb/Tango). **21 123RF.com:** Yanlev (cb). **22 Alamy Stock Photo:** 50th Street Films / Courtesy Everett Collection (bc); AF archive (ca, clb, br); Pictorial Press Ltd (ca/The Eagle Huntress); United Archives GmbH (cra). **23 123RF.com:** Noam Armonn (bl); Sandra Van Der Steen (cl). **24 Getty Images:** Hiroyuki Ito (cl). **25 Dorling Kindersley:** Statens Historiska Museum, Stockholm (tc); National Music Museum (ca). **26 Dorling Kindersley:** Southbank Enterprises (bc). **Alamy Stock Photo:** A. Astes (bl). **Dorling Kindersley:** Dave King / Science Museum, London (ca). **Dreamstime.com:** Wavebreakmedia Ltd (cr). **Getty Images:** James Looker / PhotoPlus Magazine (clb). **27 Alamy Stock Photo:** D. Hurst (br). **28 akg-images:** Erich Lessing (br). **123RF.com:** Yueh-Hung Shih (br). **31 123RF.com:** Blaj Gabriel / justmeyo (br); Matt Trommer / Eintracht (cb/ Euro). **Dorling Kindersley:** Stephen Oliver (clb); University of Pennsylvania Museum of Archaeology and Anthropology (c, cb/Egyptian silver coin); The University of Aberdeen (c/Silver coin, clb/Gold coin). Dreamstime.com: Andreylobachev (bc/Japanese coin); Miragik (cb/One Indian Rupee); Asafta (cb/1 danish kroner, bl, bc). **33 Dorling Kindersley:** Peter Anderson (cr). **36 Dreamstime.com:** Koscusko (ca). **Getty Images:** DEA PICTURE LIBRARY / De Agostini (clb). **37 123RF.com:** Chris Elwell (cla). **Dorling Kindersley:** Blists Hill and Jackfield Tile Museum, Ironbridge, Shropshire (crb). **Dreamstime.com:** Volodymyr Kyrylyuk (tc). **39 123RF.com:** Ievgenii Fesenko (crb). **Dorling Kindersley:** Museum of the Order of St John, London (cb). **40-41 Dorling Kindersley:** Stephen Oliver (cb). **Fotolia:** Gudellaphoto (c). **41 Dreamstime.com:** Grosremy (tr). **Getty Images:** Burazin / Photographer's Choice RF (cl). **42 Dreamstime.com:** Ilja Mašík (br). **Getty Images:** Photographer's Choice RF / Burazin (bl).**43 Dorling Kindersley:** Royal Pavilion & Museums, Brighton & Hove (crb, br). **Dreamstime.com:** Thomas Barrat (clb). **44 Alamy Stock Photo:** Hemis (bl). **Dorling Kindersley:** Museum of London (cla). **45 Alamy Stock Photo:** Reiner Elsen (b). **Dorling Kindersley:** Durham University Oriental Museum (cr); Royal Pavilion & Museums, Brighton & Hove (c); Museum of London (cra). **46 123RF.com:** Fedor Selivanov / swisshippo (cra). **Dreamstime.com:** Libor Piška (bl). **47 123RF.com:** Luciano Mortula / masterlu (r). **NASA:** (tl). **48 Alamy Stock Photo:** Alena Brozova (cb); Skyscan Photolibrary (crb). **Dorling Kindersley:** Museum of London (cl). **Getty Images:** VisitBritain / Britain on View (crb/Ironbridge). NASA: JPL / DLR (bc/Europa, fbr); NASA / JPL / University of Arizona (bc); JPL (bl). **49 Dorling Kindersley:** The Trustees of the British Museum (cl). **50 Alamy Stock Photo:** Lanmas (br). **Dorling Kindersley:** The Trustees of the British Museum (cr). **Getty Images:** Independent Picture Service / UIG (cl). **51 Alamy Stock Photo:** Jam World Images (bc).

52 Dorling Kindersley: Durham University Oriental Museum (clb). **Getty Images:** Universal History Archive / UIG (r). **53 123RF.com:** Liu Feng / long10000 (b). **Dorling Kindersley:** University of Pennsylvania Museum of Archaeology and Anthropology (ca). **Getty Images:** Danita Delimont (bc). **54-55 Dreamstime.com:** Hungchungchih. **55 Dreamstime.com:** Jeremy Richards (tc); Muslim Kapasi (br). **56 Dorling Kindersley:** CONACULTA-INAH-MEX (ca). **57 Alamy Stock Photo:** Deco (cra). **Dorling Kindersley:** University of Pennsylvania Museum of Archaeology and Anthropology (br). **58 Dorling Kindersley:** CONACULTA-INAH-MEX (c). **61 Dorling Kindersley:** Board of Trustees of the Royal Armouries (c). **62 123RF.com:** Sborisov (ca). **Alamy Stock Photo:** Heritage Image Partnership Ltd (c). **63 Dorling Kindersley:** Board of Trustees of the Royal Armouries (c); Durham University Oriental Museum (clb). **64 Alamy Stock Photo:** Science History Images (br). **Dorling Kindersley:** Andrew Kerr (bl). **65 Alamy Stock Photo:** Granger Historical Picture Archive (clb). **Dorling Kindersley:** American Museum of Natural History (cl, br). **66 123RF.com:** sabphoto (c). **Dorling Kindersley:** Holts Gems (bc). **68 Alamy Stock Photo:** Chronicle (clb); North Wind Picture Archives (c). **69 Fotolia:** Dario Sabljak (cla/Frame). **Getty Images:** Bettmann (ca); Leemage / Corbis (b); Fine Art Images / Heritage Images (cla). **70 Getty Images:** Bettmann (crb). **71 Dorling Kindersley:** Durham University Oriental Museum (bl). **Getty Images:** DEA / A. Dagli Orti (cl). **72 Getty Images:** Hulton Archive (cr). **73 Dorling Kindersley:** Fleet Air Arm Museum, Richard Stewart (crb/USS Hornet); RAF Museum, Cosford (cra); The Tank Museum (crb). **Getty Images:** Keystone-France (cl). **74 Dorling Kindersley:** CONACULTA-INAH-MEX (c); Vikings of Middle England (cla). **74-75 Dorling Kindersley:** Royal Armouries, Leeds (c). **75 Bridgeman Images:** Wyllie, William Lionel (1851-1931) (tc). **77 123RF.com:** Ammit (bc). **78 Alamy Stock Photo:** Kevin Schafer (bc). **79 Alamy Stock Photo:** Greg Vaughn (l). **80 123RF.com:** Miroslava Holasova / Moksha (cra). **Dreamstime.com:** Mkojot (crb). **82 Alamy Stock Photo:** Funky Stock - Paul Williams (b). **iStockphoto.com:** Bkamprath (cr). **83 123RF.com:** Suranga Weeratunga (bc). **Alamy Stock Photo:** Aurora Photos (br). **84 Dorling Kindersley:** Colin Keates / Natural History Museum, London (fbl, bl). **85 Dorling Kindersley:** Holts Gems (cra, c, cl, fcl, cr, fclb, clb, cb/Iolite, fcrb/Emerald, crb, br); Natural History Museum (ca, ca/Ruby); Natural History Museum, London (c/Ruby, clb/Corundum); Holts (bc). **86 Dorling Kindersley:** Natural History Museum, London (c). **86-87 Dorling Kindersley:** Tap Service Archaeological Receipts Fund, Hellenic Republic Ministry Of Culture. **87 Dorling Kindersley:** Andy Crawford (tc); University of Pennsylvania Museum of Archaeology and Anthropology (tr); Andy Crawford / Bob Gathany (crb). **88 123RF.com:** Anatol Adutskevich (fcr). **Alamy Stock Photo:** Einar Muoni (clb); Westend61 GmbH (cb); Ikonacolor (cb/Ring); Olekcii Mach (crb). **Dorling Kindersley:** Bolton Library and Museum Services (cla); University of Pennsylvania Museum of Archaeology and Anthropology (ca); Natural History Museum, London (cb/Platinum); Royal International Air Tattoo 2011 (br). **iStockphoto.com:** AlexandrMoroz (cb/Watch); Sergeevspb (cl); AlexStepanov (cr). **89 Dorling Kindersley:** Andy Crawford / State Museum of Nature, Stuttgart (c). **91 123RF.com:** Chuyu (br). **Alamy Stock Photo:** WidStock (cra). **92 123RF.com:** Witthaya Phonsawat (c). **Dreamstime.com:** R. Gino Santa Maria / Shutterfree, Llc (ca); Toa5 (cb). **iStockphoto.com:** Marcelo Horn (bc). **Science Photo Library:** Planetary Visions Ltd (br). **94 123RF.com:** skylightpictures (bl). **94-95 NASA:** NOAA GOES Project, Dennis Chesters. **95 Dorling Kindersley:** Museum of London (cla, ca, cra). **97 Dreamstime.com:** Dexigner (br). **Getty Images:** De Agostini (l). **98 Alamy Stock Photo:** Julian Cartwright (cb/Crib Goch). **Dreamstime.com:** Whiskybottle (crb). **Getty Images:** Geography Photos / Universal Images Group (cb); Mint Images - Frans Lanting (c). **99 Getty Images:** Ralph White (br). **100 123RF.com:** Jaroslav Machacek (ca); Nattachart Jerdnapapunt (c); Pere Sanz (cb). **102 Corbis:** Warren Faidley (cra, crb). **NASA:** (l). **103 123RF.com:** smileus (br). **Alamy Stock Photo:** FEMA (bl). **iStockphoto.com:** yocamon (c). **123RF.com:** Weerapat Kiatdumrong (br). **Dreamstime.com:** Empire331 (cl); Photka (cra, cr); Stihl024 (bl). **105 Dreamstime.com:** Christian Delbert (b); Orientaly (ca); Yali Shi (cb). **106 Dreamstime.com:** Vtupinamba (c). **108 NASA:** (br). **101 Alamy Stock Photo:** Galen Rowell / Mountain Light (br). **109 Alamy Stock Photo:** Heritage Image Partnership Ltd (bl); Wavebreakmedia Ltd VFA1503 (br). **110 Dreamstime.com:** Chalermphon Kumchai / iPhone is a trademark of Apple Inc., registered in the U.S. and other countries (br). **113 Alamy Stock Photo:** Rod McLean (bl). **114 Alamy Stock Photo:** Roberthardîng (br). **Fotolia:** StarJumper (bl). **115 Dorling Kindersley:** Peter Cook (bl). **Fotolia:** Eric Isselee (br). **116 Dorling Kindersley:** Terry Carter (br). **117 Alamy Stock Photo:** Classic Image (bc). Getty Images: Frank Krahmer / Photographer's Choice RF (bc). **118 123RF.com:** Eric Isselee (bc). **Alamy Stock Photo:** Zoonar GmbH (bl). **119 Dreamstime.com:** Aleksandar Hubenov (bc). **120 Dorling Kindersley:** NASA (br). **Science Photo Library:** Pekka Parviainen (clb). **121 Alamy Stock Photo:** Reuters (crb). **Getty Images:** Gary Vestal (cl, c, c/Black oak tree, cr). **123 123RF.com:** Nikolai Grigoriev / ,grynold (br). **124 Alamy Stock Photo:** Christopher Nicholson (cr); Ian G Dagnall (cl). **125 Dorling Kindersley:** Andy Crawford / Senckenberg Nature Museum (cl). **126 Dorling Kindersley:** Hunterian Museum University of Glasgow (bc). **iStockphoto.com:** Elnavegante (clb); LauraDin (cla); Lisa5201 (cr). **127 Alamy Stock Photo:** Cultura RM (cl). **Getty Images:** Science Photo Library - Steve Gschmeissner (bc). **Science Photo Library:** National Institutes of Health (cr). **129 123RF.com:** Sergii Kolesnyk (c). **130 123RF.com:** Praphan Jampala (bl). **Getty Images:** Photodisc / Frank Krahmer (fbr). **131 123RF.com:** Maria Dryfhout (crb/Weed). **Dreamstime.com:** Flynt (cr); Linnette Engler (crb). **132 Alamy Stock Photo:** NatureOnline (br). **133 123RF.com:** David Ronald Head (cra); Oxana Brigadirova / Iarus (bc); Pakhnyushchyy (bc/Raccoon). **Dorling Kindersley:** Twan Leenders (cla); Linda Pitkin (cr). **iStockphoto.com:** Mamarama (cl). **134 Dorling Kindersley:** Liberty's Owl, Raptor and Reptile Centre, Hampshire, UK (clb). **138 Alamy Stock Photo:** Juniors Bildarchiv GmbH (crb). **139 Alamy Stock Photo:** Mark Conlin (br). **Dorling Kindersley:** Brian Pitkin (cb). **140 Dorling Kindersley:** Twan Leenders (ca). **141 Dorling Kindersley:** Jerry Young (cr). **142 Dorling Kindersley:** Alan Murphy (cra). **144 123RF.com:** smileus (bl). **145 Alamy Stock Photo:** AfriPics.com (br). **146 Dorling Kindersley:** University of Pennsylvania Museum of Archaeology and Anthropology (bl). **147 123RF.com:** Anatolii Tsekhmister / tsekhmister (bl). **Alamy Stock Photo:** ITAR-TASS Photo Agency (tr). **Dreamstime.com:** Laura Cobb (crb). **Fotolia:** xstockerx (cb). **148 Dorling Kindersley:** Jerry Young (clb, cb). **Getty Images:** Karl-Josef Hildenbrand / AFP (br). **149 Getty Images:** DLILLC / Corbis / VCG (br). **150 123RF.com:** Dmitry Maslov (cra). **Alamy Stock Photo:** Design Pics Inc (cla). **Dreamstime.com:** Fenkie Sumolang (crb); Himanshu Saraf (ca); Salparadis (clb); Maciej Czekajewski (cb). **iStockphoto.com:** Coleong (cl); Lujing (cb/China). **158 Alamy Stock Photo:** Zoonar GmbH (bc/Eagle). **Dorling Kindersley:** Greg and Yvonne Dean (ca, crb); Jerry Young (fcrb). **Dreamstime.com:** Michael Sheehan (cra, bc). **159 Alamy Stock Photo:** FLPA (b). **Dreamstime.com:** Wrangel (cb). **Getty Images:** Frank Krahmer (ca). **iStockphoto.com:** Kenneth Canning (c). **160 123RF.com:** Nancy Botes (cl/ Weaver). **Dreamstime.com:** Friedemeier (cl); Patrice Correia (clb). **161 Dreamstime.com:** Isselee (clb). **162 123RF.com:** Alberto Loyo (cb); Roy Longmuir / Brochman (crb); Sergey Krasnoshchokov (bc). **Corbis:** Don Hammond / Design Pics (c). **163 123RF.com:** Remus Cucu (cra). **Alamy Stock Photo:** Design Pics Inc (bl). **Dorling Kindersley:** Tim Shepard, Oxford Scientific Films (c). **164 123RF.com:** Jagga (bc). **Dorling Kindersley:** Royal Armouries, Leeds (cr). **Getty Images:** Toby Roxburgh / Nature Picture Library (bc/Sprats). **Dreamstime.com:** Carlosphotos (cb); Milanvachal (cla). **Getty Images:** Ken Welsh / Design Pics (ca/Religious Dance); Werner Lang (ca). **165 123RF.com:** M R Fakhrurrozi (b); Peter Titmuss (c). **166 Dorling Kindersley:** The Science Museum, London (bc). **166-167 Alamy Stock Photo:** Reuters (t). **167 Alamy Stock Photo:** Granger Historical Picture Archive (tr); The Natural History Museum (b). **168 Dorling Kindersley:** The Science Museum, London (bc). **169 Dorling Kindersley:** Neil Fletcher (c); David J. Patterson (cb). **Getty Images:** Joseph Sohm - Visions of America / Photodisc (cr).

170 Getty Images: Juan Gartner (cr). **171 123RF.com:** Alfio Scisetti (clb). **Dreamstime.com:** Phanuwatn (br); Scriptx (bc). **172 Dreamstime.com:** Isselee (bc). **173 123RF.com:** Jose Manuel Gelpi Diaz / gelpi (br). **174 Corbis:** (cl). **Dreamstime.com:** Jiang Chi Guan (b). **174-175 123RF.com:** Gino Santa Maria / ginosphotos. **175 Dorling Kindersley:** Banbury Museum (bc). **Getty Images:** DeAgostini (cr); Fine Art Images / Heritage Images (crb). **176 123RF.com:** Artem Mykhaylichenko / artcasta (bc); Zhang YuanGeng (bl). **Dorling Kindersley:** RGB Research Limited (cr, cr/Gold, fcr). **177 123RF.com:** Aliaksei Skreidzeleu (br); PhotosIndia.com LLC (cl). **Dreamstime.com:** Marco Ciannarella (cr). **178 Alamy Stock Photo:** (ca). Dreamstime.com: Lidian Neeleman (bl); Vinicius Tupinamba (c). **179 Dorling Kindersley:** Natural History Museum, London (cb). **180 Dorling Kindersley:** Holts Gems (cr); RGB Research Limited (clb). **Getty Images:** Christopher Cooper (bc). **181 Dorling Kindersley:** Holts Gems (cr). **Dreamstime.com:** Rudy Umans (c); Somyot Pattana (cb). **182 123RF.com:** citadelle (cr). **Alamy Stock Photo:** Anton Starikov (bc). **183 123RF.com:** Sergii Kolesnyk (cr). **Dreamstime.com:** Elena Elisseeva (crb); Maxwell De Araujo Rodrigues (crb/Blacksmith). **184 Dreamstime.com:** Maresol (br). **185 Dreamstime.com:** Ulkass (cra). **187 Dorling Kindersley:** Natural History Museum, London (br). **188 123RF.com:** Baloncici (ca/Heart rate monitor); Stanislav Khomutovsky (clb/Atom). **Dorling Kindersley:** Science Museum, London (crb). **Dreamstime.com:** Giovanni Gagliardi (clb); Staphy (ca). **Getty Images:** mds0 (bc). **190 Dreamstime.com:** Budda (c). **193 123RF.com:** Peter Hermes Furian (c); Gunnar Pippel / gunnar3000 (cr). **Dreamstime.com:** Zepherwind (br). **194 123RF.com:** jezper (clb); Pornkamol Sirimongkolpanich (c). **196 Dreamstime.com:** Tassaphon Vongkittipong (cb). **197 123RF.com:** tebnad (b). **Dorling Kindersley:** The Science Museum, London (cb). **199 123RF.com:** only4denn (cra); Steven Coling (cl). **Alamy Stock Photo:** D. Hurst (crb). **Dreamstime.com:** Petro (bc). **200 123RF.com:** Laurent Davoust (bc). **Depositphotos Inc:** Spaces (br). **Dorling Kindersley:** The Science Museum, London (cl). **Science Photo Library:** Jean-Loup Charmet (cr). **204 Alamy Stock Photo:** Science History Images (br). **207 Alamy Stock Photo:** Science History Images (bl). **Fotolia:** dundanim (br). **208 Dreamstime.com:** Mark Eaton (br). **210 123RF.com:** Steve AllenUK (clb). **Alamy Stock Photo:** JTB MEDIA CREATION, Inc. (c). **Dorling Kindersley:** The National Railway Museum, York / Science Museum Group (clb/Aerolite). **Dreamstime.com:** Uatp1 (br). **211 iStockphoto.com:** Narvikk (c). **Science Photo Library:** Alexis Rosenfeld (br). **212 Dorling Kindersley:** University of Pennsylvania Museum of Archaeology and Anthropology (clb). **212-213 123RF.com:** Iakov Filimonov. **213 Alamy Stock Photo:** Pictorial Press Ltd (tr). **Dorling Kindersley:** R. Florio (tl). **214 Dorling Kindersley:** Royal Airforce Museum, London (crb). **iStockphoto.com:** RobHowarth (c). **215 123RF.com:** quangpraha (cla); Songsak Paname (bl). **Alamy Stock Photo:** Mopic (br); Olaf Doering (cra). **Dorling Kindersley:** The Science Museum, London (fbl). **iStockphoto.com:** anyaivanova (cl). **216 Dreamstime.com:** Len Green (crb); Mariusz Prusaczyk (cb). **217 123RF.com:** Pavel Losevsky (br). **Alamy Stock Photo:** Mark Phillips (b). **218 Dorling Kindersley:** The Science Museum, London (cb). **218-219 Dorling Kindersley:** The National Railway Museum, York / Science Museum Group. **219 123RF.com:** cobalt (br). **Dorling Kindersley:** The Shuttleworth Collection, Bedfordshire (t). **220 Alamy Stock Photo:** dpa picture alliance (br); Westend61 GmbH (bc); Jim West (bc/Citrus). **221 ROBOVOLC Project:** (br). **222 Alamy Stock Photo:** Stephen Dorey ABIPP (clb). **Dreamstime.com:** Tr3gi (crb). **224 123RF.com:** Citadelle (cl). **Dreamstime.com:** Alexxl66 (bc). **225 Dorling Kindersley:** The Science Museum, London (cb). **226 Dorling Kindersley:** Glasgow City Council (Museums) (bc). **227 123RF.com:** Antonio Gravante (cb/Traffic light); cristi180884 (cla); golubovy (cb). **iStockphoto.com:** 3alexd (br); Alexandra Draghici (c); eskymaks (cra); cnythzl (cb/Playstation). **228 Dorling Kindersley:** The Trustees of the British Museum (cla). **229 Alamy Stock Photo:** Prisma Archivo (cra). **Dorling Kindersley:** Imperial War Museum, London (l). **230 123RF.com:** Norman Kin Hang Chan (cr). **232 123RF.com:** Liliia Rudchenko (c). **Dorling Kindersley:** The Science Museum, London (bc). **Getty Images:** Andrew Burton (br). **233 123RF.com:** Vereshchagin Dmitry (br). **Getty Images:** ABK (cl). **NASA:** (bl). **234 Alamy Stock Photo:** Phil Degginger (cb). **Dorling Kindersley:** Andy Crawford (crb). **Getty Images:** Erik Simonsen (c). **NASA:** (clb). **236 NASA:** ESA and the HST Frontier Fields team (STScI) / Judy Schmidt (cr); JPL-Caltech (c); NOAA / GOES Project (clb); Reto Stöckli, NASA Earth Observatory, based on Quickbird data copyright Digitalglobe (bl). **237 NASA:** JPL-Caltech / T. Pyle (br).

238 Alamy Stock Photo: Konstantin Shaklein (clb). **NASA:** Johns Hopkins University Applied Physics Laboratory / Carnegie Institution of Washington (c, bc). **239 NASA:** (br); JPL (cl). **240 NASA:** (br). **241 NASA:** (cr); JPL-Caltech (br).

242 NASA: JPL-Caltech / University of Arizona (fbr, br). **243 NASA:** (crb). **245 NASA:** JPL / University of Arizona / University of Idaho (bl). **246 NASA:** (bl). **247 NASA:** (br). **248 NASA:** (bc/Makemake, br, fbr); JHUAPL / SwRI (cl, cr, br/ Pluto); JPL-Caltech / UCLA / MPS / DLR / IDA (bc). **249 Dorling Kindersley:** Colin Keates / Natural History Museum, London (ca, cla). **Getty Images:** Raquel Lonas / Moment Open (b). **250 Alamy Stock Photo:** Granger, NYC / Granger Historical Picture Archive (bl). **Daniel Schechter:** (c).

67 Alamy Stock Photo: Granger Historical Picture Archive (c); Rick Pisio\RWP Photography (br). **Getty Images:** Print Collector (bl). **251 ESA / Hubble:** NASA (bc). **NASA:** ESA, Hubble Heritage Team (STScI / AURA) (br); JPL-Caltech / ESA / Harvard-Smithsonian CfA (c). **252 ESO:** José Francisco Salgado (josefrancisco.org) (br). **NASA:** JPL-Caltech (c).**253 ESA / Hubble:** NASA (bc). **NASA:** JPL-Caltech / STScI / CXC / SAO (br). **254 123RF.com:** Stanislav Moroz (bl). **NASA:** JPL-Caltech / ESA (br). **255 NASA:** JPL-Caltech (bl). **259 NASA:** (crb); Sandra Joseph and Kevin O'Connell (l); JPL-Caltech (c). **260 Alamy Stock Photo:** Pictorial Press Ltd (bl). **Getty Images:** Photodisc / Alex Cao (clb). **260-261 Dorling Kindersley:** National Maritime Museum, London. **261 Alamy Stock Photo:** Aviation Visuals (c); ITAR-TASS Photo Agency (br). **262 NASA:** (c, br). **263 Dorling Kindersley:** Natural History Museum, London (cl). **276 Alamy Stock Photo:** D. Hurst (crb). **279 Alamy Stock Photo:** Colin McPherson (bc). **278 123RF.com:** czardases (br). **286 Dorling Kindersley:** Dan Crisp (bc)

Cover images: Front: **123RF.com:** Gino Santa Maria / ginosphotos (1:1), jezper (3:6); **Alamy Stock Photo:** Deco (5:3); **Dorling Kindersley:** (2:4), Bryan Bowles (4:2), Holts Gems (4:5), Rob Reichenfeld (1:3), Royal Armouries, Leeds (9:5), The National Railway Museum (1:7), The National Railway Museum, York / Science Museum Group (9:1), The University of Aberdeen (6:3); **Dreamstime.com:** Maciek905 (3:2); **NASA:** (2:3), JPL-Caltech (6:2), (1:8), JPL-Caltech / ESA / Harvard-Smithsonian CfA (5:1); Back: **123RF.com:** Gino Santa Maria / ginosphotos (1:1), jezper (3:6); **Alamy Stock Photo:** Deco (5:3); **Dorling Kindersley:** (2:4), Bryan Bowles (4:2), Holts Gems (4:5), Rob Reichenfeld (1:3), Royal Armouries, Leeds (9:5), The National Railway Museum (1:7), The National Railway Museum, York / Science Museum Group (9:1), The University of Aberdeen (6:3); **Dreamstime.com:** Maciek905 (3:2); NASA: (2:3), JPL-Caltech (1:8), (6:2), JPL-Caltech / ESA / Harvard-Smithsonian CfA (5:1); Spine: 123RF.com: Gino Santa Maria / ginosphotos (1); **Dorling Kindersley:** Rob Reichenfeld (3).

Key: a=above; c=centre; b=below; l=left; r=right; t=top.

All other images © Dorling Kindersley
For further information see: www.dkimages.com